Le retour d'un play-boy

*

Sous l'emprise de son regard

CHARLOTTE HAWKES

Le retour d'un play-boy

Traduction française de
CHARLINE McGREGOR

BLANCHE

HARLEQUIN

Collection : Blanche

Titre original :
THE SURGEON'S ONE-NIGHT BABY

Ce roman a déjà été publié en 2019

HARPERCOLLINS FRANCE
83-85, boulevard Vincent-Auriol, 75646 PARIS CEDEX 13
Service Clients — www.harlequin.fr
ISBN 978-2-2805-0305-1 — ISSN 0223-5056

Composé et édité par HarperCollins France.
Imprimé en janvier 2024 par CPI Black Print (Barcelone)
en utilisant 100% d'électricité renouvelable.
Dépôt légal : février 2024.

FSC www.fsc.org MIXTE Papier issu de sources responsables FSC® C159065

Pour limiter l'empreinte environnementale de ses livres, HarperCollins France s'engage à n'utiliser que du papier fabriqué à partir de bois provenant de forêts gérées durablement et de manière responsable.

1

Alors que l'avant-dernier sauteur se préparait à s'élancer dans le vide, l'instructeur se retourna vers le fond de la carlingue.

— Archie Coates, tu es la prochaine ! hurla-t-il par-dessus le rugissement des moteurs et le sifflement du vent.

La terreur clouait Archie contre le fond de l'appareil. Horrifiée, elle mesura par les portes ouvertes de l'avion l'énorme distance qui la séparait du sol.

— Je ne peux pas. Je n'y arriverai pas, marmonna-t-elle.

Heureusement, ces paroles de désespoir furent balayées par le brouhaha ambiant.

Sa vie durant, son cher pilote de père avait toujours refusé d'entendre ces mots : « Je ne peux pas. »

Elle baissa les yeux vers sa tenue aux couleurs de l'organisation Je saute contre le cancer et sentit le picotement des larmes.

La culpabilité, le remords. Ses compagnons des cinq dernières années. Où était donc passée l'Archana Coates téméraire et rieuse d'avant ? De l'époque où elle et son père auraient sauté sans la moindre hésitation ?

Aujourd'hui, elle n'osait même pas jeter un coup d'œil par-dessus son épaule. Elle était la dernière de ce groupe de sauteurs, mais il y avait encore un bon nombre de tandems prêts à se lancer. Ils attendaient après elle.

Il attendait après elle.

Kaspar.

Elle tâchait de l'ignorer depuis l'instant où elle l'avait repéré ce matin-là à l'autre bout du vaste hangar. Tout comme elle tentait de ne pas prêter attention au pincement dans sa poitrine à l'idée qu'il se trouve à présent à quelques mètres d'elle dans la carlingue de l'avion.

Kaspar Athari avait disparu de sa vie à la mort de son père, cinq ans plus tôt presque jour pour jour, mais son cœur lui certifiait qu'il s'agissait de lui.

Kaspar. Le garçon qui avait surgi dans leur vie de famille quand elle avait six ans et lui huit, et qui avait tout chamboulé au sens le plus positif qui soit. Pendant huit années, il avait été le meilleur ami de son frère, Robbie, et un second frère pour elle. Ils passaient ensemble toutes les vacances scolaires que laissait aux deux garçons leur coûteuse école privée, financée pour Robbie par l'armée de l'air où travaillait leur père, et pour Kaspar par la fortune colossale de son prince perse de père.

Sauf que Kaspar n'était pas son frère. Aujourd'hui encore, malgré la situation, la chaleur lui montait aux joues au souvenir de l'amour qui lui était tombé dessus la dernière année. Elle avait quatorze ans cette année-là, et elle s'était rendu compte que, non, Kaspar n'était pas son frère. Pas du tout.

Cette même année, la narcissique mère de Kaspar avait fini par se lasser de son dernier mari en date et était retournée aux États-Unis avec son fils dans l'espoir de relancer leurs deux carrières à Hollywood. Mais même si Kaspar avait été jadis un des plus adorables enfants stars du cinéma américain grâce au mélange des gènes de sa mère, beauté blonde britannique, et de son père, authentique Iranien aux cheveux de jais, il avait tourné le dos à l'industrie du cinéma. Il avait fait des études de médecine et était devenu un chirurgien de pointe qui risquait sa vie sur les zones de guerre pour soigner les civils comme les soldats. Cela lui avait valu nombre de médailles et de distinctions — ce qui ne semblait pas l'impressionner le moins du monde, contrairement à la presse, suspendue au moindre de ses faits et gestes.

« Le prince chirurgien de Perse », l'avaient surnommé les

médias, autant pour son physique à tomber par terre que pour ses talents professionnels.

Elle avait lu les cartes de joyeux Noël qu'il envoyait sans coup férir depuis différents pays à son collectionneur de père jusqu'à la mort de ce dernier, elle dévorait tous les articles le concernant, et elle savait qu'il partageait son temps entre les États-Unis et le Royaume-Uni, mais elle n'avait jamais revu Kaspar en personne. Jusqu'à aujourd'hui.

Et visiblement, après toutes ces années, il ne l'avait pas reconnue.

— Archie ? Tu es prête ? répéta son instructeur.

Elle secoua la tête, sidérée que malgré les circonstances et la peur qui l'immobilisait, Kaspar Athari ait encore réussi à consumer ses pensées.

Le moment était mal choisi pour se laisser aller à la nostalgie. Car ce saut, elle devait le faire pour tirer un trait sur les cinq années écoulées depuis la mort de son père chéri, durant lesquelles elle n'avait fait que ricocher d'un désastre à un autre. Il était temps que ça cesse. Il fallait qu'elle se lance. Au sens propre du terme.

Par miracle, elle parvint à rassembler les forces nécessaires pour s'extraire de son siège et s'asseoir sur le sol métallique, plus près de la porte.

Elle jeta un regard nerveux en bas, le vent lui fouetta le visage, et soudain elle sut qu'elle allait le faire.

Elle se détestait d'être ainsi paralysée par la peur. Il était temps de reconquérir sa dignité. De laisser derrière elle les erreurs et les déceptions qui ponctuaient sa vie depuis cinq ans. De son mariage voué à l'échec d'emblée à la petite fille qu'elle avait perdue à dix-huit semaines.

— Oui, je vais y arriver, dit-elle à haute voix, pour elle seule car personne ne risquait de l'entendre avec le bruit ambiant.

Elle allait cesser d'être une victime et redevenir la jeune femme conquérante et courageuse qu'elle avait été et dont elle n'était plus que l'ombre.

Mais son corps refusait de lui obéir. Elle se sentait vulnérable, inutile. Nulle… Et tout le monde attendait après elle.

Un mouvement dans sa vision périphérique lui fit tourner la tête.

Kaspar s'approchait. Comme s'il avait compris ce qu'il se passait. Comme si les quinze années passées s'envolaient et qu'ils étaient redevenus les adolescents d'avant. Tel le super-héros qu'il avait toujours été à ses yeux.

Était-il possible qu'il l'ait reconnue ?

— Tout va bien ? hurla-t-il, l'air inquiet, mais sans le moindre signe qu'il l'ait reconnue.

Normal. Elle n'avait plus grand-chose à voir avec l'adolescente dégingandée qu'il avait connue. Même son nom, à supposer qu'il l'ait entendu, ne devait rien lui dire. Elle ne se faisait appeler Archie que depuis la vingtaine. Avant, sa famille et lui l'appelaient Ant, la petite fourmi, en référence à la fourmilière dont elle s'occupait avec une grande fierté.

Il vint plus près et lui colla la bouche près de l'oreille. Si près qu'elle crut sentir son souffle.

— Tu veux vraiment sauter ?

— Je dois sauter, mais…

Il hocha la tête et se tourna vers son instructeur.

— Elle peut venir avec moi. Je devais sauter en tandem, mais mon binôme n'a même pas eu le courage de monter dans l'avion.

Kaspar était donc instructeur lui aussi ?

En y réfléchissant ce n'était pas surprenant. Comment l'appelait la presse, déjà ? « Le chirurgien play-boy accro à l'adrénaline. » Les magazines regorgeaient des histoires de ses trekkings en Amazonie, de ses descentes en hors-piste ou de ses plongeons de falaises dans des eaux tropicales. Être instructeur de saut en parachute sur son temps libre, ça devait être une balade de santé pour quelqu'un comme Kaspar.

— Il faut changer de harnais.

Elle sursauta quand sa main lui effleura l'épaule.

Maintenant que la porte de l'appareil avait été refermée,

le temps que l'avion monte jusqu'à l'altitude prévue pour le deuxième groupe, on pouvait s'entendre sans avoir à crier.

— En tandem, c'est plus facile. Je vais t'indiquer les grandes lignes, mais il faut que tu changes de harnais.

Voilà comment Kaspar s'adressait à elle pour la première fois depuis quinze ans !

Elle le regarda fixement dans l'espoir qu'il se souviendrait d'elle et, l'espace d'un instant, elle crut voir une lueur. Un regard un peu plus appuyé que nécessaire.

Elle eut l'impression que le sang se figeait dans ses veines. Tout parut s'immobiliser et changer de couleur… Et puis il détourna les yeux en quête du bon harnais, et elle comprit que le moment de grâce n'avait existé que pour elle.

En silence, elle suivit ses mouvements précis tandis qu'il leur enfilait l'équivalent adulte d'un porte-bébé, avant de s'asseoir et de la percher sur ses genoux, à l'instar des autres tandems présents dans l'avion.

C'était incroyable. Rien à voir avec les centaines de fantasmes naïfs qu'elle nourrissait depuis plus longtemps qu'elle n'oserait l'admettre sur la manière dont se dérouleraient d'éventuelles retrouvailles entre eux.

Mais tant pis si ça n'avait rien de la réunion romantique, elle devait sauter. De dix mille pieds. Avec Kaspar.

Sans penser à leur proximité, son dos à elle collé au torse de Kaspar. Oui, elle allait se concentrer sur son saut et le faire bien.

Ce saut, c'était sa seconde chance. Elle le faisait pour une bonne œuvre. Pour son père. Pour elle.

Et pas parce que Kaspar serait avec elle.

Tout à coup, le monde alentour se fondit dans une sorte de flou, de Kaspar et leur équipement aux vérifications rigoureuses qui, en des circonstances normales, auraient dû être effectuées au sol.

À présent, ils étaient prêts.

— Pourquoi tu le fais ? s'entendit-elle demander, à sa grande surprise.

Kaspar fronça les sourcils.

— Pardon ?

— Pourquoi tu fais ça ? répéta-t-elle un peu plus fort.

— Pourquoi je fais ça ?

Elle le connaissait, ce semblant d'hésitation signifiait qu'il cherchait les bons mots pour lui répondre.

— Comme la plupart des gens ici aujourd'hui, je le fais en souvenir de quelqu'un.

— Qui ?

La question était sortie avant qu'elle puisse la retenir.

Elle vit son visage se crisper, sa mâchoire se serrer. Des expressions encore si familières après toutes ces années. Sans crier gare, ce constat lui vrilla le ventre et lui serra le cœur.

— On va bientôt atteindre l'altitude, fit-il en désignant la porte d'un geste de la tête.

D'accord. Il évitait la question. Sans pouvoir s'expliquer pourquoi, elle ressentit le soudain besoin de savoir.

— Pourquoi ? insista-t-elle.

Nouveau serrement de mâchoire. Mais, probablement à cause de la présence des autres non loin, il répondit :

— Il s'appelait Peter. Je l'ai connu... Il y a longtemps.

Il s'interrompit brusquement, comme s'il en avait déjà dit plus qu'il ne le souhaitait.

Mais c'était suffisant pour elle.

Peter. Son père.

Une étrange fierté l'envahit : encore maintenant, cinq ans après sa mort, son père au grand cœur continuait de toucher les gens ! Puis, très vite, une émotion peu agréable submergea la fierté : Kaspar n'avait manifestement pas idée de qui elle était. Elle avait eu beau essayer, elle ne put réprimer la pique dans son cœur. Si illogique que soit sa réaction, elle était bel et bien là.

Elle ouvrit la bouche, cherchant le moyen de lui révéler son identité, mais à cet instant la porte s'ouvrit, et ses paroles furent dispersées dans l'éther avant que Kaspar puisse les entendre. Assise là, le corps lourd comme du plomb, à demi consciente des autres participants, sa vision se troubla.

Avant qu'elle ait le temps de comprendre ce qu'il lui arrivait,

Kaspar la hissait sur ses pieds, et ils se dirigeaient vers la porte, quittaient l'avion et tombaient pendant ce qui lui parut durer une éternité, même si ça ne dura probablement pas plus d'une trentaine de secondes en réalité.

Les émotions, les pensées, tout disparut de son esprit, la laissant étrangement engourdie.

À un moment donné, sans doute assez vite, Kaspar lui tapa sur l'épaule pour lui rappeler d'écarter les bras et les jambes dans la posture de la chute libre tandis que le sol se rapprochait à toute allure. L'heure n'était pas à la conversation. Ils pouvaient toujours brailler, l'autre n'entendrait rien. Cette pensée était libératoire. Comme si, malgré son dos collé au torse dur et rassurant de Kaspar, elle était seule. L'adrénaline pompait fort dans ses veines, et le vent de la chute, en balayant la raideur de son corps, effaça aussi le brouillard qui lui embuait la tête depuis si longtemps.

Quand Kaspar ouvrit le parachute à mi-distance, une violente secousse les projeta dans une position plus verticale.

Le mouvement fit réapparaître la peur, en même temps que les premiers regrets. Et puis, le silence absolu. La paix.

Son cœur, sa poitrine tout entière enfla d'émotion.

Ils descendaient toujours mais, avec le parachute qui les ralentissait, si elle ne regardait pas la terre elle aurait pu croire qu'ils flottaient. Que le temps s'était arrêté.

Le souvenir de son premier saut avec son père lui revint en mémoire. Et avec lui, la vie qu'elle avait eu l'intention de vivre. La force de caractère qui était la sienne. Ici, maintenant, elle la ressentait à nouveau. La liberté. Car elle n'avait pas eu besoin d'ouvrir le parachute et n'avait pas non plus la responsabilité de les guider vers la zone d'atterrissage, ni même celle de les poser en douceur.

Pour la première fois depuis des années, son corps se détendit. Perdue dans ses pensées, elle sursauta presque quand un pouce apparut devant ses yeux.

— OK ? cria Kaspar, la bouche collée à son oreille.

Instinctivement, elle leva les pouces et hocha la tête avec

vigueur. Il lui passa les manettes pour qu'elle essaye de contrôler la chute un moment. Elle s'apprêtait à refuser, quand quelque chose l'arrêta.

La voix de son père : « Si, tu peux ! »

Alors, elle prit les rênes, changea lentement de direction, timide au début, s'étonnant de la facilité et de la fluidité du mouvement. Même six ans plus tard, elle avait gardé en mémoire les gestes enseignés.

— Tu devais vraiment sauter en tandem aujourd'hui ? demanda-t-elle, tournant la tête afin que Kaspar l'entende mieux.

— Je remplace un autre instructeur, un ami qui ne se sentait pas bien. Mais à la base, j'avais prévu un saut en sky-surf. Peter aurait adoré...

De nouveau, il s'interrompit.

Il se retenait de parler, clairement.

Elle repensa aux planches de surf qu'elle avait vues dans le hangar et sourit à l'azur.

Évidemment, un simple saut dans le vide ne pouvait suffire à l'accro à l'adrénaline qu'était Kaspar. Toutefois, il avait raison, son père aurait adoré.

Reboostée, elle tenta une manœuvre un peu plus compliquée, étonnée et ravie du naturel avec lequel elle la réussit.

Les cours de son père lui revenaient plus rapidement qu'elle ne l'aurait imaginé. Peu à peu, elle s'enhardissait, essayait encore, plus dur, regrettant de n'avoir pas le temps suffisant pour repousser ses limites, car il allait falloir rendre les rênes.

Comme si Kaspar avait deviné sa frustration, il les entraîna dans un tour en pleine vitesse, et un rire qu'elle ne s'était pas entendu lâcher depuis longtemps lui monta de la gorge alors qu'ils évoluaient dans le ciel silencieux.

Dommage que cette connexion et cette liberté soient sur le point de prendre fin. Dès qu'ils toucheraient le sol, en fait... Quoi qu'il en soit, ce saut lui avait permis de se reconnecter avec la jeune fille qu'elle avait été jadis. En cet instant, elle se sentait plus proche que jamais de l'ancienne Archie, et cela marquerait, elle l'espérait, le début de sa renaissance.

Et ça avait pu arriver grâce à Kaspar ! C'était dingue !

Il n'avait pas idée de son identité. Une partie d'elle brûlait de la lui dévoiler, l'autre craignait de gâcher l'instant de grâce. Il ressortirait sans doute de sa vie aussi vite qu'il y était rentré, peut-être pour quinze ans encore, peut-être pour toujours. N'empêche, elle lui serait toujours reconnaissante.

Alors qu'elle contemplait le paysage étalé sous leurs pieds, une explosion attira son regard.

Ils étaient encore trop haut pour distinguer les détails, mais une forme sombre était allongée au sol près d'une camionnette.

Avant qu'elle ait le temps de parler, Kaspar les avait fait pivoter pour mieux observer la scène.

— C'est une personne ? demanda-t-elle.

— En tout cas, ça y ressemble.

Son ton sinistre confirmait ses craintes. S'il s'agissait d'un corps, il avait dû être pris dans l'explosion.

— Ils ont une équipe de secours à la kermesse ! cria-t-elle.

— Exact. Seulement, la kermesse est assez loin, ils n'ont pas dû voir l'explosion du sol. Je sais que cette portion de route est celle de l'hôpital, c'est là que Rick gare son *food truck* six jours sur sept.

— On y va ?

La fermeté qu'elle avait perçue dans sa propre voix était nouvelle, ou du moins ne l'avait-elle plus entendue depuis longtemps.

— Il y a environ un kilomètre et demi à vol d'oiseau entre la camionnette et la kermesse. Si on atterrit aussi près que possible de l'accident, on pourra voir ce qu'il se passe. Et s'il s'agit bien d'un blessé, je resterai sur place le temps que tu retournes alerter l'équipe de secours. Compris ?

— Compris.

Comme par le passé, Kaspar avait pris les choses en main.

2

Kaspar bondit par-dessus la haie et se rua à travers le champ.

Une partie de lui était soulagée de s'éloigner de cette femme — Archie, comme l'avait appelée l'instructeur — aux grands yeux clairs expressifs. Ça n'avait pas de sens, pourtant malgré sa peur panique évidente dans l'avion, chaque fois qu'elle avait fixé ses prunelles sur lui, il avait eu l'impression qu'elle perçait la façade qu'il s'était soigneusement forgée au fil des ans et qu'elle lisait dans son âme…

À supposer qu'il ait une âme ! Celle-ci était détruite depuis longtemps, autant par ses propres erreurs que par le reste. Comme lors de cette nuit qui avait chamboulé à jamais le cours de sa vie.

N'empêche, il ne parvenait pas à se défaire de l'idée que cette fille le connaissait, qu'il lui était même familier.

Était-ce dû à l'émotion particulière de cette journée ?

Cinq ans plus tôt, il apprenait le décès de Peter Coates, ce qu'il avait connu de plus approchant d'une figure paternelle digne de ce nom. Peter qui, même veuf et tâchant de poursuivre sa carrière dans l'armée, avait été, bien plus que ses parents bien vivants à lui, un père *et* une mère pour son fils et sa fille.

Peter lui avait appris que le mariage chaotique de ses parents n'était ni normal ni correct. Il lui avait appris à gérer ses émotions, à ne pas perdre le contrôle de ses nerfs comme son père. Ou comme sa mère, d'ailleurs.

L'annonce de sa mort l'avait bouleversé, ainsi que la rumeur selon laquelle Robbie avait vendu par la suite la vieille ferme pour émigrer en Australie. Il comprenait ses raisons : âgé de vingt-cinq ans et avec sa petite sœur à charge, Robbie avait eu besoin de prendre un nouveau départ. Pourtant, bizarrement, l'idée que la famille Coates ne vivait plus dans cette vieille bâtisse en pierre aux vastes cheminées avait marqué la fin d'une époque.

Il écarta ses souvenirs et interpella avec un enthousiasme forcé la silhouette allongée au sol, un œil à demi fermé et l'autre sanguinolent.

— Rick, tu m'entends ?

Les dégâts causés par l'explosion rendaient son visage presque impossible à reconnaître. En revanche, la carrure et la tenue vestimentaire correspondaient. Cela dit, il y avait un moyen de confirmer de façon certaine qu'il s'agissait bien de Rick.

Il déchira la manche de l'homme.

Un navire tatoué. C'était bien Rick, inconscient.

Il entreprit un rapide examen, surpris quand Archie le rejoignit peu après en courant.

— C'est ton ami Rick ? demanda-t-elle, haletante.

— Oui. Appelle une équipe médicale.

— Il a peut-être un portable, suggéra-t-elle.

— Non. Il est contre. Tu vas devoir y retourner au pas de course. Ça va aller ?

— Oui.

— Bien. Dis-leur d'alerter l'ambulance aérienne pour un homme adulte, la cinquantaine, qui ne répond pas aux sollicitations. Sévère blessure maxillo-faciale due à l'explosion, perte de tissus au niveau de l'œil droit et du nez, maxillaire supérieur instable. Score de Glasgow à 3, ses voies aériennes vont devoir être sécurisées immédiatement.

Elle répéta clairement les instructions malgré le léger tremblement de sa voix puis repartit.

Il se retourna vers Rick, qui commençait à reprendre un peu conscience.

— Rick ? C'est Kaspar. Tu m'entends ?

Le blessé ne sembla pas le reconnaître, mais il émit quelques grognements. Il n'était pas capable de parler, ce qui n'était pas surprenant.

Tout en continuant à lui faire la conversation comme si de rien n'était, Kaspar se concentra sur les blessures et les dégâts potentiels des voies aériennes. Ainsi occupé, il eut l'impression qu'il ne s'était écoulé que quelques minutes quand l'hélicoptère atterrit.

Le médecin urgentiste se précipita et le salua avec déférence.

— Tom, se présenta-t-il. Qu'est-ce qu'on a ?

— Homme de la cinquantaine. Il s'appelle Rick.

— Rick, le gars du *food truck* ? Vous êtes sûr ?

— Certain, répliqua Kaspar en lui montrant le tatouage reconnaissable sur le bras de l'homme. Il y a une quinzaine de minutes, sa bouteille de gaz a explosé alors qu'il la changeait. Pas de témoins, hormis moi et ma partenaire de saut en parachute, mais nous étions trop loin pour distinguer clairement la scène. Il semble qu'il ait été projeté par la force de l'explosion et que son visage et son cou aient heurté quelque chose. Le métal du véhicule, selon moi. Il a perdu des tissus au niveau de l'œil droit et du nez, le maxillaire supérieur est instable, et je soupçonne un larynx écrasé. Il ne réagissait pas au début, mais à présent il émet des sons à la stimulation verbale. Son score de Glasgow est passé de 3 à 4.

— Et il respire ?

— Pour l'instant, oui. Mais avec le gonflement des tissus et l'œdème, il y a un risque d'obturation des voies aériennes, sans compter que l'hémorragie des vaisseaux sanguins de ses plaies ouvertes ou une perte de sang au niveau du nez pourraient contribuer à l'obstruction.

— OK. Au vu des dommages causés à son visage, le masque à oxygène est exclu. Pareil pour le dispositif supra-glottique à cause de sa mâchoire, et pas d'intubation possible non plus si l'explosion a causé un traumatisme du larynx et de la trachée : tout enflement pourrait déplacer l'épiglotte, les cordes vocales et le cartilage aryténoïde.

Kaspar hocha la tête.

Diagnostic rapide, efficace. Il appréciait. Il ne voulait pas marcher sur les pieds du médecin. Il était chirurgien lui-même, mais aujourd'hui il n'était pas l'urgentiste en charge.

— Une dernière chose, ajouta-t-il. Possibilité de blessure cervicale.

— OK. Il est 13 heures, donc on risque un estomac plein, ce qui implique un risque plus important de régurgitation et d'aspiration du contenu gastrique. Je pourrais lui passer un tube naso-gastrique ou lui faire une pression cricoïde, seulement ces deux procédures risqueraient d'aggraver ses blessures du larynx et des voies aériennes.

— Certes, fit-il lentement, mais je ne suis pas certain que ses voies aériennes tiennent sans intervention.

— On ne peut pas intuber, on ne peut pas ventiler, réfléchissait Tom à haute voix. Il reste la trachéotomie ou la crico-thyroïdotomie.

— Je suis du même avis, approuva Kaspar, en enfonçant les mains dans ses poches pour s'empêcher d'intervenir.

Même si Tom était bon, il se savait plus rapide et plus aiguisé. C'était son domaine d'expertise, le seul qui lui donnait de la valeur en ce monde, en réalité. Chaque patient, chaque intervention comptait. Comme si chaque issue positive pouvait compenser ses actes irréfléchis d'une nuit, avec une paire d'imbéciles soûls. Comme si cela pouvait restaurer l'équilibre. Cent bonnes actions, mille, pour compenser cette stupide et terrible erreur de jugement.

Mais non. Jamais ça ne fonctionnerait. Car cela n'avait pas été juste une erreur. Ça avait été une perte de contrôle. Du genre qui lui rappelait son inconstant de père.

Une colère familière s'insinua en lui.

Encore maintenant, des années plus tard, toutes ses médailles, ses récompenses et les louanges des médias ne signifiaient rien. Il était content que cette Archie soit partie. Pour une raison qu'il ne s'expliquait pas, elle était bien trop déstabilisante. La façon dont elle l'avait regardé dans l'avion. À croire qu'elle voyait au-delà de la façade du play-boy et sentait qu'il l'aiderait.

Il ne se l'expliquait pas, mais elle ne le regardait pas comme le reste des gens, en évaluant ce qu'une relation avec lui ferait pour sa carrière ou sa réputation, par exemple. Non. Pour autant, son regard était si chargé de sens qu'il ne pouvait s'empêcher de se demander ce qu'elle voyait en lui. Pourquoi elle le rendait plus vulnérable que quiconque depuis de longues années.

Ça n'avait pas de sens. Or, il détestait ce qui n'avait pas de sens. Tout comme il détestait la partie de lui qui se demandait si, une fois le patient en sécurité dans l'hélicoptère, il pourrait retourner à la kermesse ou au hangar à avions et proposer à Archie un café ou un verre pour fêter ça. Pour la première fois depuis bien longtemps, la perspective d'un rendez-vous lui donnait la pêche...

La voix de Tom perça dans le flot de ses pensées.

— À vous l'honneur.

— C'est vous, l'urgentiste en charge, répondit Kaspar, réprimant son envie d'accepter. Et vous êtes bon.

— Oui, acquiesça l'autre, sans fioritures, sans fausse modestie et sans orgueil excessif.

Simple. Factuel. Exactement comme il aurait pu répondre lui-même.

— Mais c'est vous le spécialiste maxillo-facial. Or, le cas est particulièrement complexe. Je ne peux pas me permettre une erreur. Si quelqu'un est en mesure de le stabiliser assez pour qu'il survive au transport, c'est vous.

C'était tout ce que Kaspar avait besoin d'entendre. Plus question de penser à inviter Archie à boire un verre.

Inclinant la tête pour se concentrer sur le travail, il écarta tout le reste.

La fête battait son plein. Sans surprise, les gens se massaient autour de Kaspar, les émerveillés qui se rêvaient en collègue, les séductrices qui se rêvaient en petite amie. Pourtant, il n'avait d'yeux que pour une personne.

C'était ridicule, ça ne lui ressemblait pas. Il n'avait pas réussi à chasser Archie de ses pensées depuis le jour du saut en parachute, malgré ses efforts répétés. Lui qui ne connaissait pas l'échec. En tant que chirurgien, il avait l'un des meilleurs taux de réussite, et voilà qu'il ne parvenait pas à bannir une femme de son esprit. Pis encore, plus les jours passaient, et plus elle devenait une délicieuse énigme, au point qu'il n'avait pu résister à l'envie de venir ici ce soir, juste au cas où elle y serait aussi.

C'était quand, la dernière fois qu'une femme lui avait fait cet effet-là ? Jamais.

Elle était sublime. Pas seulement physiquement, bien qu'elle soit très jolie, ne serait-ce que de ses escarpins sexy à ses jambes largement révélées par sa robe courte de style danse latine — sans doute la plus belle paire de jambes qu'il ait jamais vue.

Incapable de s'en empêcher, il les imagina nouées autour de sa taille tandis qu'il plongerait au fond d'elle pour qu'ils ne fassent plus qu'un.

Son corps se tendit à cette pensée.

Il n'avait jamais désiré une femme à ce point. De magnifiques top models, des starlettes adulées de Hollywood étaient prêtes à se jeter à son cou, et voilà qu'il fantasmait sur cette femme adorable mais parfaitement ordinaire.

Contre toute logique, cette fille le fascinait. Depuis la peur qu'il avait perçue chez elle avant le saut en parachute.

L'attirance sexuelle, c'était une chose, mais là, il y avait autre chose… Quelque chose en plus. Elle possédait un magnétisme, une aura. D'ailleurs, les gens gravitaient autour d'elle sur la piste de danse. Surtout — il serra les dents — les hommes. Il n'était pas le seul à remarquer à quel point elle ondulait sensuellement ! Mais elle gardait tout le temps ses amies entre elle et n'importe quel prétendant potentiel.

Comme si l'intensité de son regard avait fini par l'atteindre, celle-ci se tourna vers lui et se figea. Même à distance, avec la lumière tamisée, il vit une adorable rougeur naître sur ses joues, sa poitrine se soulever un peu plus vite, d'une façon qui n'avait rien à voir avec la danse.

Soudain, elle se tourna et quitta la piste comme pour s'éloigner de lui.

L'estomac de Kaspar se serra d'une manière peu familière. Il était pourtant certain qu'Archie était consumée par le même feu qui l'avait amené ici ce soir. À moins qu'il n'ait tout imaginé ?

Avant de comprendre ce qu'il faisait, il reposa son verre sur le bar derrière lui et s'apprêta à la suivre.

Pas question de la perdre !

Cependant, une des amies d'Archie l'attrapa par le bras, et il s'attendit qu'elles regardent dans sa direction et se mettent à glousser, chose qu'il avait vu faire à des tas de femmes.

Tant mieux, cela l'aiderait peut-être à lui rappeler qu'Archie n'était qu'une femme comme les autres et à la descendre du ridicule piédestal où il l'avait installée.

Mais cela n'arriva pas. Au contraire, Archie semblait éviter avec soin de recroiser son regard et de mentionner sa présence à son amie. Cette discrétion pleine de dignité ne fit qu'ajouter à sa grâce. Surtout quand elle se remit à danser, peut-être de manière un peu moins libérée.

Il n'en fallait pas plus à Kaspar pour deviner qu'elle était tout aussi attirée par lui que l'inverse.

Le sentiment de victoire qui l'envahit aurait dû l'inquiéter. Les sonnettes d'alarme tintaient, oui, mais trop faiblement pour le ramener à la désagréable réalité : cette femme n'était pas du genre à avoir une aventure d'une nuit, elle était plutôt du style longues promenades sur la plage, dîners romantiques et discussions jusqu'à l'aube.

L'amour, quelle plaie ! Il était bien placé pour savoir vers quels abîmes toxiques de telles émotions pouvaient vous plonger. Le mariage explosif de ses parents n'avait eu d'égal dans la bassesse que leur divorce hargneux. Il avait passé sa vie au milieu. Il avait été leur pion, l'outil qu'ils utilisaient pour se blesser mutuellement. Le fardeau que chacun avait tenté de faire porter à l'autre.

Mais il n'y avait pas que ses parents. Et son explosivité à

lui ? Ce côté incontrôlé qui n'avait eu qu'à émerger pour ruiner complètement la vie de quelqu'un ?

Il s'était juré que ça ne se reproduirait jamais, et il s'y était tenu. Certains le jugeaient détaché de toute émotion, froid, voire inatteignable. Il n'était rien de tout ça. En ce qui concernait ses patients, il ressentait autant d'empathie pour eux que pour leur famille, sans que cela vienne empiéter sur sa capacité à bien faire son travail. C'était dans sa vie personnelle qu'il exerçait cette discipline émotionnelle. Ainsi, avec les femmes, il se contentait de relations purement sexuelles. Du plaisir réciproque, et basta ! Pas d'intimité, pas de complications.

Or, quelque chose lui disait que cette Archie venait avec les deux. Donc le mieux, pour elle comme pour lui, serait qu'il se tienne à l'écart.

Il reprit son verre, tâchant de ne pas s'agacer de se sentir reluqué par les femmes qui avaient commencé à s'agglutiner sur son côté du bar. À peu près aussi facile que de ne plus chercher une crinière blonde dans le reflet des miroirs.

Apparemment, le papillon en question se dirigeait désormais vers le côté opposé de la piste de danse. Aussi loin que possible de lui, visiblement.

Il ne s'accorda pas le temps de la réflexion. Pour la deuxième fois ce soir, il abandonna son verre.

3

— Archie, attends. Où est-ce que tu vas encore ?

— Détends-toi, répondit Archie en souriant, peu perturbée par le ton autoritaire de son amie. Je vais juste prendre un verre.

En réalité, elle avait hâte de quitter la piste de danse pour passer derrière l'énorme pilier qui la cacherait de Kaspar. Chose peu aisée sur ces talons ridiculement hauts que Katie l'avait convaincue de chausser pour aller avec sa robe ultra-sexy — elle aussi une idée de Katie.

Cela faisait des années qu'elle n'était pas sortie danser, d'ailleurs elle n'en était pas très fana, mais là, il s'agissait d'une soirée caritative. Pourvu qu'elle n'ait pas eu l'air trop ridicule quand elle se déhanchait maladroitement sur la piste ! Elle s'était sentie bien jusqu'à ce qu'elle voie Kaspar l'observer. À la seconde où elle l'avait remarqué, son corps avait semblé lui échapper, comme si elle en perdait le contrôle. Elle avait bien essayé de les ignorer, lui et son harem agglutiné autour de lui, toutes ces femmes auxquelles il n'avait même pas la décence d'accorder un sourire. Mais, à présent encore, le souvenir de son regard intense parcourant chaque millimètre carré de sa peau lui faisait bouillir le sang dans les veines.

Une sensation pas exactement désagréable…

Elle colla le dos contre le béton frais, tâchant de recouvrer une respiration normale.

Son essoufflement n'avait rien à voir avec la danse.

— Tu te caches du prince chirurgien de Perse ?

Katie venait de faire irruption sous son nez et dans ses pensées.

— Je ne vois pas de quoi tu parles, parvint à ironiser Archie.

— Ben voyons ! Il te dévore des yeux depuis le début de la soirée, et toi tu ne sais plus où te mettre.

— N'importe quoi ! Ça fait à peine une demi-heure qu'il est là.

— Ha ha ! triompha Katie. J'en étais sûre ! Tu baves sur le super sexy Kaspar Athari.

— Mais non, pas vraiment... Et pourquoi tu fronces les sourcils ? C'est toi qui as insisté pour que je prenne du bon temps comme on le faisait à la fac. Comme avant la mort de mon père et mon mariage avec Joe...

Elle laissa sa phrase en suspens, gênée, tandis que son amie répliquait vigoureusement.

— Je te l'ai dit et je te le redirai, j'ai détesté la manière dont tu as changé après ton mariage. Tu t'es renfermée. Plus rien à voir avec l'Archie marrante et culottée que j'avais connue.

Archie leva les yeux au ciel.

— Joe était *exactement* ce dont j'avais besoin à cette époque de ma vie.

Elle avait essayé cent fois d'expliquer à Katie que son changement n'avait rien à voir avec Joe, mais son amie refusait de comprendre et, à son expression, il était visible qu'elle ne la convaincrait pas encore aujourd'hui.

— J'ai la sensation que Joe a profité de ta jeunesse et de ta naïveté, bougonna celle-ci. Tu pleurais ton père, ton frère et sa femme étaient partis au bout du monde...

Cette conversation, elles l'avaient déjà eue mille fois.

— Il n'a pas profité de moi, Katie. Les bénéfices étaient mutuels.

Au moins celle-ci avait le tact de ne pas mettre sur le tapis ses trois années de tentatives de grossesses infructueuses et le souvenir douloureux de sa fausse couche à dix-huit semaines...

Elle se secoua pour ne pas laisser la peine l'envahir.

— D'accord, concéda Katie. Quoi qu'il en soit, il est temps de convoquer l'ancienne Archie, celle que j'admirais tant. Celle qui a sauté d'un avion pour son père, pour Faith, pour un nouveau départ.

— Ça paraît facile, à t'écouter.

Cela dit, son amie avait raison sur un point : ce saut pourrait marquer un renouveau.

Aussitôt, l'image de Kaspar s'afficha devant ses yeux, et son regard alla instinctivement fouiller le coin de bar où celui-ci se tenait.

Pathétique... Mais c'était aussi la seule réaction vaguement positive qu'elle ait eue depuis longtemps. C'était à la fois étrange et très agréable.

Kaspar Athari de retour dans sa vie. Qui l'eût cru ? Il avait été son premier, son seul véritable amour. Sauf que, à l'époque, il ne l'avait même pas remarquée et qu'elle n'avait pas eu le courage de lui dévoiler ses sentiments. Mais il était revenu et, cette fois, l'avait remarquée ! Comme si la vie lui offrait une seconde chance. Ça ne pouvait pas être une simple coïncidence, si ? C'était plutôt de l'ordre du destin.

Dans tous les cas, elle avait envie de réagir.

— OK, annonça-t-elle à Katie. Tu veux que je me remette en selle, c'est ça ?

— Absolument.

Elle prit une longue inspiration.

— D'accord. Alors pourquoi ne pas le faire avec l'infâme prince chirurgien de Perse ?

C'était plus facile de l'appeler par ce surnom ridicule, il lui était moins intime que Kaspar.

— Fais-le avec n'importe qui sauf lui ! Ce type est un danger public. Dans ton état actuel, il va t'avaler toute crue et te recracher en petits morceaux, l'avertit Katie. Je ne le laisserai pas s'approcher de toi, tu peux compter sur moi.

Si elle le prenait comme ça, Archie avait deux solutions : soit se plier aux conseils de son amie, soit lui prouver qu'elle avait tort. Comme pour le saut en parachute, dont elle n'avait pas raconté le détail le plus important à Katie.

— Ce n'est pas un petit prince qui va me faire peur, affirma-t-elle avec un sourire en coin.

Son amie la dévisagea, soudain intriguée.

— Dans ce cas, loin de moi l'idée de t'en empêcher. OK, tu vois cette cicatrice sexy qui lui barre la mâchoire ? Apparemment, il l'a récoltée au cours d'une bagarre quand il était jeune. Tu te rappelles, quand il tournait dans ces grosses productions de kung-fu ou de karaté, vers les sept-huit ans ?

La vie de star hollywoodienne que Kaspar rêvait tant de quitter, Archie s'en souvenait parfaitement. Mais elle ne pouvait rien dire, bien sûr.

— Oui, je crois, répondit-elle à la place.

— Il a fait d'énormes succès, d'après ce qu'on dit. Jusqu'à ce que sa mère exige trop d'argent et qu'on le remplace.

La rumeur était bien loin du compte, en ce qui concernait les dégâts causés par sa mère ! Mais ça non plus, elle ne pouvait pas le révéler à son amie.

— Et donc il s'est fait cette cicatrice lors d'un tournage ? fit-elle mine de demander.

Les prunelles de Katie scintillèrent d'excitation.

— Non ! Selon la rumeur, il s'est fait ça dans une allée sombre au cours d'une bagarre quand il avait dix-sept ou dix-huit ans. Il était fin soûl, et apparemment ils lui sont tombés à cinq dessus, mais il leur a quand même botté les fesses. Intéressant, non ?

L'idée du Kaspar calme et maîtrisé qu'elle avait connu en train de se soûler et de se battre était une hérésie absolue. Sans doute encore un mensonge de la presse à scandale. L'homme que l'on décrivait dans les médias n'avait rien à voir avec le garçon qu'elle avait aimé jadis.

En plus, elle était là quand il l'avait eue, cette cicatrice : en tombant d'un chêne dans la ferme voisine à l'âge de treize ans. Elle se rappelait Robbie revenant en courant pour leur annoncer qu'une branche avait cédé et que Kaspar était blessé. Il avait été transporté à l'hôpital avec quelques coupures et hématomes superficiels, plus cette entaille profonde au visage — qu'il avait arboré avec toute la fierté d'une blessure de guerre, évidemment.

La main de Katie sur son avant-bras la ramena au présent.

— Voici ta chance. Ton prince chirurgien approche.

Et avant qu'elle ait le temps de dire ouf, elle se trouva lâchement abandonnée par son amie.

— Je commençais à penser que tu te cachais, Archie.

Son accent traînant était mêlé d'une touche d'amusement.

Elle sentit les poils de ses bras se mettre au garde-à-vous. « Archie. » Son diminutif roulait sur la langue de Kaspar comme s'il le goûtait, le testait. Elle ouvrit la bouche pour répondre, mais il s'avança tout près, et le noir se fit dans son cerveau. Son corps passa en mode surchauffe.

Il était habillé de façon décontractée mais élégante, et il émanait de lui une fragrance citronnée mêlée à une odeur de cuir extrêmement masculine. Assez pour éclipser tous les autres hommes de l'assistance.

Non. Du pays, voire du monde.

Le sourire nonchalant et canaille qui lui retroussait les lèvres donnait l'impression qu'il lisait dans ses pensées, dans ses désirs les plus secrets.

Un picotement lui parcourut le corps, son cœur semblait peiner à transporter le sang dans ses veines.

Elle chercha une réponse qui ne trahirait pas son trouble.

— Comment va le patient ? Rick, c'est ça ?

Ce n'était probablement pas la conversation dont Kaspar avait envie, mais ça permettrait de gagner du temps. Histoire qu'elle retrouve un peu de son contrôle d'elle-même.

— Il est dans un sale état.

— Mais tu vas l'aider ?

— Possible.

— Je crois avoir lu l'an dernier que tu avais réparé le visage d'un jeune patient qui s'était fait exploser une fusée de feu d'artifice à bout portant.

— Tu es dans le domaine médical ? demanda-t-il, le regard de plus en plus intense.

Elle déglutit avec peine.

— Non, en fait je suis dans la construction. Je bâtis les hôpitaux dans lesquels tu travailles.

— Tu les bâtis ?

— Enfin, je réfléchis aux plans, à faciliter les mouvements, les déplacements à l'intérieur, aux réseaux pour le chauffage, l'éclairage et le transport des gaz médicaux, etc.

Elle adorait son travail et pourrait en parler toute la nuit. Mais ce n'était pas la discussion la plus sexy qui soit.

— Tu fais partie de l'équipe qui construit la nouvelle aile de notre hôpital ?

La fierté d'Archie dépassait son envie de changer de sujet.

— Oui.

— Je suis impressionné. Ça a l'air vraiment chouette, et on dirait que vous allez tenir les délais et le budget, en plus.

Incapable d'empêcher un large sourire d'étirer ses lèvres, elle opina du chef à nouveau.

— Merci, ça ne se passe pas trop mal en effet. Il y a toujours des impondérables, mais ça se gère. Une fois l'aile terminée, on entamera le nouvel hospice de l'autre côté. Qui devrait être terminé dans une dizaine de mois.

— Encore plus impressionnant !

— Mon père a toujours adoré ce que je faisais, s'entendit-elle ajouter à brûle-pourpoint, dans l'espoir que Kaspar lui fasse comprendre qu'il se rappelait son père.

Mais rien ne vint, et elle ravala sa déception.

— J'imagine.

— Mais revenons-en à ton patient du feu d'artifice.

Il hésita et, l'espace d'un instant, elle crut qu'il allait botter en touche.

— Il avait la mâchoire détruite, il en avait perdu une partie avec les dents du côté droit. Il n'arrivait plus à manger, à parler non plus. J'ai dû lui reconstruire une mâchoire et lui réimplanter des dents de façon simultanée. Nous avons appliqué plusieurs couches de titane, et puis, à l'aide d'un laser, avons durci le matériau. La structure en treillis nous a permis de la tordre, de lui donner la forme et la taille parfaites pour le gamin.

Elle se rendit compte qu'elle avait retenu son souffle tout le long de sa narration. Kaspar la regardait droit dans les yeux, sombre et intense. À nouveau, elle ressentit un moment de connexion entre eux, et, bon ou mauvais signe, la musique augmenta d'un cran.

Elle s'approcha pour lui poser une question à l'oreille, vacillant légèrement sur les talons de Katie. Mais quand il lui passa un bras autour de la taille pour la retenir et qu'elle se trouva enveloppée par son odeur de citron, un désir animal la submergea, qui lui coupa le souffle tandis que sa main lui brûlait la peau. Au point que ce fut presque un soulagement lorsqu'il la relâcha.

— Tu veux qu'on sorte d'ici ? proposa-t-elle.

— Ensemble ?

— Ça te pose un problème ?

La question était sortie avant qu'elle ait réfléchi. Un flash de l'ancienne Archie. La séductrice, la taquine. Elle commençait à se prendre au jeu.

— Pas pour moi, gronda-t-il. Je suis prêt à parier que tu as entendu les scandales qui me collent au train. Ce n'est pas un gala de charité de grande ampleur, mais pas non plus une petite fête. Si la presse nous repère, ta photo sera sur la Toile avant même qu'on atteigne mon hôtel.

— Je mets un point d'honneur à ne pas croire les ragots. Je ne pense pas que tous ces gens connaissent l'ancien Kaspar.

— L'ancien Kaspar ?

Quand il fronça les sourcils, les deux petites rides qui se créèrent au milieu de son front firent resurgir des souvenirs familiers. Elle serra les poings pour s'empêcher de tendre les doigts pour les caresser.

Donc, il ignorait qui elle était. Pas étonnant qu'il n'ait pas réagi à son commentaire sur son père. Mais elle ne s'avouait pas vaincue.

— Tu sais, l'époque d'avant le prince chirurgien de Perse et la réputation qui va avec, tenta-t-elle. Le gamin qui grimpait aux arbres, qui construisait des cabanes et qui se bagarrait avec son meilleur copain.

Elle ressentit plus qu'elle ne vit le changement en lui. Sa réponse dut l'irriter, mais elle vit la façade se remettre en place, comme s'il regrettait ce qu'il considérait comme une fraction de seconde de faiblesse.

— Cette époque n'existe pas, fit-il avec une œillade.

Un frisson la parcourut, qui lui rendit la confiance dont elle avait tant manqué. C'était peut-être le play-boy qui se tenait devant elle, mais elle savait comment fêler l'armure.

— J'ignore s'il faut admirer ton assurance ou déplorer ton manque de mémoire, dit-elle en inclinant la tête de côté comme si elle pesait vraiment les deux options. Je crains pourtant que ce ne soit la seconde hypothèse.

— J'en doute fort.

Le sourire carnassier de Kaspar ne risquait pas de calmer les nerfs déjà à vif d'Archie. Il semblait s'amuser de leur joute, relevait le défi qu'elle lui proposait. Peut-être, si elle lâchait les bons indices, finirait-il par comprendre qui elle était.

— Tu es vraiment le type blasé que dépeint la presse, qui couche avec une femme différente un soir sur deux ?

— Si la presse le dit, ce doit être vrai.

S'il n'était pas le coureur que les médias faisaient de lui, pourquoi laissait-il cette réputation le précéder ?

Il sourit à nouveau, et ses dents scintillèrent, à l'instar du loup de Tex Avery. Elle frissonna en imaginant leur pointe lui effleurer la peau, la mordiller. Une intimité qu'elle avait lue dans les livres ou imaginé dans ses fantasmes, mais qu'elle n'avait pas vécue. Et certainement pas avec Joe.

Si elle pouvait enfin aller au bout de son coup de cœur d'adolescente pour lui, elle parviendrait à clore cette page de son histoire. Car elle était restée en suspens avec le brusque départ de Kaspar aux États-Unis. Elle était restée amoureuse au lieu de se lasser de lui, comme ce serait forcément arrivé si cette amourette avait connu un déroulement normal. Alors, si elle couchait avec lui aujourd'hui, la boucle serait bouclée. Elle pourrait reprendre le cours de sa vie et oublier ses idéaux d'adolescente romantique.

Elle soutint le regard brûlant de Kaspar jusqu'à ce que, chose incroyable, il détourne les yeux.

— Je t'avoue que je me demande souvent comment je trouve le temps de sortir avec autant de femmes. Même si je dois admettre que j'apprécie la compagnie du beau sexe.

Un coup de poing en plein ventre.

— Je vois.

— Je suis un homme, après tout.

Il avança d'un pas vers elle, l'acculant contre le pilier.

— Ou bien tu n'avais pas remarqué ? Mais non, je connais suffisamment les femmes et leurs réactions pour affirmer que si.

— Ah oui ?

Elle reconnut à peine la voix rauque qui venait de monter de sa gorge.

Le sourire narquois de Kaspar s'étira un peu plus.

— Oui. Non seulement tu m'as remarqué, mais tu me désires presque autant que je te désire.

— Encore cet ego.

— Si c'est de l'ego, ça ne rend pas le constat moins vrai. Tu veux qu'on fasse un test ?

Encore un pas en avant, et elle se retrouva prisonnière, le pilier dans son dos et Kaspar sur les trois autres côtés. Immense, puissant, enivrant.

Il ne la touchait pas, mais elle sentait son poids sur elle qui l'immobilisait — non qu'elle ait le moins du monde envie de s'échapper.

— Tu es vraiment sûr de toi. Imagine la déception, si tu n'étais pas à la hauteur.

Il eut la bonne grâce de paraître vexé une fraction de seconde, avant que ses yeux s'allument et qu'un rire chaud franchisse ses lèvres. Ce rire. Ces lèvres.

— Je peux t'assurer, Archie, que je suis « à la hauteur » dans tous les domaines auxquels tu penses.

Son nom sur ses lèvres, encore.

Si seulement elle avait le cran de se hisser sur la pointe des pieds et de l'embrasser, histoire de vérifier si sa bouche était aussi délicieuse qu'elle l'imaginait… Mais elle en était incapable, comme pétrifiée. Alors elle se contenta de plonger dans ses yeux si familiers.

— Ça, c'est ce que tu dis, parvint-elle à ironiser.

— C'est ce que je *sais*, la corrigea-t-il avec indolence.

— Laisse-moi deviner. Les femmes t'ont édifié un temple où elles te vénèrent dans les affres de la passion ?

Elle ne souhaitait pas songer à toutes ces histoires que les journaux racontaient. Ses prouesses sexuelles mentionnées par tant de femmes. Même si, comme il l'avait sous-entendu, il ne savait pas comment il trouvait le temps d'être à la fois un chirurgien dévoué et un amant aussi demandé.

— C'est un poil exagéré. Cela dit, en l'occurrence, il n'y a qu'une femme qui m'intéresse, et elle se trouve juste devant moi.

Pourvu qu'il n'entende pas les battements affolés de son cœur, le sang qui rugissait à ses oreilles. Qu'il ne lise pas le désir animal qui animait son corps tout entier et durcissait ses tétons au point qu'ils en étaient douloureux. Qu'il ne perçoive pas la chaleur entre ses jambes.

— Quelle petite veinarde je fais ! souligna-t-elle.

— Tu aimerais confirmer cette conclusion ? murmura Kaspar, la voix douce comme du chocolat fondu.

La pensée de tout ce qu'il pourrait lui faire emballa encore un peu plus son pouls.

Comme s'il devinait tout, il baissa les yeux vers son cou, vers le point de pulsation, avant de les replonger dans les siens, toujours aussi intensément.

Qu'est-ce qu'elle aurait donné pour qu'il la regarde ainsi, quand ils étaient des gosses et qu'elle était folle de lui !

Malgré elle, elle tendit la main et toucha la cicatrice que Katie avait mentionnée.

— C'est vraiment le résultat d'une bagarre de bar ?

— Qu'est-ce que ça pourrait être d'autre ?

Sa voix, rauque à présent, l'excita comme si ses ongles lui griffaient le bas du dos.

— Je ne sais pas, quelque chose de plus banal comme un accident d'enfance. Chute de vélo, dégringolade d'un arbre...

Le regard de Kaspar s'aiguisa. Elle lui donnait à réfléchir.

— Tu as un frère ? lâcha-t-il.

Était-il possible qu'il se rappelle ?

Non, hélas ! sa question n'était que la conclusion qu'il tirait de ses suggestions.

— Bien deviné, marmonna-t-il. Tous les garçons sont un jour tombés d'un arbre. Mais bon, il est rafraîchissant de rencontrer quelqu'un qui préfère voir le bon côté des gens plutôt que de croire les racontars des médias.

— Personne ne peut être aussi caricatural que ton alter ego, le prince chirurgien, murmura-t-elle.

— Et pourtant... Cependant, ils ont raison : les bagarres, les femmes, le bling-bling, ce sont des choses qu'une fille comme toi ferait bien d'éviter.

Elle ne put s'empêcher de s'agacer de sa condescendance.

— J'ai vingt-huit ans, pas vraiment un âge où l'on peut encore me qualifier de « fille ».

— Mais trop mignonne pour être mangée toute crue par la presse, ce qui, je peux te l'assurer, se produirait si je t'embrassais comme j'en brûle d'envie.

Le frisson partit de ses orteils, accéléra, gonfla, et quand il atteignit sa tête son rugissement était si fort à ses oreilles qu'elle crut que la salle tout entière allait l'entendre.

Kaspar voulait l'embrasser ! Il la désirait ! Ses cordes vocales allaient-elles se rappeler comment fonctionner ?

— J'ai du mal à te suivre, Kaspar. D'un côté l'infâme play-boy m'affirme qu'il est fidèle à sa réputation de dépravé, et d'un autre côté il essaye de protéger la mienne en ne couchant pas avec moi ?

— Appelle ça un miracle de Noël.

— On en est à des mois. Que penseraient les gens si je leur racontais que tu n'es pas le play-boy qu'ils pensent ?

— Ils ne te croiraient pas, se contenta-t-il de répondre.

Triste vérité. Mais le pire, dans l'affaire, c'était qu'il s'éloignait d'elle. Quelle ironie : elle avait eu raison de penser que l'ancien Kaspar, le gentil Kaspar était toujours là au fond de lui. C'était ce Kaspar-là qui tentait de la protéger, alors qu'il ne l'avait même pas reconnue.

Non, elle ne pouvait pas laisser cela se produire. Pas question de laisser échapper cette chance unique. Elle s'était promis qu'elle redeviendrait elle-même. Elle s'était juré que son saut en parachute serait un point de départ, le signe qu'elle avait laissé derrière le bazar des cinq années écoulées.

Si elle voulait Kaspar Athari, elle allait devoir le prouver, et lui dire qui elle était vraiment.

Avant de changer d'avis, elle se haussa et plaqua la bouche sur celle de Kaspar.

4

Kaspar fit l'expérience de la plus forte montée d'adrénaline de toute sa vie. Rien, jamais, ne lui avait fait un pareil effet.

Et dire que ça n'était qu'un baiser ! Comment serait-ce de toucher chaque millimètre d'elle ? De la goûter ? De plonger en elle ? Jamais il n'avait désiré une femme avec une telle férocité. Il devait lutter contre le besoin de la posséder avec son corps de la même manière qu'il la possédait en ce moment avec sa bouche. Pour la faire sienne, la marquer de son sceau.

Il resserra son étreinte, approfondit le baiser, et la réaction d'Archie fut si parfaite qu'il la ressentit à travers tout son corps. Elle se colla à lui, à croire qu'elle non plus ne se rassasiait pas de son contact, et lui noua les bras autour du cou comme si elle ne faisait plus confiance à ses jambes pour la soutenir.

Ce n'était pas loin d'être le cas aussi pour lui.

Qu'avait donc cette femme ? Quelques minutes plus tôt, il s'enorgueillissait — et se surprenait tout autant — de cette impulsion protectrice vis-à-vis d'elle. Il avait prévu de rester à distance, mais elle l'avait embrassé. Et là, il avait perdu son self-control pourtant si bien maîtrisé au fil des quinze années écoulées.

L'envie de la plaquer au pilier et d'oublier le reste des fêtards était presque irrépressible. Seulement, s'il faisait ça, il risquait bien de se perdre complètement.

Impossible de savoir comment il trouva la force d'interrompre leur étreinte.

Archie parut étonnée, puis embarrassée, mais avant qu'il ait le temps de parler, elle se ressaisissait déjà.

— Ne me dis pas que tu as tout donné, le taquina-t-elle.

Bizarrement, la touche d'incertitude dans son ton ne fit qu'augmenter son désir. Malgré tout, il recula d'un pas.

La sensation de perte fut aussi sidérante que ridicule. Il lui posa une main sur le coude, se disant qu'il allait juste l'éloigner de là, mais sachant pertinemment que c'était une excuse pour la toucher.

— Tu as parlé de partir d'ici ? marmonna-t-il.

— Oui. Oh oui !

Elle se tourna pour sortir, puis s'arrêta brusquement et posa une main sur son torse, le tremblement de ses doigts trahissant son trouble.

Dieu qu'il était bon, ce trouble.

— Avant, je dois te dire quelque chose.

— Ça ne peut pas attendre ?

Elle parut hésiter.

Il avait envie de plein de choses, mais pas de discuter. Si elle attendait une seconde de plus, il risquait de la jeter sur son épaule et de l'emmener dehors de force.

— Si, sans doute, finit-elle par murmurer.

Il ne put déchiffrer son expression — culpabilité ? Soulagement ?

En cet instant, peu lui importait. Il ne voulait rien de plus que d'être seul avec Archie. Il referma les doigts autour des siens et l'entraîna. L'excitation lui donnait l'impression d'être ivre alors qu'il n'avait pas bu une goutte de la soirée — il buvait rarement malgré les allégations de la presse. Il passa un bref coup de fil à son chauffeur pour qu'il approche la voiture.

Il dévala les marches, ravi de constater que les photographes n'étaient pas aussi nombreux qu'il l'avait craint, et que le véhicule les attendait devant la porte.

— Chez moi ou chez toi ? demanda-t-il afin qu'elle ne prenne pas peur.

— Chez moi, répondit Archie sans hésiter. Ça nous évitera une autre horde de photographes.

Pas sûr. Mais loin de lui l'idée d'argumenter.

— Viens par ici, lâcha-t-il d'une voix rauque dès qu'ils furent à l'abri des regards à l'arrière de la voiture et qu'elle eut donné son adresse au chauffeur.

Obéissante, elle se glissa sur la banquette, mais il voyait les rouages tourner dans son cerveau : zut ! elle allait tenter de discuter à nouveau. C'était une complication dont il se passerait volontiers.

Alors il la prit par la taille et l'installa sur ses genoux.

— Voilà qui est bien mieux.

— Bien mieux, souffla-t-elle.

Incapable de se retenir, il reprit sa bouche tandis que ses mains parcouraient son corps comme il avait rêvé de le faire un peu plus tôt. De l'exquise courbe de ses mollets, titillant la peau si douce à l'arrière du genou, avant de remonter ses jambes incroyablement longues. Mais au lieu de poursuivre son chemin, il joua avec la couture de sa robe courte et remonta le long du haut de son corps, par-dessus les sequins du tissu. Cette robe restait un obstacle entre eux, le col haut lui masquait ses seins.

Il lui prit le menton dans une paume pendant que l'autre explorait la masse de ses cheveux blonds et se calait dans sa nuque. Pour sa part, Archie répondait à chaque caresse, entamant un voyage d'exploration de son côté — épaules, bras, torse. Elle dessina chaque muscle et renversa la tête en arrière quand il déposa une ligne de baisers enfiévrés de sa bouche vers la ligne élégante de son cou et le creux vers sa clavicule. Son odeur enivrante lui emplissait les narines et lui affolait un peu plus les sens.

À chaque coup de langue et frôlement de ses ongles, elle le rendait de plus en plus dingue. Le fait que ses jolis doigts tremblent tandis qu'elle lui déboutonnait sa chemise ne faisait qu'ajouter à la tension sexuelle. Il brûlait d'apprendre chaque millimètre carré d'elle. Intimement et complètement.

Il dégrafa l'attache à l'arrière de son cou, et les deux pans de tissu révélèrent la paire de seins la plus magnifique qu'il ait jamais vue.

Les deux tétons rose-brun semblaient l'appeler. Il pencha la tête et en prit un dans sa bouche, faisant tournoyer sa langue autour du bouton dur avant de le mordiller.

Le brusque halètement qui lui répondit agit comme une caresse sur la partie la plus dure, la plus chaude de son anatomie, et il fut incapable de réprimer un grognement de désir. Puis Archie lui offrit son autre sein pour qu'il lui administre le même traitement, et il obtempéra volontiers.

Il aimait ce côté bravache chez elle. Il ignorait pourquoi, mais il avait l'impression que ce n'était pas un trait de son caractère que tout le monde voyait. Une idée qui le séduisait plus que de raison.

Pendant qu'il titillait un téton d'une main, il aspira l'autre dans sa bouche, reculant la tête pour la regarder frissonner sous le petit air froid. Il recommença. Et encore, changeant de côté. Jusqu'à ce qu'elle se mette à s'agiter sur ses genoux, chaleur évidente contre son sexe déjà dur. Si dur qu'il en était presque douloureux. Il n'en pouvait plus d'attendre pour toucher sa moiteur. La pénétrer.

Mais pas ici. Pas dans la voiture. Avec une autre, il se le serait peut-être autorisé, mais personne ne lui avait insufflé une telle fièvre. Il savait que, avec Archie, il voulait plus qu'une partie de jambes en l'air à l'arrière d'une auto.

— Qu'est-ce qu'il se passe ? demanda-t-elle, percevant son changement d'attitude.

— Pas ici. Pas la première fois, parvint-il à gronder.

— « La première fois » ? ironisa-t-elle, un sourcil haussé. Quel optimisme !

— Une fois ne suffira pas, fit-il d'une voix dont la gravité le surprit lui aussi. Je préfère t'avertir.

Malgré son attitude, il sentit son petit halètement. Mais elle n'eut pas le temps de répondre, car le chauffeur appuya sur l'interphone pour les informer qu'ils étaient arrivés à destination.

Archie ouvrit la porte de son appartement et actionna l'interrupteur.

Sa peau la brûlait encore des caresses de Kaspar, et elle avait le pressentiment que jamais plus elle ne se débarrasserait de cette brûlure.

— Et voilà, fit-elle d'une voix dont elle ne comprenait pas comment elle semblait aussi calme.

Elle se passa la langue sur les lèvres, anxieuse. C'était la première fois qu'elle ramenait un homme chez elle. D'ailleurs, c'était le premier « chez elle » qu'elle avait pour elle toute seule.

Kaspar balaya la pièce des yeux.

— Sympa. Ça fait longtemps que tu vis ici ?

Elle hésita. Voilà, c'était l'occasion de lui dire.

— Dix mois. Depuis la fin de mon mariage.

Elle haussa les épaules, comme s'il s'était agi d'un énième échec dans la litanie catastrophique de ses erreurs passées.

Kaspar ne fit aucun effort pour masquer son étonnement.

— Tu as été mariée ?

— Presque quatre ans.

— Qu'est-ce qui s'est passé ?

— Je croyais l'aimer. Je croyais qu'il m'aimait, répondit-elle d'un ton qu'elle voulait léger. Avec le recul, on est allés trop vite. Mon père venait de mourir, mon frère avait émigré. Je cherchais à remplir un vide, et Joe l'a fait. Il était gentil et tenait à moi, mais c'était une erreur.

Elle ne pouvait pas lui parler de Faith, sa petite fille. Elle ne saurait pas évoquer cette perte-là d'un ton aussi désinvolte. Et puis, Kaspar avait déjà une bombe à analyser.

Il se passa une main dans les cheveux, un geste qu'elle se rappelait de ses années de jeune garçon et qu'elle ne lui avait plus vu sur ses nombreuses photos dans la presse.

Elle déglutit, la gorge sèche, puis leva une main tremblante vers un petit groupe de photos au mur. De Robbie, de son père, d'elle. Il y en avait même une avec Kaspar lui-même.

Kaspar regarda. S'approcha. Observa plus attentivement.

Au vu de son air choqué, elle eut la confirmation qu'il n'avait rien soupçonné de sa véritable identité.

Le silence s'étira. L'oxygène se raréfia dans la pièce. Il s'écoula une éternité avant qu'il reprenne la parole.

— Ant ? La petite fourmi ?

Malgré l'incrédulité, elle perçut une touche de tendresse dans la manière dont il prononça son vieux surnom. Mais il reculait, se dirigeait vers la porte. Et elle détestait ça. Maintenant plus que jamais, elle voulait ce lien avec lui. Le moment qu'ils n'avaient jamais eu.

Le désespoir lui donna une force dont elle ne se croyait pas capable. Et malgré le tumulte de son ventre, elle parla d'une voix ferme et fluide qu'elle ne s'était pas entendue depuis des années.

— C'est Archie, maintenant.

— Bon Dieu, et moi qui viens de t'embrasser !

Elle n'aurait su dire s'il était plus écœuré par lui-même ou par leur baiser. Dans les deux cas, c'était tout ce qu'elle redoutait.

— On s'est embrassés, le corrigea-t-elle, tentant vainement de calmer son pouls affolé. S'il te plaît, ne me dis pas que ça te fait trop bizarre.

— Bien sûr que si, répondit-il, les yeux brillants — sombres, durs et... autre chose.Tu étais presque ma petite sœur.

— J'étais. Au passé, argua-t-elle, refusant de se laisser impressionner par son ton. Ça fait quinze ans, Kaspar, et tu ne m'avais même pas reconnue. J'étais juste une des femmes présentes à la fête.

— Tu n'as rien à voir avec les autres femmes de cette fête. Tu es Ant, la petite fourmi. Tu es bien plus innocente qu'elles, conclut-il, atteignant la porte et l'ouvrant. Du moins pour un homme comme moi. Je dois m'en aller.

Tout à coup, elle lut la colère et l'angoisse sur son visage, et elle comprit.

Un afflux de confiance la réchauffa. L'enhardit.

— Tu ne m'en veux pas tant de ne t'avoir rien dit que tu ne t'en veux à toi de me désirer encore. Kaspar, tu me désires vraiment.

Il ne s'arrêta pas, ne ralentit même pas.

— Je suis exactement le genre de type que tu devrais fuir, petite fourmi, lança-t-il par-dessus son épaule.

— Je ne suis plus Ant, Kaspar. Depuis plus de dix ans. Je suis une femme, maintenant, avec une carrière et mon propre appartement. Et un mariage raté.

Comme elle l'avait espéré, une fois dans le couloir, il hésita et se tourna vers elle. Il luttait toujours contre la tentation, mais, elle le voyait bien, sa volonté s'affaiblissait.

Volontairement, elle se passa la langue sur les lèvres.

Les prunelles de Kaspar s'assombrirent, et elle suivit des yeux leur mouvement sur ses lèvres humides.

Il voulait agir selon ce qu'il croyait être moralement correct, il essayait, mais les choses étaient allées trop loin dans la voiture. Il avait du mal à effacer cet instant d'intimité.

— Je te croyais en Australie.

Il essayait de gagner du temps, comprit-elle, incrédule. Qui croirait ça ? Pas la presse, pas le public, et certainement pas les cœurs brisés qui jonchaient son chemin.

— Robbie y est parti après la mort de notre père, parce que sa petite amie de l'époque, qui est désormais sa femme, était originaire de là-bas. Moi, ma vie était ici. Je venais d'obtenir mon diplôme, de décrocher un travail...

— Tu avais rencontré ton mari.

Elle ne parvenait pas à analyser son ton, mais il n'était pas bon. Kaspar lui échappait. Trop vite. Elle devait le convaincre qu'elle n'était plus la gamine de jadis. Qu'elle était la femme qu'il avait embrassée, étreinte, caressée.

— Si sympathique que ce soit, on n'est pas venus ici pour parler du bon vieux temps, pas vrai, Kaspar ? On peut reprendre là où on en était dans la voiture ? ajouta-t-elle en accompagnant cette requête d'un sourire désarmant.

— Archie, tu ne m'écoutes pas ? aboya-t-il, sans reculer toutefois.

Un frisson la parcourut. Elle approcha un peu plus.

— Non, ce n'est pas la conversation la plus appropriée qui

soit en matière de préliminaires. En tout cas, pas digne du fameux prince chirurgien de Perse.

— Pas question, ça n'arrivera pas, l'avertit-il, mais d'une voix un peu moins affirmée qu'elle ne le craignait.

— Trop tard. Tu as oublié le trajet en voiture ?

Elle entendit le grondement sourd qu'il émit. Elle savait que l'image de sa bouche sur ses seins et le souvenir de ses gémissements ne devaient pas être loin. Il était sur le point de céder. Il suffisait juste d'une dernière tentation.

— Tu es vraiment sûr que tu veux partir ? lança-t-elle en se passant une main sur la nuque pour détacher l'agrafe de sa robe, qui tomba au sol.

Elle se sentait étrangement forte, sexy et coquine.

Kaspar ne bougeait plus. Ni dans un sens ni dans l'autre. Et elle n'avait pas la moindre idée de ce qu'il pensait.

Kaspar ne pouvait plus bouger. Il était pétrifié, les yeux rivés à la vision de paradis qu'offrait le corps dénudé d'Archie. Il aurait dû faire demi-tour et s'en aller, mais il n'en avait pas la force.

Sa robe lui allait à ravir, elle moulait parfaitement ses courbes, mais ça n'était rien au vu de ce qu'il avait désormais sous les yeux. Elle était sublime.

Comment réaliser que cette femme était la même que l'enfant des photos, la petite fourmi de ses souvenirs ? De la longue ligne de son cou à sa poitrine magnifique, qu'il rêvait de soupeser, de caresser, d'embrasser, et à sa taille fine, son adorable nombril dont il s'imaginait lécher le pourtour. Descendant encore son exploration, appréciative et lente, il découvrit la douce courbe de son ventre, ses hanches sensationnelles, puis le V de son pubis, qu'un voile de dentelle bleue rendait encore plus attrayant.

— Dis-moi que tu n'as pas envie de moi, Kaspar, murmura Archie, un léger tremblement dans la voix — irrésistible.

Il sentit son corps se tendre tout entier, comme pour répondre à sa place à la question.

Dieu qu'il voulait remplacer cette dentelle. Avec ses doigts, sa bouche, son sexe. Il ne se rappelait pas avoir autant eu envie d'une femme avant. Pas à ce point.

— Tu sais bien que si, ne put-il s'empêcher de répondre d'une voix gutturale.

— Alors, prends-moi, susurra-t-elle.

Elle s'offrait à lui. Sauf que, à présent, il n'était plus question de sexe seulement. Cela dit, ça n'avait jamais été que ça. Peut-être qu'une partie de lui savait depuis le début qu'il la connaissait. Son corps l'avait reconnue. Voilà, c'était ça, l'explication à cette connexion qu'il ressentait.

Et cela suffisait à constituer une menace : Archie le connaissait comme personne, ça la rendait dangereuse. N'avait-elle pas déjà dit que son image de play-boy ne correspondait pas à la réalité ? Elle voyait trop de choses derrière la façade. Ce qui lui permettrait de se glisser sous sa peau s'il n'y prêtait pas attention. Non, décidément, il ne pouvait pas s'autoriser à passer la nuit avec elle.

S'il s'était transformé en ce personnage que la presse surnommait le prince chirurgien de Perse, ça n'était pas pour devenir un play-boy. C'était juste ce qu'il méritait d'être, cet être en deux dimensions. Car son image de mauvais garçon les empêchait de le dépeindre comme un super-héros.

Or, il n'était pas un héros. Pas du tout. Et surtout pas pour la famille de ce gamin dont il avait bousillé la vie, cette fichue nuit au bar. Mais la presse n'avait jamais révélé cette histoire. Comme le juge, les médias l'avaient absous. Et tant pis s'il était ressorti de l'hôpital quelques heures plus tard, contrairement à son adversaire.

Voilà pourquoi il méritait sa réputation de mauvais garçon. Pourquoi Archie devait se tenir loin de lui. Et pourquoi il devait franchir cette porte maintenant.

Oui, mais bon, quel homme sain de corps et d'esprit serait en mesure de tirer un trait sur une femme comme elle ?

Pas seulement parce qu'elle était… comme ça. Il y avait plus que le physique, plus que l'attirance sexuelle indéniable qui crépitait entre eux. Il y avait cette connexion. Il l'avait ressentie dans l'avion, même s'il lui avait fallu arriver à ce soir pour comprendre de quoi il s'agissait.

Malgré son enfance tout sauf enviable, tiraillé entre des parents qui le considéraient comme un pion dans leur jeu malsain plus que comme un enfant de chair et de sang, l'histoire abrégée que racontaient les médias avait toujours été édulcorée et présentée sous un jour plus glamour. Les chaînes de divertissement diffusaient des reportages spéciaux sur son actrice de mère et sur lui, mais jamais, jamais ils n'évoquaient la tristesse de son enfance.

C'était le père d'Archie qui l'avait sauvé, elle le savait bien, même si elle ne connaissait pas toute la vérité.

Le problème, ça n'était pas seulement qu'il présentait un danger pour elle, car l'inverse était vrai aussi. Un danger pour sa santé mentale et sa tranquillité d'esprit.

Pourtant il restait planté là, incapable de lui résister.

— Prends-moi, Kaspar, répéta-t-elle.

Il n'avait jamais rien entendu d'aussi sexy que cette voix autoritaire, taquine et qui tremblait légèrement. Son bon sens était en train de céder face à un besoin plus primitif.

— Ça ne mènera nulle part, Archie. Je retourne aux États-Unis la semaine prochaine. Je ne sais pas quand je reviendrai.

— Du coup, tu as tout intérêt à faire de cette nuit la meilleure de ton séjour. Non ?

Si coquine. Si sexy...

La folie s'empara de lui. Presque sans s'en rendre compte, il lâcha un grognement, claqua la porte d'un coup de pied et traversa la pièce à grandes enjambées.

Il ne réfléchissait plus. Il l'attira dans ses bras et colla contre lui son corps superbe et pratiquement nu. Archie noua les bras autour de son cou pour se plaquer plus fort et lui passer les jambes autour de la taille, tandis qu'il empoignait son fessier ferme.

Il embrassa sa bouche, son cou, chaque millimètre tremblant de sa clavicule. Elle répondit en embrassant sa mâchoire, en mordillant son oreille et en ondulant contre son sexe au point qu'il se prit à redouter de ne pouvoir tenir beaucoup plus longtemps.

— C'est par où ? parvint-il à gronder contre sa bouche.

— Derrière moi, répondit-elle sur le même ton.

Il navigua vers la porte de sa chambre, l'ouvrit d'un coup d'épaule et sourit en découvrant le grand lit et son abondance de coussins. Il l'y déposa moins délicatement qu'il ne l'aurait souhaité, s'immobilisa le temps qu'elle trouve les boutons de sa chemise et les défasse maladroitement, en déposant sur son torse et son ventre une ligne de baisers au fur et à mesure de sa progression. Il eut l'impression qu'une éternité s'écoula avant qu'elle atteigne enfin le dernier bouton et qu'il puisse jeter son vêtement. Mais Archie n'en avait pas terminé. Elle saisit sa ceinture, la défit et baissa la fermeture Éclair de son pantalon.

Il lui prit le poignet et l'éloigna malgré ses protestations.

Non, ça ne pouvait pas aller plus loin, il était trop excité, il risquait de perdre tout contrôle et d'exploser comme un adolescent. Or, il voulait donner à Archie autant de plaisir qu'il en prendrait, lui.

La peau en feu sous ses doigts habiles, il l'appuya contre le matelas et se hissa au-dessus d'elle à bout de bras pour la contempler. La manger des yeux. S'émerveiller de sa beauté.

Elle était enivrante, addictive.

Quand il prit un de ses seins en coupe, frottant doucement le téton de son pouce, elle lâcha un hoquet et se cambra. Alors il pencha la tête et la goûta, comme dans la voiture.

Archie lui enfonça les mains dans les cheveux et s'abandonna à sa langue gourmande.

Il voulait apprendre par cœur chaque contour, chaque courbe de ses seins, de son ventre, de ses hanches. Lentement. Complètement. Malgré la hâte, la douleur de son sexe érigé.

Bientôt, les doux gémissements d'Archie devinrent plus pressants. Il dessina une ligne de baisers de son nombril au tissu ouvragé de sa culotte, qu'il écarta d'un mouvement preste. Enfin, il posa la bouche sur la partie la plus chaude, la plus moite et la plus sucrée d'elle, recevant un cri de plaisir en récompense. Elle avait un goût de feu, de miel, de désir. Elle ondulait le bassin, dansant avec lui, tandis qu'il léchait son sexe, autour, dedans, autour encore. Elle lui avait pris le visage entre les mains, et les sons les plus adorablement excitants s'échappaient de ses lèvres comme malgré elle, ce qui allumait en lui un plaisir animal.

Jamais il n'en aurait assez d'elle !

Il embrassa, suçota, lécha jusqu'à ce qu'elle le lâche pour empoigner les draps, les hanches soulevées par des soubresauts.

— Kaspar, s'il te plaît...

Elle tenta de lui échapper, mais malgré le désir qui émanait de sa voix, il n'avait pas encore l'intention de prendre son plaisir. Archie d'abord.

— On n'est pas pressés, susurra-t-il. On a toute la nuit.

Sur quoi, passant une main sous elle pour la maintenir immobile, il reprit son festin et inséra un doigt en elle tout en léchant avec délectation sa fente et son clitoris.

Archie jouit, criant son nom et se cambrant. Autour de son doigt, les parois se resserrèrent, et il éprouva un sentiment de victoire pareil à nul autre. Il continua à la caresser longtemps après son orgasme en lui murmurant des choses, ce qui, bientôt, la fit jouir encore.

Archie secoua la tête. Elle avait toutes les peines du monde à recouvrer ses esprits. Son corps était épuisé, repu.

— C'était...

Comment exprimer ce qu'elle avait ressenti ? Ce qu'elle ressentait ? Inouï. Rien de comparable à ce qu'elle avait vécu avant. Et de loin.

— Je suis... Tu es...

— On n'a pas terminé.

La voix de Kaspar était rocailleuse, grave, rauque.

Elle se dressa tant bien que mal sur un coude, ne sachant trop si cette réponse constituait une promesse ou une mise en garde, mais la vue de Kaspar qui se débarrassait du reste de ses vêtements pour se retrouver nu devant elle lui coupa le souffle.

Son physique musculeux, sa beauté mâle, tout ça pour elle ! Cela allait largement au-delà de ses fantasmes les plus fous.

Elle baissa les yeux vers son érection, longue et épaisse, aussi dure qu'une barre d'acier. Et, contre toute attente, son corps réagit à cette vision surexcitante.

Comment pouvait-elle avoir de nouveau envie si vite ?

— J'espère bien, répondit-elle, le sourcil arqué. Vu comment tu t'es vendu tout à l'heure, j'aurais été déçue !

Mais malgré son assurance feinte, elle ne put réprimer le léger tremblement de sa voix.

— Ah ? Tu avais peur d'être déçue ?

— Oui, j'étais un peu inquiète...

Soudain, Kaspar fut sur elle, bien calé entre ses jambes, les avant-bras passés sous ses épaules pour s'allonger au-dessus d'elle, et toute réplique spirituelle s'échappa dans le soupir qu'elle poussa au contact de son sexe dur contre son intimité. Malgré elle, ses cuisses s'écartèrent, et elle croisa le regard amusé de Kaspar.

— Tu disais ? ironisa-t-il.

Ce fut là qu'il s'enfonça en elle. Fort et loin, profondément, l'étirant autour de lui d'une façon affolante. À croire qu'elle était faite pour l'accueillir.

Elle se mordit la lèvre, incapable de répondre. Instinctivement, elle arqua le bassin. Il lâcha un grognement, et elle observa, fascinée, son visage crispé comme s'il tentait de se maîtriser, comme si elle le rendait fou de plaisir.

Instinctivement, elle leva les jambes et les lui noua autour de la taille, plantant les talons dans son dos, l'attirant plus profondément encore. Il poussa un nouveau grognement. Son regard se fit voilé et fort à la fois, de la couleur d'un bon cognac, et elle sentit son pouls s'accélérer sous le désir que distillaient ses prunelles.

Il entama son va-et-vient à une cadence régulière. Elle répondait de tout son corps à chaque assaut, sans le quitter des yeux. Combien de temps ondulèrent-ils ainsi ensemble ? — une vie, peut-être. Sa place était là, avec Kaspar.

À un moment donné, il passa une main sur son flanc et la

caressa juste au bon endroit, sans plus rien de léger, sachant exactement ce qu'il faisait.

Elle retint son souffle, se cambra, monta les hanches, la tête en arrière et le corps tendu à l'extrême.

Elle aurait voulu lui dire de ralentir, non qu'elle n'ait envie de ce qui s'approchait, mais parce qu'une partie d'elle redoutait le moment où ce serait fini et où il repartirait. Mais impossible de parler. Alors, ses ongles tracèrent sur le dos de Kaspar un chemin invisible, ce qui lui tira un frisson. Comme une réponse de son corps à elle, le plaisir monta en flèche, et pour la troisième fois en quelques minutes, elle jouit.

Elle eut l'impression de tomber dans le vide, encore et encore, sans se soucier de l'endroit où elle allait atterrir. Et alors qu'elle hurlait le nom de Kaspar, s'abandonnant totalement, il l'accompagna dans l'orgasme.

5

Kaspar adressa un sourire satisfait à son équipe.

— Quatorze heures d'opération, et voilà le résultat !

Ils venaient de pratiquer une procédure de reconstruction et de réhabilitation sur un patient qui avait perdu presque toute sa mâchoire supérieure et ses dents une décennie plus tôt, après un traitement contre le cancer.

— Oui, la technologie avancée de l'ostéo-intégration par ordinateur en 3 D, c'est génial !

Kaspar posa les yeux sur Rich, le jeune chirurgien arrogant, fils d'un chirurgien de renom.

Il passait pour un parvenu manquant de compassion, mais s'avérait très professionnel du moment qu'on trouvait le moyen de le piloter.

— Plus que les lauriers, ça va changer la vie de notre patient, observa Kaspar. Il était presque devenu ermite, n'osant plus s'aventurer dehors à cause des regards et des commentaires.

En temps normal, l'opération d'aujourd'hui constituait exactement le genre de défis dans lesquels il s'épanouissait. Pourtant, en dépit de son triomphe, il restait préoccupé.

C'était le cas depuis cette nuit mémorable avec Archie, presque cinq mois plus tôt.

Cinq mois au cours desquels il n'avait pas réussi à se l'ôter de la tête. Sa voix, son odeur, son goût. Nuit après nuit, son corps brûlait d'elle comme jamais il n'en avait fait l'expérience avec une autre femme. Il avait beau se répéter que ce n'était que du sexe, refuser d'admettre qu'il puisse y avoir eu une quelconque alchimie au-delà de ça, une nuit n'avait pas suffi. Il avait dû faire durer tout le week-end, puis un jour supplémentaire encore. Et même là…

Chaque jour, depuis, avait été une bataille pour ne pas la contacter. Pour ne pas lui envoyer de fleurs, deux mois plus tôt, en se rappelant que c'était son anniversaire. Chaque jour, il priait pour qu'un nouveau défi tel que celui-ci vienne occuper son attention ailleurs.

Mais, chaque fois, il en revenait à Archie.

S'il acceptait l'offre de rentrer au Royaume-Uni le mois prochain, l'appellerait-il ?

— C'est incroyable quand on y songe, poursuivait le jeune homme, plein d'enthousiasme, le tirant de ses pensées. Utiliser des implants osseux qui vont vivre et se développer autour d'une plaque de titane, être capable de créer de l'os et des tissus pour soutenir l'implantation de toute une série de dents… Traditionnellement, on aurait été obligé d'utiliser des plaques, des greffes, des cadavres.

— Sans oublier que notre patient va être en mesure de parler et de se faire comprendre, de manger et de boire sans que le liquide s'échappe de ses sinus et de sa bouche.

Mais le jeune chirurgien était obsédé par l'aspect scientifique, et Kaspar n'avait pas le courage de lui faire la leçon, comme il l'aurait sans doute fait en temps normal. Sa tête était trop pleine d'Archie.

Il s'était dit qu'il était trop abîmé. Trop égoïste. Trop destructeur. Surtout pour une femme aussi brillante et enthousiaste qu'Archie Coates. Il avait mis un océan entre eux deux sous prétexte de la protéger. Mais la vérité, c'était qu'il s'inquiétait pour elle. En passant du temps avec elle, il avait remarqué qu'elle avait perdu ce dynamisme, cette volonté qu'il se rappelait d'elle. Comme si la vie avait œuvré sur elle de la mauvaise façon. La mort de son père, l'imbécile de mari quelle avait mentionné, peut-être aussi le départ de Robbie.

Quelle qu'elle fût, il rêvait d'être celui qui la libérerait de cette douleur…

N'importe quoi ! Il était la dernière personne capable de soulager la douleur de quiconque. Mieux valait qu'il garde ses distances.

Pour la troisième fois, Archie relâcha la poignée de la porte, ses jambes menaçant de se dérober sous elle.

Oh non elle n'allait pas vomir maintenant !

Environ six heures plus tôt, elle était encore quelque part au-dessus de l'Atlantique. Et douze heures avant ça, elle avait passé l'échographie de la vingtième semaine qui avait confirmé que son bébé allait bien.

Leur bébé. À Kaspar et à elle.

Elle avait eu des mois pour s'habituer à cette idée, mais ça n'avait pas servi à grand-chose, cela restait irréel. Alors, comment Kaspar allait-il prendre la nouvelle ?

Elle aurait peut-être dû mieux y réfléchir. Hier, elle avait juste été contente que son visa et son boulot actuel lui accordent trois ans de visites aux États-Unis. Bêtement, elle avait pris cela pour un bon signe. La petite poussée dans le dos dont elle avait besoin pour aller voir Kaspar et lui annoncer la nouvelle pour le bébé.

À présent, elle était là, une main appuyée au mur et l'autre posée sur le doux renflement de son ventre.

C'était incroyable. Un miracle. Du moins pour elle. Rien ne remplacerait Faith, le bébé qu'elle avait perdu à dix-huit semaines de gestation, mais d'une certaine manière ce minuscule être qui grandissait en elle contribuait à guérir les blessures passées.

Quand elle avait découvert qu'elle était enceinte, elle avait ressenti une joie inouïe, et à présent encore elle peinait à croire que son corps ait réussi sans effort ce qu'il n'avait pas atteint durant toute la durée de son mariage avec Joe. Et puis, elle avait été catapultée dans la prison noire et froide de la peur. La peur de perdre ce bébé comme elle avait perdu Faith surpassant tout le reste. Tout cela combiné, elle avait passé les mois écoulés entre les deux versions opposées d'elle-même : la fonceuse et la craintive.

Elle avait fini par trouver assez de confiance pour prendre l'avion et traverser la moitié du monde afin de rejoindre Kaspar, et voilà que maintenant qu'elle était là, elle n'arrivait pas à frapper à sa porte.

Soudain, la décision lui fut ôtée des mains : la porte s'ouvrit en grand, et Kaspar apparut.

Il s'immobilisa dès qu'il la vit.

— Archie.

— Kaspar.

Elle retint son souffle. Le temps n'avait rien assagi de l'effet que Kaspar avait sur elle. C'était peut-être même l'inverse.

Elle eut la sensation de voler. De tomber, plus exactement. La question était : comment serait l'atterrissage ?

Quelques secondes s'écoulèrent tandis qu'il l'observait. D'abord son visage, puis son regard descendit. Un autre temps d'arrêt quand il découvrit le renflement évident de son ventre.

— Tu ferais mieux d'entrer, finit-il par lâcher d'une voix rauque qui lui mit les nerfs encore plus à vif.

Sur quoi, il ramassa son sac et rentra dans le bureau, avec aussi peu de surprise et d'émotion apparentes que si elle était sa patiente suivante.

À peine avait-elle franchi la porte qu'il lança :

— Tu es enceinte.

Le ton était plus froid, plus austère. Malgré tout, elle leva les yeux et soutint son regard.

— Oui, parvint-elle à répondre.

— Il est de moi ?

Elle eut l'impression de recevoir une gifle, même si la question était sensée.

— De qui d'autre pourrait-il être, Kaspar ? répliqua-t-elle entre ses dents serrées. De l'homme invisible ? Je ne suis pas du genre à coucher avec le premier venu. Oui, c'est ton bébé. Notre bébé.

— On s'est pourtant protégés.

C'était dit sur le ton du constat, pas de l'accusation. Ce dont elle lui fut reconnaissante, au moins.

— Pas la première fois, rappelle-toi.

Impossible de suivre le méli-mélo d'émotions qui passèrent sur le visage de Kaspar. Lui, le maître dans l'art du déni et du faux-semblant. Faisant mine d'être heureux, que tout allait bien dans sa vie de famille, seul face à ses amis, à ses camarades d'école, au monde entier. Sans rien dire des vacances qu'il passait avec Archie, Robbie et leur père pour éviter d'être entraîné dans les jeux tordus de ses parents.

— Il ou elle ?

— J'ignore si c'est une fille ou un garçon, je ne voulais pas savoir.

— Peu importe, gronda-t-il d'une voix empreinte de rage. Tu en es à... ?

— Vingt semaines, répondit-elle, même s'il ne pouvait comprendre la signification que ce chiffre avait pour elle.

— Tu aurais dû me dire.

— Tu aurais vraiment voulu savoir ?

— On s'en fiche de ça. Tu as eu presque cinq mois pour me l'apprendre.

Elle n'allait pas se laisser intimider par lui.

— Je te le dis maintenant, fit-elle d'une voix qu'elle s'efforça de garder ferme.

— Ça ne suffit pas.

— Ça devra.

Il plissa les paupières, à croire qu'il voyait clair dans sa témérité feinte. Comme s'il devinait qu'elle lui cachait quelque chose.

— Pourquoi pas plus tôt ? demanda-t-il brusquement.

Elle hésita.

— Ça... Ça n'a aucune importance.

— Je ne te crois pas ! aboya-t-il en croisant les bras.

Elle tâcha de ne pas remarquer que ce geste augmentait la largeur de ses épaules déjà massives. Elle tâcha aussi de ne pas regarder ses longs doigts qui lui avaient fait toutes ces choses ce fameux week-end. Cette nuit où ils avaient conçu un bébé.

D'accord, elle lui devait une explication.

— Je ne t'ai rien dit parce que j'avais peur. Je suis déjà tombée enceinte par le passé…

Elle s'interrompit, lacérée par la douleur. Sa voix se brisa, mais elle s'obligea à continuer.

— J'ai perdu ce bébé à dix-huit semaines.

— Je suis désolé, se contenta-t-il de dire.

— Elle devait s'appeler Faith, s'entendit-elle ajouter.

Et soudain, elle se retrouva dans les bras de Kaspar. Il l'avait rattrapée au moment où elle allait s'écrouler.

— Tiens, dit-il en lui tendant une tasse après l'avoir fait asseoir. Du thé sucré. Bois tout.

Elle n'osa pas désobéir.

Kaspar s'assit face à elle jusqu'à ce qu'elle ait lentement vidé sa tasse. Il attendit sans un mot. Comme s'il n'avait rien d'autre à faire que d'être là avec elle. Des larmes lui piquaient les yeux, mais elle les repoussa de quelques clignements de paupières.

Non, ça ne signifiait rien, elle ne devait pas y voir un signe.

— Je devais franchir ce cap des dix-huit semaines, reprit-elle. Je me suis dit que, après l'écho de la vingtième semaine, si le bébé allait bien, je te le dirais. Voilà.

Kaspar ne la lâchait pas des yeux.

— Donc, l'écho ne montrait rien de mauvais ?

— Non, tout va bien. Mais les choses vont toujours bien jusqu'à… Jusqu'à ce que ça cloche tout à coup.

Ne pas s'affoler. Ne pas laisser la peur tapie au fond d'elle prendre le dessus en imaginant des scénarios du pire. Les médecins ne décelaient aucun motif de souci, elle devait leur faire confiance, c'étaient eux les professionnels.

Surprise, elle vit Kaspar contourner son bureau et décrocher le téléphone pour composer un numéro.

— Qu'est-ce que tu fais ?

Pas de réponse.

— Dr Jarvis, s'il vous plaît, pour le Dr Athari… Catherine ? C'est Kaspar. J'ai une patiente que je voudrais que tu examines.

C'est urgent. Archana Coates, vingt-neuf ans, environ vingt semaines de grossesse.

Trop choquée pour parler, elle l'écouta la décrire en des termes totalement dépassionnés. Comme une patiente.

— Elle a un passif d'avortement au deuxième trimestre.

Elle sursauta.

C'était la même terminologie que les docteurs avaient utilisée en sa présence, et elle la haïssait par-dessus tout. Comme s'il s'était agi de son choix !

— Non, elle n'a pas de référence. C'est personnel, poursuivait Kaspar, sans se soucier d'elle.

Il ne tarda pas à raccrocher.

— Qu'est-ce... Qu'est-ce que tu fais ?

— Catherine Jarvis est l'une des meilleures spécialistes en obstétrique au monde. Du fœtus, précisa-t-il devant sa mine perplexe. Elle va te recevoir dans une demi-heure.

— Je ne... Non ! Je viens de faire une écho, j'ai subi tous les examens. Ils connaissent mon historique médical. S'il y avait un problème, si ça risquait de se reproduire, ils l'auraient vu.

— Chut ! l'apaisa-t-il. Je ne suis pas en train de dire qu'ils se trompent. Je veux juste... être sûr. Est-ce que la perte du bébé... de Faith, est la raison de l'échec de ton mariage ?

Il essayait de détourner son attention du sujet principal, mais le seul fait qu'il se soit souvenu du prénom de sa fille lui serra le cœur. C'était plus que Joe avait consenti à faire.

— Oui, parvint-elle à souffler. Et non.

— C'est-à-dire ?

Il y avait une pointe de sarcasme dans sa voix, comme s'il savait quelle sorte d'homme était Joe. Sauf qu'il ne savait rien du tout.

— Il a reçu la proposition d'emploi de ses rêves en Suisse. Je n'ai pas voulu y aller avec lui.

— Pourquoi ça ? C'était ton mari.

— Ma vie était en Angleterre, je venais de perdre mon bébé, et je ne l'aimais pas.

— Tu as épousé un homme que tu n'aimais pas ?

— Je croyais l'aimer. Je le lui avais dit, d'ailleurs. Mais avec le recul, je crois que je lui étais juste reconnaissante. Il était là après la mort de mon père, quand j'étais en miettes. Il s'est occupé de moi, il était gentil avec moi. Il a pris soin de moi, il m'aimait, et moi je croyais l'aimer en retour.

— Assez pour te marier avec lui ? insista Kaspar, sans tenter de masquer le mépris qu'il éprouvait.

— Il avait douze ans de plus que moi, c'était un roc. Stable, sécurisant, il savait ce qu'il voulait, y compris une famille. Tout ça m'attirait. Aujourd'hui, je sais que je cherchais juste à remplir le vide laissé par la mort de mon père et le départ de Robbie en Australie.

— On dirait qu'il a profité de toi, plutôt.

— Non. Du moins pas comme tu l'entends.

L'expression de Kaspar s'aiguisa. Des lignes dures, anguleuses qui montraient sa désapprobation.

— Il savait que tu étais en deuil, vulnérable, et il t'a fait miroiter un mariage en prétendant t'aimer.

— Non, ça n'était pas comme ça.

Comment lui expliquer quand les mots se dérobaient ?

— Je crois que si. Tu étais perdue, pas lui. Je pense que tu finiras par y voir clair quand tu cesseras de lui trouver des excuses.

— Et moi, je pense que si tu daignais sortir la tête de ton cher nombril, tu arrêterais de m'expliquer ce que je ressens ou pas, rétorqua-t-elle, les prenant tous les deux par surprise.

Une réminiscence de son caractère véritable qui arrivait à point nommé. N'empêche, elle ne s'attendait pas que Kaspar éclate de rire.

— Qu'est-ce qu'il y a de si drôle ? s'agaça-t-elle.

— Toi. Ravi de te retrouver, petite Ant.

Malgré elle, elle sentit un sourire lui étirer les lèvres.

Il avait raison, c'était bon de sentir ressortir l'ancienne elle, téméraire et bagarreuse.

— Pardon de t'avoir jugée et critiquée sans savoir, dit-il.

Sa voix était étonnamment tendre, tout à coup. Presque... nostalgique ?

— Tu sais, j'étais peut-être hardie comme une fourmi, plus jeune, mais j'étais aussi fragile.

Jamais elle n'avait avoué ça à quelqu'un d'autre qu'à son père. Pourquoi le dire à Kaspar, et maintenant en plus ?

— Je ne m'en étais jamais rendu compte. Moi, je t'ai toujours trouvée très rude, très forte, petite comme tu l'étais.

— Kaspar, reprit-elle, je ne suis pas venue ici pour discuter de mon ex-mari ou de mes erreurs. Je me devais de te dire que j'attendais un enfant de toi et je ne me sentais pas de te l'apprendre au téléphone.

— Et puis ? Tu t'attendais que je tombe sur un genou et te demande en mariage ? Ils vécurent heureux et eurent beaucoup d'enfants ?

En fait, elle n'avait pas réfléchi plus loin que cet affreux moment de retrouvailles. Mais à présent, il était si sombre, si mauvais, si froid qu'elle avait l'impression d'être plongée dans un bain glacé. Et ses frissons n'y changeraient rien, tant qu'il la transpercerait du regard comme ça.

Elle songea que sa meilleure défense, maintenant, c'était l'attaque. Alors elle croisa les doigts, releva le menton et le dévisagea sans ciller, oubliant ce qu'elle éprouvait à l'intérieur.

— Non, Kaspar. Je suis déjà passée par là. Le mariage est une erreur que je n'ai pas l'intention de reproduire.

— Alors quoi ? Tu pensais venir lâcher ta bombe et sauter dans le prochain avion pour rentrer au Royaume-Uni ?

Le sarcasme était évident, elle dut prendre fort sur elle pour ne pas répondre par la même agressivité. Elle ne sut jamais comment elle parvint à se mettre debout et à traverser la pièce comme si elle était en parfaite maîtrise d'elle.

— Je ne sais pas trop à quoi je m'attendais de ta part. À pas grand-chose, j'imagine. Maintenant, au moins, tu as toutes les cartes en main. À présent que tu es au courant, je pense qu'il est temps pour moi de m'en aller.

Mais Kaspar n'était apparemment pas aussi impressionné qu'elle.

— Rassieds-toi, Archie, gronda-t-il. Tu es folle si tu penses que je vais te laisser partir avec mon bébé.

6

Faisant les cent pas de l'autre côté du rideau tandis que Catherine examinait Archie, Kaspar luttait pour contenir le trop-plein d'émotions qui tourbillonnaient en lui.

Que lui arrivait-il ?

Il n'était pas prêt à être père. Il n'avait jamais envisagé de le devenir. Une autre raison pour laquelle il avait évité les relations amoureuses. Pas question de risquer de se changer en parent dans le genre de sa mère. Il se rappelait trop comment c'était de se sentir insignifiant, incapable.

Mais voilà que sa vie et celle d'Archie se retrouvaient liées à jamais. Il l'avait su dès le premier instant de panique passé, tout à l'heure, dans son bureau. Jamais il ne permettrait qu'un enfant grandisse comme lui, avec le sentiment de n'être ni aimé ni désiré. Il devait devenir le genre de père qu'avait été celui d'Archie pour ses enfants. Ce que Kaspar lui-même avait connu de plus approchant d'un père. Il le devait à Archie, la femme dont il aurait enfoncé la porte plusieurs mois en arrière s'il n'avait pas mis l'Atlantique entre eux.

Tout ça n'avait aucun sens, ça ne lui ressemblait pas du tout. Les fantômes qu'elle avait ressuscités cette première nuit ensemble, quand il avait compris qui elle était. Quand il n'avait pas été capable de s'empêcher de la faire sienne malgré tout.

— Bien, disait Catherine à Archie. Vous pouvez vous essuyer et vous rhabiller. Une fois prête, revenez afin qu'on discute un peu.

Il sentit son ventre se tordre.

C'était exactement le ton calme et professionnel dont il usait, lui, quand il soupçonnait un problème sérieux mais ne voulait affoler personne.

C'était bizarre de se trouver de l'autre côté du rideau. Il se sentait perdu, impuissant, et il n'aimait pas ça du tout. Mais ce n'était sans doute rien à côté de ce que devait éprouver Archie.

Une vague d'émotion inattendue le submergea à cette pensée. Il lui avait dit qu'il n'était pas partant pour jouer à la parfaite petite famille, et c'était vrai, mais il y avait autre chose… Comme s'il était de son devoir de s'occuper d'elle. De la protéger.

Il avait été assez protecteur vis-à-vis d'elle quand elle était gamine. En revanche, jamais de sa vie d'adulte il n'avait éprouvé le besoin de protéger une femme parce qu'il tenait à elle. Il ne s'en était même pas cru capable.

Perturbé, il écarta la pléthore de questions qui s'abattait sur lui. Se concentrer sur l'aspect médical. Ça, il savait le gérer.

Il s'assit donc et s'obligea à faire poliment la conversation avec sa collègue en attendant qu'Archie apparaisse.

La vue de son petit visage inquiet lui vrilla les tripes. Aussitôt, il passa en mode chirurgien.

— Qu'est-ce que tu as trouvé, Catherine ?

— Bien. Au vu de mon examen approfondi, Archana, il s'avère que vous êtes à vingt semaines de grossesse…

— Quel est le problème ? insista-t-il.

On n'était peut-être pas dans son domaine d'expertise, mais tout chirurgien de son niveau s'y connaissait un minimum dans les autres spécialités. La façon dont l'examen s'était déroulé et les questions que sa collègue avait posées ne collaient pas avec l'idée qu'il se faisait d'une grossesse fluide et sans complications.

— J'ai repéré un léger reflux vésico-utérin, mais j'insiste, c'est très léger. Je pourrais vous envoyer passer une IRM, mais je préfère me concentrer sur la longueur du col de l'utérus avant d'arrêter une décision, dit-elle en se tournant vers Archie. Cependant, je n'aurai de longueur étalon que quand vos docteurs m'auront transmis votre dossier.

Kaspar hocha la tête et se tourna à son tour vers Archie,

encore plus pâle et tendue. Instinctivement, il prit sa main glacée dans la sienne.

— Archie, on a besoin des coordonnées de ton médecin afin que Catherine puisse le contacter.

Très lentement, elle pivota vers lui.

— Personne ne m'a dit qu'il y avait un souci, là-bas.

Sa voix était quasi imperceptible tant elle était faible.

— Archana, intervint Catherine d'un ton très doux, souhaitez-vous que je vous explique tout ça en détail ?

Archie hocha la tête, raide. Elle ne le regardait pas, mais ses doigts serraient les siens avec une force surprenante. Une sensation qu'il ne chercha pas à analyser le traversa.

— Bien, reprit Catherine. Durant la grossesse, le col de l'utérus reste normalement fermé et long, un peu comme un tube. Au fil de la progression de la grossesse, le corps se prépare à l'accouchement, et le col commence à se ramollir, se raccourcir et s'ouvrir. Dans votre cas, il semblerait que le col soit déjà en train de rétrécir. C'est très léger et, sans connaître les mesures prises au début de votre grossesse, on ne peut en être certain. À ce stade, il est à moins de vingt-cinq millimètres. Vingt millimètres est le point où je conseille normalement de pratiquer une suture du col en urgence. Cependant, avec votre historique de fausse couche, je suggérerais plutôt, au vu du risque d'accouchement prématuré, qu'on pratique la suture.

— Donc… On attend ? parvint à demander Archie.

— Pour le moment, oui, mais pas trop longtemps. Car on ne fait pas de suture du col au-delà des vingt-quatre semaines. Car on considère que le risque de naissance prématurée est moins grave que celui d'accouchement retardé.

— Il y a donc des risques ?

Pour la première fois, Archie avait relevé la tête, comme si les paroles de Catherine la ramenaient à la réalité, et Kaspar éprouva une fierté inattendue face à la force dont elle faisait preuve.

Il resserra son étreinte sur sa main.

— Toute procédure comporte des risques, répondit sa collègue. En particulier quand il s'agit d'une procédure d'urgence, si le col est déjà raccourci et en partie dilaté. Le risque est que la poche des eaux se rompe et qu'une infection se développe. Dans votre cas, il n'y a qu'un soupçon de léger effacement et pas de dilatation.

— Pourquoi mon docteur ne l'a-t-il pas remarqué ?

Son expression peinée serra le cœur de Kaspar. Il luttait pour ne pas intervenir, craignant que les questions qu'il avait à poser, plus médicales et plus précises, ne fassent que l'effrayer encore plus. Il appellerait Catherine quand il serait seul.

— Eh bien, parce que c'est très léger. Et c'est mon domaine d'expertise...

— Mais eux aussi, ils sont censés être experts ! la coupa Archie.

Avec un instinct qu'il ne pensait pas posséder, il se surprit à l'attirer à lui et à la forcer à croiser son regard. D'une voix calme et ferme, il expliqua :

— Catherine est un chirurgien néonatal et materno-fœtal de classe internationale. Elle va traiter ça.

— Mais, et si on se trompe ? Si je ne fais pas la... la...

— La suture du col, compléta-t-il en se demandant si la tempête qui rugissait en lui correspondait à ce que tous ses patients ressentaient quand il leur délivrait son diagnostic.

— Oui. Si je ne fais pas ça et que je perds ce bébé aussi ?

— On ne peut pas savoir, reprit Catherine. Vous avez dépassé le stade de la première fausse couche. Néanmoins, il se peut que votre col ait effectivement commencé sa rétractation. Vous pourriez arriver à terme comme ça, sans intervention, c'est de l'ordre du possible. J'ai besoin de plus d'informations. Dans des cas comme le vôtre, où ce n'est pas clair, la suture n'est pratiquée que s'il y a un historique de deux fausses couches tardives ou plus, ou de naissances prématurées.

— Perdre un deuxième bébé avant de réagir ? Non, non, pas question, bredouilla Archie, horrifiée.

— Je sais que c'est dur, désolée. Mais parfois, on a besoin de certitudes.

Kaspar n'y tenait plus.

— Si Archie n'a pas de suture et qu'après la date des

vingt-quatre semaines le travail commence, tu feras quoi, alors ? Des pessaires ?

— Exact, répondit Catherine, avant de s'adresser à Archie. Si tel était le cas, nous vous proposerions probablement de la progestérone. Comme vous l'avez mentionné durant l'examen, ils avaient tenté un pessaire-cerclage d'Arabin pour votre premier bébé.

— Qui n'a pas fonctionné, balbutia Archie.

— Raison pour laquelle je souhaite demander votre dossier médical afin de déterminer si une suture du col constituerait une précaution raisonnable.

— Et ça m'évitera de perdre mon bébé ?

— Il n'y a pas de garantie. Les recherches concernant l'efficacité des sutures pour éviter les naissances avant terme sont en cours, mais il n'est pas facile de réduire beaucoup le risque d'accouchement précoce. Une fois que j'aurai plus d'informations, je vous ferai revenir pour d'autres examens, et nous discuterons plus avant.

— Mais...

La supplique contenue dans ce seul mot vrilla les tripes de Kaspar, mais il devait se montrer fort.

— Archie, transmets les coordonnées de tes médecins à Catherine. Une fois qu'elle aura ton dossier complet, elle sera en mesure de prendre une décision plus étayée et répondra à toutes tes questions à ce moment-là.

Catherine lui adressa un regard reconnaissant.

— Bien. Vous disposez d'une assurance complémentaire ?

Archie se figea comme si elle n'avait pas pensé aussi loin.

— Non...

— Les dépenses seront couvertes, affirma-t-il.

— Elle habite chez toi ?

— Oui.

Il ne prêta pas attention au regard noir d'Archie.

— Bien, répéta Catherine, qui leur tendit un formulaire à remplir.

Ligne après ligne, il parvint à obtenir d'Archie les informations nécessaires. Quand enfin ils en eurent terminé, il l'aida à se relever, rassembla ses quelques affaires et la guida dans le couloir non sans avoir remercié sa collègue.

Archie semblait étourdie, perdue.

Exactement ce qu'il ressentait lui-même. Sauf qu'il ne pouvait pas se le permettre. Car alors il ne serait d'aucune utilité pour elle, et elle avait plus que jamais besoin de lui.

— Je ne suis pas venue ici pour ton argent, marmonna Archie tandis que Kaspar l'entraînait dehors. Ni pour que tu m'héberges.

N'importe quelle conversation ferait l'affaire, du moment qu'elle la détournait de la terreur de perdre cet enfant comme elle avait perdu Faith.

— Que voulais-tu que je dise, Archie ? Que tu avais sauté dans un avion et débarqué ici à l'improviste ?

Kaspar avait employé exactement le ton accusateur qu'elle redoutait en traversant l'océan. Aussi répliqua-t-elle sur le même ton.

— Tu regrettes que je t'aie parlé du bébé ?

— Ce n'est pas ce que j'ai dit.

Il lâcha un soupir de colère et, si elle ne l'avait pas mieux connu, elle aurait pu penser qu'il était aussi perdu qu'elle.

— Je vais descendre dans un hôtel.

Difficile de rassembler un semblant de fierté quand tout ce dont elle avait envie, c'était de poser la tête contre son épaule et de pleurer.

— Tu es enceinte de mon bébé, Archana. Tu restes avec moi. Durant toute ta grossesse. Ça n'est pas négociable.

— Le Dr Jarvis et toi semblez oublier que je ne suis pas d'ici. Je n'ai pas les moyens de me payer des soins médicaux dans ce pays, je dois rentrer à la maison et parler avec mes médecins.

— Tu ne peux pas t'enfuir comme ça, rétorqua sèchement Kaspar. Je m'occupe des frais médicaux. Tu ne rentreras pas au Royaume-Uni tant que tu es enceinte. D'ailleurs, tu n'y retourneras pas du tout.

— Pardon ?

Elle avait dit cela très calmement, mais son cœur battait si fort qu'elle craignait qu'il n'explose.

Kaspar avait l'air aussi stupéfait qu'elle. Pourtant il répéta son affirmation lentement, comme si lui-même n'était pas sûr que les mots sortaient bien de sa bouche.

— Je peux t'assurer que c'est pourtant ce que je vais faire. Mon appartement m'attend là-bas, mon travail, ma vie.

— Sauf que, à présent, tu portes mon bébé.

— J'avais remarqué, oui. Mais tu m'as bien précisé que tu ne comptais pas jouer à la parfaite petite famille.

— C'était avant.

La discussion ressemblait trop à celle qu'elle avait eue avec son ex-mari quand il lui avait annoncé qu'il partait s'installer en Suisse. À l'époque, elle n'avait pas la moindre envie de quitter l'Angleterre, sa vie était là-bas. Cette fois, elle entendait les mêmes mots mais n'éprouvait pas la même certitude.

À cause du bébé, sans doute. C'était ça, la différence. Pas Kaspar.

— Avant quoi ?

— Avant, gronda-t-il. Je ne sais pas, Archie. Tu dois m'accorder du temps. Tu as eu des mois pour t'habituer à cette grossesse, moi je n'ai que quelques heures, là. Tu restes ici jusqu'à ce que j'aie un plan.

Elle voyait bien que ça lui coûtait d'admettre que lui, Kaspar Athari, ne savait pas quoi faire. Elle le comprenait, d'ailleurs. Mais elle ne pouvait pas se laisser aller, même si elle en avait envie.

Elle releva la tête.

— Je ne peux pas rester ici toujours. L'Immigration s'y opposerait, de toute façon.

Loin de calmer Kaspar, son argument sembla le galvaniser. L'homme puissant et autoritaire revenait au galop.

— On s'occupera de ça, lâcha-t-il d'un ton sec. Il le faudra bien, puisque tu portes mon enfant. Que je le veuille ou non, tu fais partie de ma famille, désormais. Et je ferai tout ce qu'il faudra pour garder ma famille avec moi. Ce bébé ne grandira pas en pensant qu'il n'était pas désiré. Ou qu'il n'a pas de maison.

— Il en aura une, de maison, répliqua-t-elle, agacée. La mienne. Celle de sa mère.

— Avec moi. Son père, précisa-t-il, les paupières plissées. Je ne serai pas un père absent, tu ne peux pas m'écarter.

— Ce n'est pas mon intention. Tu es son père, j'ai souhaité que tu sois au courant. Je te le devais, à toi, au bébé, je devais te donner le choix de faire partie de sa vie... Mais je ne peux pas abandonner ma vie pour rester aux États-Unis avec toi. Je ne pourrais même pas travailler ici.

— Je peux m'occuper de toi.

— Pourquoi ? le défia-t-elle. Par devoir ou parce que tu me veux auprès de toi ?

— Quelle différence ? Je prendrai soin de toi, de vous deux.

— Je ne veux pas qu'on s'occupe de moi !

Kaspar était irritant au possible. Et pourtant, d'une certaine façon, c'était rassurant qu'il prévoit l'avenir du bébé comme si le fait qu'elle risque de le perdre n'entrait même pas en ligne de compte pour lui.

C'était ce dont elle avait besoin, de cette force. Soudain, elle était lasse de se battre et d'avoir peur. Elle avait de plus en plus de mal à réfléchir. Elle rêvait qu'il la prenne dans ses bras puissants, qu'il la réconforte et prenne soin d'elle parce qu'il en aurait envie. Pas juste par sens du devoir.

Mais il n'en fit rien. Ils restèrent plantés là à se défier.

— Je veux que tu fasses partie de la vie de notre bébé, Kaspar, dit-elle avec douceur. Mais je ne peux pas rester ici. Toi, tu as ta vie ici, c'est très bien. Mais pas moi. D'ailleurs, je ne te vois pas proposer d'abandonner ta vie pour venir vivre en Angleterre avec moi sur une base permanente. Alors tu ne peux pas l'exiger de moi.

— Nous savons tous les deux que ton travail est plus facile à relocaliser que le mien, fit-il dans un soupir. J'ai des équipes qui dépendent de moi, des patients qui comptent sur ma présence tout le long de leur traitement.

Elle posa sur lui un regard furibond, mais au fond elle savait qu'il marquait un point. Elle adorait son boulot, mais il était effectivement plus flexible, et, contrairement à celui de Kaspar, il n'y avait pas de question de vie ou de mort.

— Bref, ta vie est plus importante que la mienne, quoi, conclut-elle néanmoins malgré elle.

— Il n'y a pas de « ta » vie ou « ma » vie. Plus maintenant. Que tu le veuilles ou non, il s'agit de « nos » vies à présent. Je ne supporterai pas que ce bébé vive tiraillé comme moi.

Elle voyait le chagrin peint sur chaque trait de son beau visage. Son aveu titillait la corde sensible, ne serait-ce que par son aspect inattendu. Elle devait choisir très soigneusement ses mots.

Elle tendit la main et la posa sur le torse de Kaspar, sidérée du courant électrique que ce simple contact lui procura. Encore une chose sur laquelle elle devrait travailler.

— Nous ne sommes pas tes parents. Si nous voulons élever tous les deux cet enfant, nous trouverons une solution. Il ou elle saura que nous l'avons désiré. On n'est pas obligés de vivre dans le même pays, en revanche on doit réfléchir au moyen de nous organiser.

Il couvrit sa main de la sienne sans paraître s'en rendre compte, et elle sentit son cœur effectuer sans crier gare un saut dans sa poitrine.

— Je veux faire partie de sa vie, Archie. Au quotidien. Tu vas emménager avec moi. Cet enfant aura une vraie famille, il ne peut pas en aller autrement.

Cette perspective lui plaisait, bizarrement. Sa raison lui hurlait de ne pas accepter une proposition aussi ridicule, mais elle avait beau essayer d'y songer froidement, elle n'était pas plus capable de refuser que de reprendre sa main à Kaspar.

— Mais on ne formera pas une vraie famille, constata-t-elle d'une voix moins affirmée qu'elle ne l'aurait voulu.

Le visage de Kaspar était toujours tiré et triste.

— Bien sûr que non, répliqua-t-il, sans se douter qu'il venait de balayer par ces simples mots les prémices d'un rêve pathétique. Mais notre enfant aura au moins une mère et un père autour de lui qui ne penseront pas à se détruire au quotidien. Ce qui est plus que je n'ai eu.

— Je refuse de me contenter de ça, fit-elle d'une voix si tremblante qu'elle la reconnut à peine. Je veux plus que ça. Je veux l'amour. Je veux être chérie. Je veux ce que mon père m'a dit qu'il avait avec ma mère avant sa mort, même si j'étais trop jeune pour m'en souvenir.

Mais manifestement, Kaspar ne l'écoutait pas.

— Le sujet n'est pas ouvert à discussion, Archana. Tu rentres à la maison avec moi, et on réfléchira à la suite.

Avant qu'elle ait eu le temps de répondre, il s'était éloigné, et elle se retrouva seule au milieu du couloir.

7

Archie parcourut des yeux le séjour, tout en blanc brillant et métaux noirs, avec d'immenses baies vitrées qui offraient une vue à couper le souffle sur l'océan.

La maison de Kaspar était sublime, moderne, tout en verre, design fluide et granit, accrochée au flanc d'une colline avec vue sur une plage privée. Elle était tout ce qu'elle avait pu imaginer, comme s'il lui montrait ainsi tout ce qu'il pouvait offrir à leur enfant et elle non.

Et pourtant c'était tellement… Eh bien, tellement moins. Magnifique, mais sans âme, à croire que personne ne vivait ici. Comme quoi, l'argent ne suffisait pas pour faire un foyer. Il fallait de l'amour et de la stabilité, deux ingrédients qu'elle pouvait fournir.

Le trajet en voiture depuis l'hôpital lui avait donné le temps de se calmer après leur dispute. D'accord, elle resterait auprès de Kaspar aussi longtemps qu'il faudrait pour s'assurer que son bébé allait bien. De bien des façons, elle lui était plus reconnaissante qu'elle ne l'admettait. Car, après tout, il n'était pas obligé de l'aider, de l'envoyer consulter sa collègue. Face aux médias, il avait toujours été clair : il n'avait aucune intention de se poser ou de fonder une famille. Il aurait pu la remercier de l'avoir mis au courant et la laisser rentrer en Angleterre, mais ça ne lui ressemblait pas. Il était rassurant de constater qu'elle ne s'était pas trompée sur son compte, cinq mois plus tôt.

— Il y a une chambre d'amis derrière la porte, là, l'informa

Kaspar, interrompant ses pensées. Moi je serai ici, ajouta-t-il en montrant une autre porte.

Elle s'agrippa au dossier d'un fauteuil en cuir.

— Tu t'en vas ?

— Je dois me doucher et me changer, répondit-il avec un froncement de sourcils. J'ai un dîner de charité ce soir, je dois intervenir au micro.

— D'accord.

— Tu préfères que je reste ?

Une partie d'elle brûlait de répondre oui, mais une autre partie, plus grande encore, avait besoin de temps seule.

— Non, ça va me faire du bien d'être un peu seule, répondit-elle, un sourire forcé aux lèvres. Et puis, tu ne peux pas te décommander, ces gens comptent sur toi.

— J'aime autant ne pas les laisser tomber, effectivement. Mais si je ne devais pas parler, je n'irais pas.

— Tu veux... Est-ce qu'il faut que je... vienne avec toi ?

Elle tâcha de ne pas se laisser abattre par l'air renfrogné de Kaspar.

— Je ne pense pas que ce soit une bonne idée. Hormis le fait que tu dois te reposer, c'est une soirée très en vue, et te faire photographier avec moi, surtout comme ça, dit-il en désignant son ventre arrondi, c'est le meilleur moyen pour que les journalistes se mettent à fouiner dans les recoins de nos vies. J'imagine que tu n'as pas très envie de te trouver à la une des magazines et des journaux demain, si ?

Elle cilla, s'efforçant de commander à son imbécile de cœur de ne pas voir trop dans le fait qu'il ait dit « nos vies », comme si cela impliquait qu'ils soient ensemble.

— Non, évidemment pas.

N'empêche, Kaspar aurait pu avoir la décence de ne pas paraître aussi satisfait par sa réponse !

Il disparut sans tarder, et elle se retrouva seule.

Il lui fallait quelque chose pour détourner son esprit de l'anxiété qui lui vrillait le ventre depuis sa visite chez le Dr Jarvis. Elle allait travailler, tiens. Par chance, la nature de son travail lui permettait de l'exercer de maints endroits, les mails et vidéoconférences étaient pratiquement la norme.

Elle ouvrit son ordinateur portable et entreprit de répondre à des mails en attente, avant de s'attaquer à des messages plus complexes et à l'intention d'entrepreneurs et de clients.

Elle entendit à peine la porte se refermer sur Kaspar. Pourtant, au bout de quelques heures de labeur et de concentration bienvenus, les mots commencèrent à danser devant ses yeux, et les grilles de ses feuilles de calcul à se croiser dangereusement. Peu à peu, le visage de Kaspar vint les remplacer.

Avait-elle été naïve ou surprotégée pour le considérer comme un garçon gentil et sensible, et se raccrocher à cette image encore aujourd'hui ?

Elle ne s'était pas rendu compte, adolescente, à quel point le mode de fonctionnement de ses parents l'avait perturbé. Et s'il ne parvenait pas à surmonter ce traumatisme ? S'il le transmettait à la relation qu'il aurait avec leur bébé ? Avec elle ?

Elle ne supportait pas l'idée qu'il vienne à lui en vouloir si le bébé et elle s'avéraient avec le temps trop pesants dans sa vie. Et s'il sortait avec d'autres femmes ?

Une pique dure s'enfonça dans son cœur, même si elle tentait de se convaincre que peu lui importait.

Si, au contraire, ce que faisait Kaspar lui importait ! Et plus elle resterait en sa compagnie, plus elle risquait d'en souffrir. C'était inévitable. Inexorable.

Malgré tout, elle n'avait pas les moyens de s'en aller. Ni d'aller à l'hôtel, et encore moins de rentrer au Royaume-Uni. La vie de son bébé à naître dépendait à présent de l'aide et du soutien qu'il lui apporterait. Or, elle était prête à tout pour ne pas vivre une autre fausse couche. Elle devait donc trouver un moyen de sceller son cœur, sa tête. Envisager Kaspar comme un partenaire. Le père de son bébé, point.

Ça ne devrait pas être si difficile, non ?

Kaspar évita une énième femme sans nom — il avait perdu le compte de celles qui essayaient de le coincer ce soir — et jeta un regard noir en direction du commissaire-priseur qui enchantait la foule de la vente de charité avec ses blagues.

La soirée était couronnée de succès, plutôt plaisante même, pourtant il n'arrivait pas à l'apprécier. Ses pensées étaient centrées sur Archie, leur bébé et la mauvaise nouvelle apprise par Catherine.

Que faisait Archie en ce moment ? Toujours concentrée sur son ordinateur ?

C'était assez ironique que le trait de caractère dont il s'enorgueillissait et qu'il admirait chez les autres commence à lui déplaire chez Archie. Car il savait parfaitement ce que signifiait cette expression sur son visage, il la reconnaissait. Elle était déterminée à conserver son travail et donc sa vie, et du même coup à retourner en Angleterre avec son bébé. Dès qu'elle le pourrait, et malgré tout ce qu'il lui avait dit du rôle qu'il comptait jouer en tant que père.

En prononçant ces paroles, il ne s'était même pas rendu compte à quel point il les pensait. Mais c'était bel et bien vrai : l'idée de les perdre était inimaginable. Pis, inacceptable. La tentation était forte de rentrer à la maison et de le dire à Archie. Seulement, il lui fallait quelque chose de plus incontestable que de simples mots. Il devait lui prouver qu'il voulait ce bébé et qu'il ferait tout pour lui.

Pas facile, alors que douze heures plus tôt si on lui avait demandé ce qu'il pensait d'avoir un bébé, il aurait ri au nez de son interlocuteur. Jamais il n'avait désiré d'enfants, ni de famille, ni de femme. Il s'était contenté de jouer au chirurgien de génie, au perpétuel mauvais garçon bien décidé à n'infliger à personne ce qu'il avait subi de la part de ses parents. Nul enfant ne devait endurer la relation toxique de ses parents et son éducation tiraillée entre ces deux personnalités aussi volatiles l'un que l'autre.

Et soudain, Archie avait frappé à sa porte, et son monde avait vacillé sur son axe : il allait être père.

Enfin, peut-être.

Sans crier gare, une terrible crispation lui serra le ventre, aussi peu familière qu'inconfortable. Il lui fallut plusieurs secondes pour en identifier la cause.

C'était la peur. Et l'impuissance.

Tout ce que leur avait expliqué Catherine cet après-midi, il le savait d'un point de vue médical. Mais à présent que le choc initial commençait à passer, son cerveau mesurait qu'il ne s'agissait pas de n'importe quel bébé. C'était le leur, le sien et celui d'Archie. Il voulait qu'il aille bien et qu'il ait la famille aimante que lui n'avait jamais eue.

Mais Archie avait été très claire : elle préférerait traverser l'Atlantique à la nage plutôt que de le laisser prendre une part quotidienne dans la vie de son bébé.

Ça faisait plus mal qu'il ne saurait l'admettre. Lui qui pensait avoir depuis longtemps surmonté la peine de n'être pas désiré. Par sa mère. Par son père. Et d'une certaine manière par son meilleur ami, Robbie, quand ils étaient tous les deux tombés amoureux de cette fille dont il ne se rappelait même pas le nom. Sarah ? Suki ? Sallie ?

Le rejet d'Archie allait au-delà de tout ça. Plus en profondeur. Elle avait fait son devoir en lui annonçant qu'elle était enceinte, mais il était évident que, à présent, elle n'avait qu'une hâte : repartir loin de lui. Or, il ne voulait pas la laisser partir. Et pas seulement parce que son si beau sourire dansait devant ses yeux, ni pour le bien de son bébé. L'agitation qu'il ressentait en sa présence était comme une brûlure de désir qui semblait ne jamais devoir s'éteindre.

Ça n'avait aucun sens, aucune logique. Il perdait la tête, et Archie en était la cause. Elle mettait en péril l'ordre qu'il avait organisé dans sa vie, brouillait ses paramètres soigneusement calculés et explosait sa tranquillité d'esprit.

Il lui fallait un plan. Quelque chose qu'Archie ne puisse pas refuser. De quoi garder sa famille autour de lui et lui permettre d'élever cet enfant comme il le méritait.

— Promettez-vous d'aimer, d'honorer, de chérir et de protéger...

Archie fixait l'officier de l'état civil, comme déconnectée de son corps. Comme si elle n'était que le témoin extérieur d'une scène improbable.

Engourdie. Tout comme quand Kaspar était rentré de son gala de charité l'autre soir avec cette proposition. Encore aujourd'hui, elle se rappelait exactement comment son corps y avait réagi, presque trop petit pour la contenir, l'empêchant de respirer. Alors que Kaspar semblait annoncer une nouvelle aussi banale que la météo du lendemain.

— Nous marier ? avait-elle murmuré, une boule dans la gorge.

— On est en Californie, ça peut se faire sans délai. On demande une autorisation, ensuite on a quatre-vingt-dix jours pour effectivement se marier avant expiration de la licence. Donc, à moins que tu ne prévoies une cérémonie très élaborée, je connais quelques employés de l'état civil qui seraient ravis de nous dépanner au débotté. On peut même faire ça sur la plage, si tu aspires à quelque chose de plus... romantique.

— Je ne suis pas Californienne. Pas même Américaine.

— Pas besoin. Il n'y a aucune loi contre l'union avec un étranger. Il suffit d'avoir des papiers, ce qui est ton cas.

— Kaspar...

— Il n'y a pas d'autre moyen, avait-il décrété. Mais si tu as besoin d'une raison pour te décider, en voilà une : tu dois être sur place pour être suivie par Catherine, et mon assurance couvrira tes frais si tu es mon épouse.

Elle avait quelques économies pour le cas où, mais rien qui permette de financer des soins pareils ici. Elle avait suggéré que Kaspar paye de sa poche et qu'elle le rembourse peu à peu, mais il s'était montré intraitable.

Ramenée au présent par un drôle de silence, elle se rendit compte que l'officier de l'état civil la regardait fixement.

Manifestement, on attendait d'elle une réponse. LA réponse.

— Oui, parvint-elle à lâcher.

Elle tâcha de se concentrer sur la suite, mais en fut incapable. C'était trop. Sa tête était emplie des souvenirs de la veille. Elle avait assuré à Kaspar que leur enfant le connaîtrait. Elle le lui avait promis. Rien à faire. Ses réponses n'avaient fait qu'augmenter ses doutes.

Sur le papier, l'idée de se marier lui plaisait. Cette stabilité, cette unité qui se créait, elle en avait toujours rêvé. Mais combien de temps cela pouvait-il durer ? Surtout avec un homme tel que Kaspar Athari, qui avait passé sa vie à éviter à tout prix les liens de toutes sortes ?

— Je ne suis pas du genre à faire des promesses à moins d'être sûr à 100 %, avait-il assené comme s'il lisait dans ses pensées. Ni à mes patients ni à leur famille. Je préfère prendre des mesures. Des assurances.

— Et m'épouser est une assurance ?

— Ce qui s'en rapproche le plus, oui. Ainsi, tu ne pourras pas me quitter ni me priver de mon enfant.

Elle avait résisté à l'envie de s'enfuir de la pièce, sachant qu'il faudrait bien régler la situation de toute façon. Elle n'échapperait ni à cette conversation ni à Kaspar.

— L'idée de m'épouser t'est-elle donc si odieuse ? avait-il demandé, le regard dur et sec.

Non. Et c'était bien ça, le problème. L'idée de se marier avec Kaspar ne lui était pas odieuse. En revanche, celle d'un mariage sans amour, oui. Peut-être parce qu'elle avait déjà commis cette erreur avec Joe. Et qu'elle refusait de revivre ça. Surtout avec Kaspar.

Car la vérité, elle avait eu beau tenter de le nier, c'était qu'une partie d'elle — un reste de sa jeunesse — était amoureuse de lui. Mais devenir sa femme sans qu'il l'aime en retour, ce serait insupportable. Comment pourrait-elle vivre avec la certitude qu'il ne serait jamais à elle ?

Kaspar Athari n'appartiendrait jamais à personne. Pourtant, elle désirait tellement plus de lui.

Il n'y avait eu aucun mot d'amour ni même d'affection. Elle s'était promis que plus jamais elle ne se contenterait de demi-mesures. Si elle ne pouvait pas l'avoir tout entier, elle préférait ne rien avoir du tout. Pas question de repasser par là.

— Je ne peux pas t'épouser, Kaspar, avait-elle trouvé le courage de lui répondre. J'ai déjà commis cette erreur.

Il avait traversé la pièce jusqu'à elle, la chaleur de son corps pareille à un mur dans son dos tandis qu'elle s'apprêtait à sortir, et il avait posé la main sur la sienne sur la poignée.

— Tu es donc si certaine que ce serait une erreur ?

La gravité de sa voix lui avait serré le cœur. Elle aurait voulu lui dire que oui, bien sûr. Elle aurait dû le lui dire. Mais sa voix avait été si vulnérable, telle une blessure à vif, sa main avait tenu la sienne, et elle avait senti encore son corps si proche. Elle se rappelait avoir baissé la tête. Contre toute logique, elle lui avait fait face, et son air triste l'avait sidérée. Comme si elle l'avait blessé. Comme s'il tenait à elle.

Se pouvait-il qu'elle se soit trompée sur lui ? Qu'il veuille réellement d'elle dans sa vie ?

Elle avait détourné les yeux, mais il lui avait soulevé le menton de sa main libre.

— Mon bébé ne manquera de rien, avait-il affirmé sur un ton presque féroce. Je m'en assurerai. Et toi non plus. Votre vie est ici, désormais. Avec moi. Je ne suis pas ton imbécile d'ex-mari qui t'a laissée partir. Ne commets pas l'erreur de me confondre avec lui...

— L'amour doit être à la base de tout mariage, récitait le marieur, un sourire bienveillant aux lèvres. L'amour est la raison de votre présence ici. Mais il faut aussi la confiance, savoir au fond de votre cœur que vous désirez ce qu'il y a de mieux l'un pour l'autre.

Kaspar ne l'aimait pas ni ne la voulait dans sa vie. Il voulait juste leur bébé.

Elle retourna à la soirée de la veille.

— Je n'aurais pas dû venir ici, avait-elle craché, dans une impulsion de le blesser autant que son absence d'amour pour elle la faisait souffrir. Je n'aurais jamais dû te parler du bébé. Tu gâches tout.

Elle n'était absolument pas préparée à l'air déchiré qui avait tiré les traits de Kaspar en cet instant. Elle avait ouvert la bouche pour s'excuser, voulant reprendre ses paroles d'une façon ou d'une autre, mais il avait réagi plus vite. Comme s'il avait ravalé sa peine et qu'elle ressortait sous la forme d'une colère glaciale. Féroce.

— Tu ne me priveras pas de mon bébé, Archie. Tu ne l'effaceras pas de ma vie, jamais il ou elle ne pensera que je ne voulais pas être dans sa vie. C'est mon enfant autant que le tien. Je ne serai pas un père à temps partiel. Je veux être là pour son premier mot, son premier pas, sa première nuit sans couche... Il ne s'agit pas de toi ou moi, mais de la vie de cet enfant, avait-il sifflé d'une voix létale. Tu as besoin d'un suivi médical, tu l'auras ici. Ce n'est pas négociable.

Voilà comment ils se retrouvaient là aujourd'hui, quelques jours après cette discussion sans appel.

— Je vous déclare donc mari et femme.

8

— Tu appelles ça un baiser ? lança Kaspar alors qu'ils entraient chez lui... chez eux, quelques heures plus tard.

Pourquoi essayait-il de taquiner Archie ?

Peut-être parce que, à présent qu'ils étaient mariés, ils devaient surmonter l'animosité qui s'était installée entre eux.

C'était aussi la raison pour laquelle il avait organisé leur petit déjeuner de mariage dans l'un des restaurants les plus sélects de Los Angeles. Sa manière à lui de lui tendre le rameau d'olivier.

Sauf qu'il n'avait pas imaginé à quel point le fossé qui s'était creusé entre eux était large. Le silence à leur table, le grincement du métal sur la porcelaine, le tintement creux des verres en cristal n'avaient fait que souligner un peu plus la froideur de cette journée.

Il n'en pouvait plus.

— Je sais que tu as des doutes concernant ce mariage, soupira-t-il. Et excuse-moi si tu as eu l'impression que je t'y ai obligée. Mais te voir si triste devant l'officier de l'état civil... Eh bien, ça n'est pas ce que je veux. S'il te plaît, l'implora-t-il, essayons de faire en sorte que ça fonctionne. Pour notre bébé.

Il crut voir dans les yeux d'Archie une lueur d'espoir. Elle parut hésiter, puis finit par admettre :

— Oui, on peut au moins lui offrir un foyer agréable.

— Merci...

Il tenta un peu plus de légèreté.

— Je sais que tu peux embrasser mieux que ce que tu m'as montré aujourd'hui.

Archie leva le menton, élégante et digne.

— Tu seras peut-être surpris de l'apprendre, Kaspar, mais je n'ai pas envie de t'embrasser de nouveau. Et encore moins de coucher avec toi.

Il fut sidéré de constater avec quelle facilité il détecta qu'il s'agissait d'un mensonge. C'était à la fois rassurant et très excitant, pour une raison qui lui échappait.

Il sourit malgré lui.

— J'évoquais seulement un baiser. Qui a parlé de coucher ?

— Je supposais que c'était là où tu voulais en venir.

Il détecta une légère rougeur sur les joues d'Archie malgré la froideur de son ton.

— Moi non, mais c'est intéressant de voir où t'emmène ton esprit, ironisa-t-il.

— Mon esprit ne m'emmène vers rien de fâcheux, je peux te l'assurer.

Elle avait haussé un sourcil, ce qui lui confirma que c'était bel et bien un jeu visant à titiller son instinct le plus animal. Elle se faufilait sous sa peau, comme toujours.

— Tu en es sûre ?

Elle ne répondit pas mais soutint son regard. Pendant une fraction de seconde, il ne se passa rien, ni son ni mouvement. Il ne manqua cependant pas sa respiration plus rapide ni la rougeur qui lui envahissait le cou. Quant à la façon dont elle tâcha de déglutir discrètement, elle lui envoya une secousse électrique à travers le corps.

Sans plus réfléchir, il franchit la distance qui les séparait, attira Archie contre lui et plongea une main dans ses cheveux pour lui renverser la tête en arrière. Quand il écrasa la bouche sur la sienne, un feu d'artifice explosa dans sa tête. Affamé, il se régala d'elle, et elle répondit volontiers. Elle se pressa contre lui, petit ventre rond et tout, ses mains vinrent se poser sur ses épaules, sa langue se mit à danser en cadence avec la sienne, et quand elle gémit dans sa bouche, il sentit son corps se tendre tout entier.

Tout semblait briller d'une nouvelle lueur.

S'il ne mettait pas un terme à leur étreinte maintenant, il redoutait de ne pas y arriver, tant c'était enivrant. Mais comment s'écarter d'elle, comment la lâcher ? Il ne sut pas où il trouva la force d'y parvenir et de parler à peu près normalement.

— Tu as raison, ce désintérêt pour toute relation sexuelle avec moi est flagrant, se moqua-t-il gentiment.

Bizarrement, ce baiser le rendait confiant. Un souffle d'euphorie balayait ses craintes et ses doutes.

— Tu n'avais pas le droit de faire ça, bafouilla Archie. Je ne veux pas que tu recommences !

— Dans ce cas, tu ne devrais pas répondre à mes baisers.

La taquiner, c'était une chose, mais il ne voulait pas se lancer dans une nouvelle dispute. Pas maintenant qu'il entrevoyait une issue favorable.

— Le mariage n'était pas ce que tu avais en tête en venant ici, reprit-il plus doucement. Je sais. Tu m'as donné mille raisons de ne pas le faire. Cependant, ni toi ni moi ne comptons, tout ce qui importe, c'est notre bébé. Et qu'il ait l'enfance, la vie que tu as eue. Pas la mienne.

— Je n'en sais pas grand-chose, de ton enfance, siffla-t-elle. J'en ai vu un peu, mais j'ai surtout lu les rumeurs propagées par la presse. À présent, je suis ta femme, mais comment puis-je te comprendre ?

Il n'avait aucune intention de répondre à ce genre d'investigation sur sa vie. Et pourtant, il s'entendit répondre avec la plus grande simplicité.

— Que veux-tu savoir ?

Archie parut étonnée. La colère qui émanait d'elle sembla s'envoler si brusquement qu'on aurait pu croire qu'elle n'avait jamais existé. Pourtant, il ne s'attendait pas qu'elle pose les doigts sur sa joue.

— Qu'est-ce qu'il s'est passé, Kaspar ? murmura-t-elle. Je

sais que ta mère était versatile, égoïste. Tes deux parents. Mais qu'est-ce que je ne sais pas ?

Elle lui demandait de lui faire assez confiance pour s'ouvrir à elle de LA chose qu'il n'avait jamais confiée à personne. Jamais. De toute sa vie.

Il prit une profonde inspiration, puis une autre, sans la quitter des yeux, les doigts d'Archie toujours sur sa joue, légers comme des plumes.

Tout en lui se rebellait contre l'idée de ressasser ces souvenirs atroces. Il ne savait même pas par où commencer. Mais c'était lui qui l'avait proposé, alors il ne pouvait pas faire marche arrière.

Sans un mot, il entraîna Archie dans le salon.

Elle s'assit, les yeux rivés sur lui, dans l'attente. Elle tenta de l'aider, à croire qu'elle lisait dans ses pensées.

— Robbie a rencontré tes parents, une fois. Du moins, il les a vus te déposer au pensionnat. Il a dit qu'ils n'étaient pas vraiment... aimants.

Il ravala un rire amer, le laissa lui brûler le fond de la gorge, le propulser en avant comme il l'avait toujours fait.

— L'amour, ça n'existait pas chez nous, répondit-il d'une voix plus sèche qu'il ne l'aurait voulu. Surtout pas envers moi.

— Pourtant, tu étais leur fils ! fit-elle, l'air sidérée.

— Mais j'étais une erreur.

— C'est ce que tu ressentais ?

— C'était ainsi qu'ils m'appelaient. C'était l'un des surnoms les moins blessants qu'ils me donnaient, quand ils s'en prenaient à moi ou qu'ils se disputaient entre eux.

— Ils étaient donc aussi... violents que la presse les dépeignait ? demanda-t-elle avec précaution.

Elle dut lire la peine horrible qui le déchirait à ces souvenirs, car elle ajouta aussitôt :

— Pardon, tu n'as pas à répondre à cette question.

Il lui prit la main pour la rassurer.

— Tu sais, quand Hollywood produit des films, horribles et poignants à la fois et que les gens disent que ça leur donne à réfléchir, alors que la vérité est encore pire que la fiction ? Eh bien, c'est la même chose avec ce que les médias ont rapporté sur ma vie et le mariage de mes parents.

— *Ils décrivaient la situation comme* « explosive ».

— Ensuite ils ont transformé ça, sous-entendant qu'une telle passion avait forcément un fond romantique. Mais je t'assure que ça n'avait rien de romantique. C'était moche, tordu et destructeur. Quel est ton premier souvenir, Archie ?

Il se faisait violence pour garder une voix neutre, pour ne pas se laisser envahir par l'amertume.

— Ce n'est probablement pas un vrai souvenir, répondit-elle, plutôt quelque chose que j'ai reconstitué à partir des histoires qu'on m'en a racontées. Mais il s'agit de ma mère qui m'aide à peindre une voiture de course en bois que mon père avait construite pour moi. C'était juste avant qu'elle meure, donc je devais avoir dans les six ans. Ensuite, on est allé sur le chemin de terre derrière la maison, et Robbie et moi, on a fait la course avec ma mère comme arbitre et mon père qui me poussait pour que je tienne la distance.

Il sentit sa poitrine se serrer.

C'était exactement le genre de souvenir qu'il souhaitait créer pour le bébé qu'Archie portait.

— Le mien, ce sont mes parents qui se hurlent dessus, avec ma mère qui accuse mon père de ne pas vouloir qu'elle réussisse à Hollywood parce qu'il refuse de lui faire faire une autre liposuccion du ventre. Je me tenais dans l'encadrement de la porte de la cuisine. Elle lui jetait des assiettes et des casseroles, et il l'attrapait par les bras pour la secouer. J'ai dû crier à un moment donné, car ils se sont tournés vers la porte, et ma mère m'a crié de filer parce que c'était ma faute si elle avait le ventre mou.

Inutile d'entrer trop dans les détails, il ne voulait pas qu'Archie le croit trop abîmé.

— Kaspar ! s'écria-t-elle néanmoins. Tu avais quel âge ?

— Oh ! ça a dû se produire des tas de fois ! Je me rappelle avoir couru vers le téléphone — j'ignore qui je voulais appeler —, mais mon père est arrivé derrière moi et m'a assené une tape sur la nuque en me disant de me mêler de mes affaires. Puis il m'a soulevé, a ouvert la porte d'entrée et m'a jeté dehors en m'ordonnant d'aller jouer au bac à sable ou ailleurs. Enfin, là, je te fais la version polie.

Des souvenirs pareils, il en avait des centaines enfermés dans un recoin sombre de son esprit. La plupart étaient plus violents encore.

— Quelqu'un était au courant ?

La façon dont Archie le regardait actionna une corde encore plus sensible en lui, sans qu'il sache dire laquelle.

— Il y avait une femme, un peu plus loin dans la rue. Son mari était un ponte de la ville, et elle femme au foyer. Et son punching-ball, si je m'en souviens bien. Leurs enfants avaient grandi et quitté le nid, et elle me prenait chez elle souvent. Elle me donnait du lait et un cookie. De quoi soulager mes blessures. Avec elle, je me sentais presque aimé. Moins seul, en tout cas.

Il haussa les épaules, incapable d'exprimer avec des mots à quel point cette femme l'avait aidé à sa manière.

— C'est affreux, bredouilla Archie. Je n'avais pas idée.

— Comment veux-tu ? Tu ne pouvais pas imaginer ça. Ton enfance était si différente.

— Comment peux-tu être aussi résigné ?

Pas facile de répondre à ça.

— Je ne sais pas. C'était juste comme ça. Pour moi, c'était normal. Ça aurait pu être pire, j'imagine. La plupart du temps, ils ne prêtaient pas attention à moi. Si je ne restais pas dans leurs pattes, je pouvais faire comme si les cris et les disputes se passaient à la télé. Comme si ça arrivait à quelqu'un d'autre.

— C'est pour ça que tu aimais autant l'école ?

— Sans doute, je n'y ai jamais réfléchi sous cet angle. Ton père m'a aidé à comprendre que ça n'était pas ma faute. Que leur relation aurait évolué ainsi, que je sois là ou pas.

— Tu en parles avec tellement de logique… Tu rationalises. Ça me sidère, la manière dont tu parviens à le gérer.

Il laissa échapper un rire creux qui rebondit contre les surfaces dures de la pièce.

— Si tu savais, Archie ! Je ne gère rien. Je l'enfouis, je fais comme si ça n'avait pas existé. J'y suis arrivé avec succès pendant des années, mais ça a fini par remonter à la surface. J'ai fait du mal à quelqu'un, Archie. Physiquement. Pourquoi penses-tu que j'ai laissé la presse me peindre sous les traits ridicules du « prince chirurgien de Perse » ? Parce que je ne mérite pas mieux.

— Tu ne mérites rien de tel.

— Oh que si ! À ton avis, pourquoi est-ce que j'évite les relations, les liens émotionnels de toute sorte ? Pourquoi crois-tu que, avant toi, je refusais de fonder une famille ? Je ne supportais pas l'idée de faire subir à quelqu'un ne serait-ce qu'une fraction de ce qu'on m'a fait.

— Tu ne ferais jamais ça, affirma Archie. Tu ne leur ressembles pas. Tu n'es pas eux.

La férocité et la certitude qui transparaissaient dans sa voix le surprirent autant qu'elles le réchauffèrent.

— Je n'en étais pas sûr, avant. Avant que tu viennes ici avec mon enfant en toi. À cet instant, j'ai su que je ferais partie de la vie de ce bébé. Partie intégrante, et pas à temps partiel. Je ne l'accepterais pas ça, Archie, je ne te laisserais pas me reléguer à ça. C'est pour ça qu'on devait se marier.

Il ne pouvait ajouter qu'il pensait de plus en plus que ça n'était pas la seule raison.

Elle le regarda avec intensité, sans le quitter des yeux.

— Et l'amour ? le défia-t-elle, si bas qu'il dut tendre l'oreille pour l'entendre.

Pourquoi son cœur venait-il de s'affoler ainsi ?

— L'amour, je ne sais pas, se contenta-t-il de répondre. En revanche, je peux te parler d'alchimie.

Elle lâcha un rire nerveux.

— Celle d'il y a cinq mois ?

— Il ne s'agit pas que de cette nuit-là, Archie. Tu le sais aussi bien que moi. Et ce baiser que nous venons d'échanger le prouve encore une fois.

Elle parut sur le point de répliquer quelque chose, mais n'en fit rien. Et il prit ça pour un bon signe.

Quand Archie retourna au cabinet du Dr Jarvis avec Kaspar, elle voguait encore sur la vague incroyablement forte de la veille des aveux de Kaspar et de leur baiser si intense.

Après tout, ce mariage n'était peut-être pas une si mauvaise chose. Avec Joe, ça n'avait pas fonctionné, mais ils ne partageaient pas un millième de l'alchimie que Kaspar avait mentionnée. Sans compter qu'elle portait son enfant, à présent.

Ça semblait presque trop beau pour être vrai.

Les mots de bienvenue du Dr Jarvis la tirèrent de ses pensées. L'expression de la spécialiste lui sembla tendue, et elle sentit aussitôt sa gorge se serrer.

— J'ai donc parlé avec votre médecin et obtenu votre dossier, poursuivit Catherine. Et, comme vous le savez, j'ai procédé à un autre examen aujourd'hui. Je pense qu'il y a effectivement une rétractation du col, qui est plus avancée que lors de l'examen de la semaine dernière.

De façon inattendue, le bras de Kaspar vint se poser au bas de son dos, et elle s'y laissa aller, puisant des forces dans sa chaleur et sa puissance.

— Donc, on fait quoi ? demanda-t-il d'une voix ferme, comme s'il devinait que ses cordes vocales à elle étaient paralysées.

— Eh bien, c'est vous qui décidez, Archana. Il n'y a pas à s'alarmer outre mesure, néanmoins au vu de votre passif, je suggère de pratiquer un cerclage en espérant que cela permette à ce bébé de rester au chaud le temps nécessaire.

Archie ravala une vague de nausée.

— Qu'est-ce que cela implique ?

— Je placerai un lien solide autour de votre col, sous épidurale. Je peux pratiquer l'intervention cet après-midi. Cela prendra moins de trente minutes. Les antibiotiques aident à réduire le risque d'infection, mais je souhaite vous garder en observation au moins vingt-quatre heures afin de m'assurer que la procédure n'a pas déclenché le travail. Ensuite, vous pourrez rentrer à la maison, à condition de vous reposer.

— Il faudrait qu'elle reste au lit ?

La voix de Kaspar était beaucoup plus rauque que d'habitude.

— Quelques jours, si possible, acquiesça le Dr Jarvis. Et puis, vous pourrez reprendre peu à peu de la mobilité, jusqu'à retrouver une vie normale. Dans les cas de cerclage d'urgence, nous recommandons de ne pas avoir de relations sexuelles pendant la durée de la grossesse, mais dans votre cas le rétrécissement est si léger que je pense que vous pourrez reprendre une activité sexuelle au bout d'une semaine ou deux, du moment que cela reste doux et peu fréquent, disons une ou deux fois par semaine.

Plus tard, elle rougirait au souvenir du fait que ni elle ni Kaspar n'avait réfuté l'idée qu'ils partageaient une relation sexuelle épanouie. Plus tard. Pas maintenant.

— En revanche, Kaspar, il faudra porter un préservatif, reprit le Dr Jarvis, comme si de rien n'était. Pour réduire le risque d'infection, je précise, pas par souci d'éviter une grossesse.

Archie comprit vaguement qu'il s'agissait d'une tentative de blague visant à alléger l'ambiance. Sauf qu'elle était bien incapable de sourire, et encore moins de rire.

— Nous n'aurons pas de relations sexuelles, affirma Kaspar.

Catherine continua sans qu'il soit possible de savoir si elle avait mal compris ou si elle cherchait juste à être discrète.

— C'est probablement plus sage tant que je n'aurai pas fait la vérification post-op des deux semaines. Nous aurons alors une idée plus précise de la façon dont votre corps réagit au cerclage, Archana. Les organes peuvent ramollir le col déjà entravé, ce qui peut aussi conduire à un accouchement prématuré. Mais, encore une fois, dans votre cas je n'y crois pas. Il s'agit plus d'une mesure de précaution au vu de votre historique médical. S'il n'y avait que le facteur du rétrécissement du col, je n'envisagerais pas cette procédure.

D'ailleurs, si Kaspar n'avait pas tiré les ficelles, tout ça aurait-il été entrepris ? Ses médecins ne l'avaient pas envisagé, si tant est qu'ils aient remarqué quoi que ce soit. Ils n'avaient rien vu non plus quand elle avait perdu Faith, cela dit.

Elle ne pouvait pas perdre un autre bébé. Non, ça n'arriverait pas.

Pas besoin de regarder Kaspar pour savoir ce qu'elle voulait savoir. Sa seule présence à ses côtés son bras passé autour d'elle lui donnaient la confiance dont elle avait besoin pour prendre sa décision.

— OK pour l'intervention… Le plus tôt possible.

Sa voix s'était brisée, mais elle s'en fichait.

9

Le soleil cognait fort, ses rayons traversaient la peau d'Archie et se fondaient dans ses os, sa chaleur réchauffait les dalles mouillées sous ses pieds. Elle se reposait à l'ombre en tâchant de ne pas trop reluquer Kaspar qui effectuait des longueurs parfaites dans l'eau.

Les semaines écoulées depuis son cerclage avaient été surréalistes. Comme si elle s'était réveillée dans une vie parallèle, aux côtés d'un Kaspar attentionné, patient et de bonne compagnie.

Ils n'avaient plus reparlé de son enfance. Ni de leur mariage. D'ailleurs, ils ne discutaient pas de sujets réellement sérieux. Leurs conversations restaient légères, parfois amusantes, toujours amicales, mais elles frôlaient le superficiel, ce qui l'ennuyait plus qu'elle n'aurait voulu l'admettre. Comme si leur moment de sincérité n'avait jamais eu lieu.

Le Dr Jarvis avait exprimé sa satisfaction qu'elle ait bien réagi à l'intervention, grâce à quelques jours de lit et les suivants passés entre le lit et un fauteuil. Désormais, elle se contentait d'activités très modestes. Mais rien de sexuel.

D'une certaine manière, à présent que Catherine leur avait donné le feu vert, c'était assez démoralisant que Kaspar n'ait montré aucune velléité de la toucher depuis le soir de leur mariage. Quant à cet instant d'honnêteté absolue, quand il lui avait parlé de son enfance, il avait été clos définitivement dès le lendemain. Plus aucune trace de leur connexion temporaire ne subsistait. Depuis, elle affichait un sourire béat dans cet environnement de rêve, sans se plaindre.

Elle devait être reconnaissante qu'il se soucie d'elle...

Soudain prise d'une irrépressible envie de sortir de cette maison qu'elle n'avait pas quittée depuis des semaines, elle se leva. Alors qu'elle se dirigeait vers les portes-fenêtres qui menaient du bord de la piscine au salon, elle entendit Kaspar arriver derrière elle.

— Archie, tout va bien ?

Elle brûlait de crier, d'exprimer ses frustrations. Au lieu de quoi, elle se contenta de l'accueillir avec un sourire plaisant, quoiqu'un peu crispé.

— Ça va. Le bébé va bien. Je voulais juste rentrer un peu.

Le regard perçant de Kaspar indiquait qu'il n'en croyait rien.

— Qu'est-ce qu'il se passe ? insista-t-il. Tu es de plus en plus nerveuse au fil des jours qui passent.

La peur qu'il lise en elle, qu'il devine l'embarrassante vérité, conféra à sa voix une frustration qu'elle ne put réprimer.

— J'en ai assez d'être enfermée dans cette maison, incapable de sortir, alors que tu refuses de parler de quoi que ce soit d'important. Je n'en peux plus. Je vais chercher mes baskets et faire une balade sur la plage.

Il ne la lâchait pas des yeux. Comment parvenait-il à la percer à jour aussi aisément quand elle était incapable de déchiffrer ses expressions ? C'était injuste. En plus, voilà qu'elle se retrouvait dans la position de la princesse mécontente de son sort dans son château doré.

— J'ai fait quelque chose qui t'a déplu, Archie ? demanda-t-il d'un ton calme — un peu trop calme.

— Non, fit-elle entre ses dents serrées.

— Dans ce cas, tu accepterais peut-être de m'indiquer pourquoi j'ai soudain l'impression d'être devenu ton ennemi, moi qui pensais que je veillais sur ton bien-être ?

C'était vrai. Et c'était bien là le problème. Il veillait sur elle pour le bébé, ce qui était normal, mais pas pour elle. La différence était subtile mais bien présente. Et ça faisait mal.

Elle sursauta presque en comprenant où était le vrai problème : elle se languissait de l'attention de Kaspar. Plus, même, de son amour. Sans doute un effet des hormones qui la travaillaient et la mettaient sur les nerfs. La dernière chose dont elle avait besoin, c'était de s'engager dans une joute verbale. Ou de solliciter des émotions probablement exacerbées par la grossesse et qu'elle confondait avec de l'amour. Déjà que son regard lui donnait des frissons…

— Tu as raison, dit-elle. Pardon. Je dois avoir besoin de sortir prendre l'air.

— Va te changer, lança brusquement Kaspar. Je t'emmène dehors pour l'après-midi.

Parcourir la ville et jouer les touristes avec Archie, ça n'était pas la manière dont Kaspar avait envisagé de passer cette journée. Et pourtant ils étaient dans le centre de Los Angeles, baignés dans l'atmosphère de la ville, et à sa grande surprise il aimait bien ça. Il oubliait même ses inquiétudes pour Archie et le bébé.

Au fil des semaines, il avait bien remarqué le faux sourire béat qu'elle affichait. Il était conscient que, d'une certaine manière, c'était sa faute. Après s'être ouvert à elle, il avait regretté ses aveux et, pis, avait eu des remords. Comme si Archie n'avait pas assez de soucis à gérer sans lui infliger ses souvenirs douloureux.

Mais la vérité, c'était que ça lui avait paru naturel de partager avec elle ce secret qu'il gardait depuis l'enfance, ces événements qui le définissaient. Comme si cela ne pouvait plus le toucher, maintenant qu'il avait Archie.

Sauf que, en réalité, il n'avait pas Archie. Certes, elle l'avait épousé, mais seulement parce qu'elle attendait son enfant et qu'il avait insisté. Il ferait mieux de ne pas l'oublier avant de trop se laisser aller à des sentiments qui n'avaient pas lieu d'être.

— C'est le Walt Disney Concert Hall ! s'exclama-t-elle, l'air émerveillé.

— Oui, avec ton expérience dans la construction, je me suis dit que ça pourrait t'intéresser.

— En effet, acquiesça-t-elle en admirant le site iconique devant eux. Son apparence et aussi, je parie, le son à l'intérieur. Ça doit être incroyable.

— La philharmonie de LA y joue le mois prochain. J'ai des billets. Accompagne-moi.

C'était censé être une invitation, pourtant, même lui entendit le ton de commande sur lequel c'était sorti.

Étonnamment, malgré tout, Archie leva vers lui des yeux surpris et sourit. Un sourire naturel et ravi qu'il ressentit dans tout son corps comme si elle passait les mains sur sa peau nue. Comme elle l'avait fait avec ses yeux, cet après-midi à la piscine, même si elle croyait ne pas être vue.

Il adorait ça. Trop, sans doute. Il n'avait pas le droit de la désirer ainsi. Elle était la mère de son fils, après tout, il était censé s'occuper d'elle, la protéger... Mais il ne pouvait pas s'en empêcher.

Il lui prit la main, un geste non calculé, et l'entraîna dans la visite du bâtiment.

Il avait su qu'elle adorerait. Il était lui-même trop préoccupé pour profiter de la visite, mais peu importe, du moment qu'Archie semblait heureuse.

Ensuite, ils passèrent au MAK, le centre artistique et architectural, avec ses jardins et son centre d'expositions. Ils visitèrent une exposition d'un artiste dont il ne mémorisa pas le nom. Archie paraissait si enthousiaste et passionnée qu'il aurait tout aussi bien pu ne pas être à côté d'elle.

Pour sa part, il avait de plus en plus de mal à réprimer le besoin de lui rappeler qu'il n'était pas juste le type dont elle était enceinte, qu'il était son mari.

— Et maintenant ? demanda-t-elle à l'arrière de leur voiture avec chauffeur.

— On rentre à la maison.

C'était ridicule, la façon dont il avait grondé sa réponse, mais au frisson qui parcourut Archie, il comprit qu'elle n'était peut-être pas aussi insensible à sa présence qu'il l'avait cru.

— Tu veux parler de cette demeure sublime avec une vue

magnifique sur l'océan ? ironisa-t-elle. Ne me dis pas que tu appelles ça une « maison » !

Mais il avait perçu la note un poil trop aiguë de sa voix.

Il aurait dû laisser passer, mais ce qu'elle pensait lui importait.

— Qu'est-ce que tu veux dire par là ?

Elle se mordilla la lèvre — geste qui, il se le rappelait, signifiait qu'elle ravalait des mots qu'elle pensait inopportuns —, mais soutint son regard.

— Ce n'est pas vraiment un foyer, Kaspar. Si belle que soit cette maison, elle n'a pas une once de chaleur. Elle ne révèle rien de la personne que tu es. La bâtisse est superbe, mais elle n'a pas d'âme, il n'y a rien de toi en elle.

Elle avait raison, évidemment, car c'était précisément le but recherché. À un moment donné, il avait décidé qu'être indéchiffrable signifiait être invulnérable.

— Eh bien, change-la, alors, fit-il avec un haussement d'épaules, sans la lâcher du regard. Nous sommes mariés et attendons un bébé. Cette maison est la tienne aussi, maintenant, fais-en un foyer. Le foyer de notre famille, celui de tes rêves.

— Pour aller avec le mariage de mes rêves ? Je pourrai bien tout changer, sans ton intervention, ça restera mon foyer dans ta maison. Ça ne te reflétera toujours pas, assena Archie.

Il se retint de sursauter à la brutalité de sa réplique. Un silence s'immisça entre eux, lourd, chargé.

— Je ne te comprends pas, Kaspar, finit-elle par lâcher. J'ai l'impression que, chaque fois qu'on avance d'un pas, aussitôt, on recule de deux.

— Je ne suis pas d'accord.

— Ah non ? Une minute, tu m'annonces que tu ne joueras pas à la parfaite petite famille, la suivante tu me traînes à la mairie. Tu m'embrasses comme si on était dans un film romantique, puis tu ne me regardes plus. Tu t'ouvres à moi, et te refermes ensuite comme une huître, comme si je n'avais pas le droit de te connaître. Et voilà que tu me proposes de décorer ta maison, comme le ferait le mari dans un vrai couple, pourtant, quand je te taquine en affirmant que ce n'est pas un vrai mariage, tu ne réagis pas. Quelle version de Kaspar est-ce que je dois croire ?

— La version du film, c'est bien. Après tout, on est à Hollywood, non ?

Comment parvenait-il à parler d'une voix aussi sèche ? Aucune idée, au vu de son ressenti.

— Cette maison serait parfaite pour y jouer *La fille qui apprivoise le cow-boy*, un film d'amour.

— On n'est pas dans un film, répliqua-t-elle dans un frisson. C'est ma vie.

— Maintenant, ce sont les deux.

De nouveau, elle lâcha un soupir. Plus profond.

— Si on était vraiment dans un film romantique, Kaspar, tu ne m'enfermerais pas hors de ta vie.

Il n'aimait pas du tout la manière dont son sang se mit à bouillir face à cette accusation.

— C'est tout le contraire ! parvint-il à répondre. Je me suis ouvert à toi.

— Tu parles ! Une conversation ? Une soirée ? fit-elle, incrédule. C'est ça que tu appelles t'ouvrir ? Tu as entrouvert la porte, mais le lendemain matin non seulement tu me l'avais claquée au nez, mais tu avais également creusé une douve, et moi, j'étais de l'autre côté.

Il serrait la mâchoire à se briser les os. Seulement, il ne pouvait pas réfuter son accusation. D'ailleurs, pourquoi le ferait-il ?

— Tu attendais quoi de moi ? demanda-t-il. Que j'enrage, que je pleure ? Je ne suis pas comme ça, Archie, je pensais que tu le savais.

Elle cilla, comme il s'y était attendu. Mais ensuite, elle repartit à l'assaut.

— Je ne m'attendais pas que tu me traites comme une ennemie parce que tu regrettais cet infime moment de vulnérabilité. Je ne m'attendais pas que tu me repousses encore plus loin. Ou que tu évites toute conversation un tant soit peu réelle.

— Tu as vu un vélo dans une vitrine, et tu m'as demandé de

quelle couleur on devrait l'acheter pour le bébé, rétorqua-t-il, sidéré. Le bébé n'est pas encore né !

— C'était hypothétique. Tu transformes la scène. Il s'agissait d'obtenir une opinion de toi, sur un sujet au moins. Tu sais exactement de quoi je parle. C'est toutes les conversations. Tout le temps.

Il lui jeta un regard volontairement méprisant.

— Tu montes en épingle ce qui n'a pas lieu de l'être.

Il était de mauvaise foi, évidemment.

Archie ne répondit pas tout de suite, accusant le coup, mais quand elle rouvrit la bouche, il en sortit ce à quoi il aurait pu s'attendre.

— Kaspar, s'il te plaît. Je sais que tu comprends.

Sa supplique toucha une corde sensible. À vif. La culpabilité.

Il tenta de l'ignorer, tourna la tête vers le paysage de LA par la vitre, et soudain appuya sur l'interphone et ordonna à son chauffeur un changement de direction.

— C'est quoi, Chez Hector ? demanda Archie.

Malgré lui, il se surprit à sourire. Comment réussissait-elle à lui faire changer d'humeur aussi vite ?

— Tu vas voir, répondit-il, avant d'ajouter, incapable de résister à son petit air implorant : OK, c'est un minigolf. J'y allais tout le temps, au début qu'on a emménagé ici, quand j'avais seize ans.

Elle lui répondit par un regard entendu.

— Tu te souviens du parcours où on se faufilait en douce quand on était gamins ? Le gars qui le tenait savait qu'on ne recevait pas assez d'argent de poche pour payer le prix fort, mais quand c'était fermé, il acceptait qu'on lui donne ce qu'on pouvait réunir à nous trois...

— Et ensuite, il nous donnait les gâteaux qui n'avaient pas été vendus au lieu de les jeter, ajouta Kaspar.

À quoi Archie éclata d'un rire ravi, son visage rosissant de plaisir.

Dieu, qu'il aimait ce son...

— Tu étais vraiment doué au minigolf. Robbie détestait quand tu tirais de dos pour lui laisser une chance de gagner.

— Vu comme il était habile dans les autres sports, c'était étonnant qu'il soit aussi nul à ce jeu. Et toi aussi, d'ailleurs. Les Coates, grande famille de sportifs qui se faisaient battre au minigolf.

— N'importe quoi, je n'étais pas si nulle que ça.

— Tu n'étais pas si douée non plus.

— Attends un peu, que je te montre. On est arrivés ?

— Exact.

Elle bondit dehors à la seconde où la voiture s'arrêta, et il la suivit au pas de charge.

— Je vais te faire ravaler tes paroles, promit-elle.

— Pari tenu. Le vainqueur choisit son prix. Ça marche ?

Il la doubla et alla poser l'argent sur le comptoir d'accueil.

Elle choisissait déjà son club.

— Tenu. Le vainqueur choisit son prix.

La partie s'avéra plus amusante qu'il ne l'aurait imaginé. Une sorte de moment de calme après la tempête. Lui qui pensait que revisiter le passé ne pouvait être que douloureux, il commençait à se dire que dans son besoin d'enfouir son enfance, il avait perdu de nombreux bons moments en lien avec la famille Coates : Peter qui lui avait appris à devenir un homme, Robbie qui avait tout partagé avec lui, et Archie qui l'avait traité comme un grand frère aussi embêtant que le vrai. Avec eux, il s'était senti normal.

Trop vite, ils arrivèrent au dernier trou.

Leur partie était quasiment terminée, et Archie n'avait effectivement pas été aussi mauvaise que dans ses souvenirs.

Jusque-là, le jeu était resté léger, simple, drôle. Ils avaient échangé des plaisanteries et ri, Archie l'avait taquiné, effectuant des danses bizarres pour le déconcentrer. Sa tactique n'avait pas fonctionné, il avait visé juste chaque fois. De temps à autre, cependant, il avait fait semblant d'être affecté par ses pitreries et raté son coup, exagérant sa déception.

Archie riait de bon cœur, ses beaux yeux scintillants. Plus elle riait, plus il avait envie de l'entendre rire encore. Le plaisir que cela lui procurait de susciter ce bonheur l'avait pris de court. Peu à peu, il avait oublié qui et où il était. Il s'était concentré sur Archie et lui ensemble, aussi insouciants que dans leur adolescence.

Au bout du compte, elle avait bien joué, mais il avait mieux joué, car tout était compétition pour lui. Pourtant, au moment du dernier coup, il voulut qu'ils partagent la victoire et l'invita sans réfléchir à venir frapper la balle avec lui.

Dès l'instant où il se positionna derrière elle, le torse contre son dos, ses bras le long des siens, ses mains délicates dans les siennes, l'atmosphère changea. Une sensualité intense remplaça l'innocence, et il dut admettre qu'elle avait été présente tout l'après-midi, tapie sous la surface pour les prendre par surprise.

Il aurait dû reculer, mais en était incapable. Il arrivait tout juste à respirer. Il avait la tête par-dessus son épaule, sa joue frôlait la sienne tandis que tous les deux fixaient la balle. La respiration d'Archie était rapide, même si, il en était persuadé la connaissant, elle s'efforçait de la réguler.

Il aurait pu frapper, faire mine de n'avoir rien remarqué. Sauf qu'il tourna la tête tout doucement, à peine.

Son geste aurait dû être imperceptible, mais Archie le remarqua. Elle savait. Elle tourna la tête à son tour, en miroir, et tout à coup leurs bouches ne furent plus qu'à quelques centimètres l'une de l'autre.

L'animal qui rugissait en lui se réveilla complètement. Impossible de le contenir plus longtemps. Son corps la désirait avec la même férocité que lors de leur première nuit ensemble, tant de mois en arrière.

Il devait s'éloigner. Maintenant.

10

Kaspar baissa la tête, effleurant des lèvres la peau nue juste au-dessus du décolleté du T-shirt d'Archie. Elle frissonna, et il sut qu'il était perdu.

Avant qu'il ait eu le temps de réfléchir à deux fois, ils s'embrassaient, les mains toujours sur le club de golf et ses pieds toujours positionnés de part et d'autre des siens.

Il se délecta d'elle, de son goût, de son contact, de son odeur, le tout aussi parfait que dans les souvenirs gravés dans son cerveau. Il voulait embrasser chaque millimètre carré d'elle, la toucher, et alors que son corps se tendait contre son fessier adorable, il la sentit se presser contre lui, et le plus doux des gémissements lui parvint.

Comment il parvint à récupérer assez de neurones pour se rappeler où ils se trouvaient, il ne le saurait jamais. Il avait bien failli perdre les pédales. Une vie entière de contrôle irréprochable qui s'envolait, juste parce que personne ne lui avait fait pareil effet ! Car il s'agissait de désir physique, rien de plus...

Mais si c'était vrai, que faisait-il encore derrière Archie, les bras passés autour d'elle, ses mains emprisonnées sous les siennes ? S'il ne s'arrêtait pas immédiatement, il n'était pas sûr d'y arriver jamais.

Il dut déployer une force incommensurable pour interrompre leur baiser, et la perte de son contact fut presque douloureuse.

En voyant Archie porter une main à sa bouche, il se demanda si elle lui brûlait comme lui la sienne.

— C'était pour quoi, ça ? chuchota-t-elle en se tournant lentement face à lui.

— Considère ça comme mon baiser de la victoire.

— Tu n'as pas gagné. On n'a même pas fini la partie.

Mi-taquine, mi-tremblante et sous le choc. Il savait précisément ce qu'elle ressentait.

— Je m'en contrefiche, de la partie.

— Le jeu, Athari, fit-elle avec un délicieux grondement.

Il n'avait qu'une envie : la reprendre dans ses bras et terminer ce baiser trop tôt interrompu, même si ça n'avait aucun sens.

— OK, marmonna-t-il en prenant le club qu'elle lui tendait.

Il se positionna et frappa. Il n'attendit même pas de voir s'il atteignait son but. Il le savait.

— Allons-y, fit-il en s'éloignant.

Mais il ne put s'empêcher de tendre le bras derrière lui et d'éprouver un sentiment de triomphe quand elle prit sa main sans un mot.

Il se répéta jusqu'à la voiture que ça ne signifiait rien, la façon dont sa poitrine se serrait tandis que leurs doigts se mêlaient. Une fois dans la voiture, il ne réussit toujours pas à lui lâcher la main. Ni à détourner les yeux de ses prunelles scintillantes alors qu'il indiquait au chauffeur de les ramener à la maison. Oui, ce mot de « maison » convenait parfaitement.

Archie ne le quittait pas des yeux non plus, mais il lisait une hésitation sur son visage. Et il vit sa petite langue sortir pour humecter ses lèvres.

— Pourquoi est-ce que tu me regardes comme ça ?

Dans sa voix, l'incertitude le disputait à un désir patent. Un mélange entêtant.

— Tu te rends compte qu'on s'est embrassés sur le terrain comme un vrai couple. Imagine un peu ! tenta-t-elle d'ironiser.

Mais sa respiration courte la trahissait, et il serra les dents.

C'était une autre caractéristique qu'il trouvait particulièrement attirante chez elle, surtout par comparaison avec les femmes sûres d'elles et arrogantes de son passé. Qu'avait-il trouvé en elles, d'ailleurs ? La réponse était claire, aujourd'hui :

rien. Elles étaient parfaites pour un homme qui cherche à ne surtout pas s'impliquer de façon émotionnelle, jamais elles n'avaient menacé sa nonchalance soigneusement établie. Mais en quelques mois, ou plutôt en un seul week-end inoubliable, Archie avait tout fait voler en éclats.

— Si les gens me voient avec une femme aussi manifestement enceinte, ta photo va se retrouver en une de tous les journaux, sur Internet. Les médias vont finir par nous découvrir, et ça va attiser leur intérêt.

— Je te fais confiance pour contrôler ça. Tu es Kaspar Athari, tu contrôles tout ce que tu veux, non ?

Elle faisait attention à ne pas le montrer, mais il avait aperçu la lueur de condescendance dans son regard.

— Pas tout, non, grommela-t-il. Je ne contrôle pas mon comportement quand je suis avec toi.

Les mots étaient sortis sans qu'il puisse les ravaler.

Archie se figea, comme incapable de répondre. Puis elle tendit la main, lentement, timidement, lui laissant tout le temps de s'écarter. Ce qu'il ne fit pas.

Du bout des doigts, elle lui toucha la joue.

Une caresse douce. Délicate. Pourtant, ce contact l'enflamma. Avant de pouvoir se raviser, il l'avait soulevée pour l'installer sur ses genoux, suscitant un petit cri alors même qu'elle se collait instinctivement à lui. Ses jolies fesses se calèrent contre la partie la plus chaude, la plus dure de son anatomie.

De nouveau il s'autorisa à boire à sa bouche. À profiter de ses gémissements essoufflés de plaisir, tellement Archie. Elle frissonna quand il déposa une ligne brûlante de baisers le long de son cou, jusqu'au creux sensible où ses lèvres, sa langue et ses dents œuvrèrent en harmonie jusqu'à ce qu'il la sente à bout de souffle et ondulante sur ses genoux.

Il la désirait jusqu'à la douleur. Vraiment.

Il trouva son chemin sous son T-shirt, qu'il lui passa par-dessus la tête, et quand ses cheveux retombèrent en cascade sur ses épaules nues, il ne put s'empêcher de refermer le poing dedans et de tirer juste ce qu'il faut pour lui renverser la tête en arrière et la déguster de nouveau.

Elle se colla à lui, ses tétons durcis pressés contre son torse à travers le tissu de sa chemise, puis elle la déboutonna de ses mains tremblantes, comme si le contact peau à peau était susceptible d'apaiser son désir.

Il adorait ça. La façon dont elle brûlait. Les femmes qu'il avait fréquentées avant étaient trop occupées à lui montrer à quel point elles étaient douées ou trop obsédées par l'esthétique de leurs moindres gestes.

Il passa le pouce sur une pointe gonflée avec une lenteur délibérée, le retirant quand elle cambra le dos, avant de recommencer. Elle lâcha un grognement.

— Kaspar...

— Qu'est-ce qu'il y a, Archie ?

— Tu le sais très bien, murmura-t-elle en plaquant sa poitrine contre lui.

— Je veux te l'entendre dire. Dis-le-moi, fit-il d'une voix rauque.

— Caresse-moi.

C'était une torture de garder ses mains pour lui, mais il voulait l'entendre le lui dire. Il rêvait de ce désir dans sa voix, de savoir qu'il était le seul à pouvoir satisfaire ce besoin.

— Où ? demanda-t-il.

— Partout, susurra-t-elle. Partout.

Il n'en pouvait plus. Reposant les lèvres dans le creux de son cou, il l'embrassa, la titilla.

— Ici ?

— Là, fit-elle en inclinant la tête sur un côté afin de lui donner un meilleur accès.

Sans se presser, il se promena sur son corps, baissant du bout des doigts la dentelle de son soutien-gorge pour libérer un téton parfait.

— Ici ?

Haletante, elle hocha la tête et la renversa un peu plus en arrière quand il se mit à le suçoter. Chaque coup de langue attisait le même feu qui brûlait en elle et en lui. Il passa d'une pointe rose à l'autre, puis revint à la première, sentant la respiration d'Archie s'accélérer.

Alors il glissa une main sur sa cuisse, sous sa jupe d'été. Il monta jusqu'à son triangle chaud et humide, l'effleura furtivement.

De nouveau, Archie gémit, un son sourd et long qui se fraya un chemin à l'intérieur de lui pour lui empoigner le sexe aussi sûrement qu'une main.

— Tu recommences à me titiller, le gronda-t-elle en enfouissant la tête contre son épaule.

Un nouvel accès de désir électrique le traversa.

— Oui, parvint-il à lâcher.

Il n'en pouvait plus lui non plus. Il brûlait d'elle. Physiquement. Il la voulait. Elle était à lui.

De nouveau, il approcha les doigts de son sexe et, cette fois, les glissa sous le triangle de soie.

Chaude. Mouillée. Prête à l'accueillir.

Jamais il n'avait voulu quoi que ce soit avec une telle intensité. Il était temps de la faire sienne. De la marquer de son sceau...

Elle se figea pile au même moment que lui.

Bon sang, mais à quoi pensait-il ? Elle était enceinte. De son bébé. Et Catherine les avait mis en garde quant au fait d'avoir des relations sexuelles. Ils ne pouvaient pas prendre le risque. S'il se laissait diriger par son désir, son égoïsme revenait exactement à celui qu'avaient montré ses parents. Il ne répéterait pas leurs erreurs.

— On ne peut pas, grommela-t-il en replaçant Archie sur la banquette, aussi loin de lui que possible.

Elle émit un son qui pouvait être un acquiescement. Mi-halètement, mi-grognement, tout en frustration.

Heureusement encore que la vitre sans tain les séparait du chauffeur !

Il ramassa le T-shirt qui avait glissé au sol, reboutonna sa chemise.

— On n'aurait jamais dû commencer ! Tu dois penser au bébé.

Il était conscient de diriger contre Archie la colère qu'il

éprouvait vis-à-vis de lui-même, mais c'était plus fort que lui. Qu'est-ce qui clochait chez lui ?

— Le Dr Jarvis a dit qu'on pouvait avoir des relations sexuelles occasionnelles, argua-t-elle. Ce n'est pas comme si ça nous arrivait tous les jours.

Le rouge lui monta aux joues, comme si elle n'en revenait pas de sa propre audace. Et il trouva ça plus excitant qu'il ne pouvait l'admettre.

— Ça ne doit pas se reproduire, insista-t-il pourtant. Ça ne se reproduira pas.

Mais Archie prenait de l'assurance.

— Ah non ? Parce qu'il me semble que, plus de temps on passe ensemble, plus ça devient inévitable.

L'espace d'un instant, il aurait pu croire qu'elle ne trouvait pas ça si mal, au fond. Il avait tellement envie de le croire. Si ça continuait, il risquait de se laisser convaincre par ses arguments.

— Dans ce cas, la seule solution que je vois, c'est de passer moins de temps ensemble.

— Tu vas aller dormir à l'hôpital ? devina-t-elle aussitôt.

— Il faut bien que l'un de nous se montre raisonnable.

À sa grande surprise, elle pivota, les yeux étincelants d'une colère qu'il ne lui avait vue que lorsqu'elle était gamine.

— Ça ne s'appelle pas être raisonnable, Kaspar. Ça s'appelle fuir ! Je n'aurais jamais cru te voir dans cette attitude !

Ce fut seulement quand la voiture se gara dans l'allée de la maison de la plage qu'Archie put respirer à nouveau.

L'envie de se précipiter à l'intérieur et de verrouiller la porte était presque irrépressible, mais si elle faisait ça, il partirait. Elle ne le voulait pas. Alors elle croisa les bras et rassembla une dernière once de courage.

— Ne t'en va pas, Kaspar. Pas ce soir.

Depuis son accès de colère incontrôlé en chemin, il ne lui avait pas adressé la parole, et l'espace d'un instant, elle crut qu'il ne lui répondrait pas. Mais il tourna la tête vers elle et la dévisagea.

— Je suis obligé.

— S'il te plaît.

Elle n'aurait su dire ce qu'il se passa, ni ce que cela signifiait, mais elle sut d'instinct qu'il allait rester.

— Tu m'emmènes faire une balade sur la plage ?

Avec précaution, elle descendit la petite dune de sable jusqu'à la plage, ses sandales à la main et le bras de Kaspar passé sous son coude.

Une fois sur la plage, elle fixa le soleil couchant et se rendit compte que, malgré tout, elle n'était ni malheureuse, ni solitaire, ni déçue d'être montée dans ce fichu avion.

— Pourquoi es-tu aussi déterminé à combattre tes sentiments pour moi, Kaspar ? Il n'y a pas que les risques impliquant le bébé, je me trompe ? Tu as peur de te laisser aller avec moi. Pourquoi ?

— C'est pour ton bien, lâcha-t-il.

— De quoi penses-tu que j'aie besoin d'être protégée ? De toi ? Au cas où tu l'aurais oublié, je connais l'autre Kaspar. Le garçon dont je pense qu'il est ton vrai toi, plus que tout ce que tu laisses voir aux gens. Quelqu'un de gentil.

— Eh bien, tes souvenirs te jouent des tours, ironisa-t-il.

— Pas du tout. Pourquoi n'as-tu rencontré personne avant aujourd'hui ? Fondé une famille ? Je sais que tu feras un père fort et très attentionné.

Il mit longtemps à lui répondre.

— Ma mère est, pour le dire poliment, une voleuse d'oxygène, dit-il enfin. Depuis toujours. Mon père n'était pas mieux. Et moi, je suis leur fils, leur sang, le mélange létal du pire d'eux deux.

— Je te l'ai déjà dit : tu n'es pas comme eux, Kaspar.

— Tu ignores comment je suis vraiment.

— Peut-être, mais je pense que toi aussi.

— Je ne donne pas dans les sentiments, Archie. Je ne me lie pas aux gens. Je ne suis pas construit dans ce moule. Je sais trop bien comme les sentiments peuvent être destructeurs, violents et toxiques. Tu dis que je ne suis pas comme eux, il n'empêche que je porte leur ADN.

— C'est pour ça que, au fil des années, tu t'es fait un devoir de ne jamais t'engager avec une femme ?

— C'est plus facile comme ça.

— C'*est solitaire*. Et ça ne te convient pas. Tu es un homme bien sous cette façade ridicule de play-boy.

— Archie, est-ce que tu sais que, adolescent, j'ai volé une fille sous le nez de Robbie ? Pas parce qu'elle me plaisait ou que j'avais spécialement envie de sortir avec elle. Non, uniquement parce que je ne voulais pas que Robbie me laisse tomber pour passer du temps avec elle. C'est là que je me suis rendu compte que je n'étais pas normal. Et surtout pas le gentil garçon que ton père essayait de m'apprendre à être. Non, j'étais le produit de mes parents.

— Non, mais tu plaisantes ? C'est là-dessus que tu bases ton raisonnement ? Parce que je peux te citer des tas d'exemples de crasses que mon frère ou moi avons faits à des amis ou même entre nous quand nous étions jeunes. Ça s'appelle grandir.

— Non, Archie, ce n'est pas seulement ça. Tu n'as pas idée des choses que j'ai faites depuis que je suis venu vivre ici. Il ne s'agissait plus de grandir, mais de faire du mal.

Le visage de Kaspar se tordit à ces souvenirs, mais elle ne le croyait pas. Pas lui.

— Tu veux dire après que ta mère t'a traîné ici ? T'a arraché au peu de sécurité que tu avais jamais connue ? Tu as joué au mauvais garçon ? Mais regarde-toi aujourd'hui ! Tu as tourné le dos à Hollywood malgré ce qu'elle avait prévu pour toi, tu es devenu un chirurgien de renom, un homme bien. Tu donnes de ton temps pour partir dans des zones de guerre afin d'aider des gens qui en ont vraiment besoin.

Il avait l'air frustré, en colère et épuisé. Mais surtout, déchiré. Elle ne l'avait jamais vu comme ça, et elle avait mal pour lui.

— Ce n'est pas aussi altruiste que tu le crois, grommela-t-il. Tu ne t'es jamais demandé pourquoi je suis passé du métier d'acteur à celui de chirurgien ? Tu penses que j'ai développé un besoin soudain d'imiter mon imprévisible chirurgien de père ?

— Devenir un chirurgien comme lui ne fait pas de toi une personne aussi désaxée, protesta-t-elle.

— C'est là que tu te trompes. Je suis exactement aussi incontrôlable qu'il l'était. Ce que tu ignores, c'est que j'ai fait tout ça pour me racheter de… de quelque chose que j'ai fait. Quelque chose de si terrible que même toi, tu ne me trouverais pas d'excuse.

— Et quand bien même, combien de temps comptes-tu te punir pour ça ? Qu'est-ce que tu as fait de si affreux ?

Le silence qui lui répondit était oppressant.

— Je me suis battu, et j'ai envoyé un homme à l'hôpital, murmura enfin Kaspar. Tout ça parce qu'il m'avait regardé de travers dans un bar, une nuit.

C'était donc comme ça que l'histoire que Katie lui avait racontée avait commencé.

— Tu avais quel âge ?

— Dix-sept ans.

— Et l'autre type ?

— Vingt-cinq. Je l'ignorais, sur le coup. Je l'ai appris par l'autre au tribunal.

— L'autre ?

Il haussa les épaules.

— Il y avait un autre gars. Il était presque trop soûl pour marcher. Il balançait un morceau de bois.

— Un morceau de bois dans un bar ? Et personne n'était intervenu ?

— On était dehors à ce moment-là. Dans une allée sombre.

— Je ne comprends pas.

Elle vit Kaspar serrer les mâchoires, mais il semblait déterminé à lui expliquer pourquoi il n'était pas fréquentable.

— On était dans ce bar, et en passant près de moi l'un des deux a trébuché contre mon tabouret. Il m'a poussé et m'a ordonné de m'excuser. J'ai refusé, et ils m'ont mis au défi de venir régler ça dehors. Je n'ai pas eu le bon sens de refuser.

— Donc ils étaient deux, et l'un te menaçait avec une planche de bois. Mon Dieu, Kaspar, tu aurais pu être tué ! Tu n'as fait que te défendre !

— Non. Je n'étais pas ivre. Eux, si. J'aurais pu les laisser partir. Ou partir, moi.

— Tu avais dix-sept ans. C'était une erreur de jeunesse.

— J'ai envoyé le gars à l'hôpital. J'ai vu rouge. Il a suffi d'un coup, un coup, Archie, et je lui ai cassé la mâchoire. Il a dû subir une opération de chirurgie reconstructrice.

— Waouh ! lâcha-t-elle, portant une main à sa bouche.

— Comme tu dis. Et si j'avais totalement perdu le contrôle et que je n'avais pas pu m'arrêter ?

Elle hésita, mais soudain la réponse lui apparut clairement.

— Mais tu n'as pas perdu le contrôle. Tu t'es arrêté. Un coup, hélas ! bien placé mais pas prémédité. Et provoqué. Qu'a conclu le juge ? Légitime défense, je parie ?

— Le type était si soûl qu'il n'aurait probablement pas pu me faire de mal. Pourtant, le juge a classé l'affaire, confirma-t-il avec mépris.

— Parce que, même soûl, on peut blesser quelqu'un. Et puis, quoi d'autre ?

— Plusieurs témoins on dit que les deux gars s'étaient comportés comme des imbéciles toute la soirée, et que, en fait, ils étaient coutumiers du fait. À entendre le juge, c'était presque moi la victime. Je suis ressorti libre.

— Sauf que, toi, tu as changé de vie après cet incident unique. Ton choix de nouvelle carrière était basé sur cet événement, pas vrai ? À cause des chirurgiens qui ont réparé le visage de ce type ?

— C'était largement mieux que la diva que j'étais en train de devenir.

— Tu t'es sacrifié.

— Tu parles. Je savais que, en tournant le dos au contrat très lucratif que ma mère avait passé avec un studio majeur, elle ne me pardonnerait jamais. D'une pierre deux coups.

Elle posa la paume sur son torse, pour sentir sa chaleur et les battements de son cœur. En tirer des forces.

— Tu n'es pas devenu le premier médecin venu, Kaspar. Tu es l'un des tout meilleurs chirurgiens du monde. Un pionnier dans ton domaine. Aussi célèbre que certaines stars de

Hollywood. Et en plus, tu sauves des vies. Tu crois vraiment que tu es incontrôlable comme tes parents ?

Kaspar se retourna pour prendre la direction de la maison

— Je ne le crois pas, Archie, fit-il d'une voix dure. Je le sais.

Elle aurait beau insister, il ne l'écouterait plus. Elle l'avait perdu. Encore.

11

— Trente-deux semaines, et tout se passe parfaitement bien.

Catherine ponctua son commentaire d'un sourire rassurant.

— Le cerclage fonctionne ?

— Apparemment, le col s'est rallongé, et le rétrécissement que nous avions observé s'est inversé. C'est très bon signe, mais ça peut n'être que temporaire. Donc, n'allez pas prendre ça comme un feu vert pour vous mettre au marathon.

— OK, je continue à limiter mon activité physique, acquiesça Archie. Compris.

— Et même si c'est difficile, vous continuez d'y aller doucement côté relations sexuelles ? Pas plus de deux fois par semaine ?

Archie opina du chef, incapable de regarder Kaspar. Elle sentait ses joues aussi rouges que deux tomates.

Ils étaient convenus tous les deux d'éluder le sujet devant Catherine afin de ne pas soulever d'autres questions.

— Donc, maintenant qu'on s'approche du terme, à quoi puis-je m'attendre ?

— Si le bébé naissait aujourd'hui, il aurait de bonnes chances de survie sans problème de santé de long terme. L'un des soucis les plus communs serait un sous-développement du système respiratoire.

— Raison pour laquelle vous envisagiez des injections de stéroïdes au départ ? s'enquit-elle.

— Exact. Cependant, votre corps semble s'être bien adapté

au cerclage, alors nous avons décidé de ne pas en faire. Cette décision s'est avérée bonne, au vu du résultat actuel.

— Et si le travail débutait maintenant ?

— Dans ce cas, nous tenterions tout de même la progestérone ou les pessaires afin de retarder la naissance. Chaque jour supplémentaire compte pour le bébé, chaque gramme gagné et le renforcement de son système interne. Mais, encore une fois, une naissance à trente-deux semaines donne un taux important de survie. Le bébé aurait besoin d'une semaine en soins intensifs au plus, s'il se nourrit et respire bien.

— Et sinon ?

— Alors il ou elle resterait en soins intensifs avec une perfusion et un respirateur autant de semaines qu'il serait nécessaire. Mais nous en reparlerons si la situation s'y prête.

Les efforts que déployait Catherine pour ne pas révéler le genre du bébé ravissaient Archie. Elle coula un regard en direction de Kaspar, extrêmement raide sur sa chaise, et ne put réprimer un sourire.

Il était en mode « papa inquiet » et pas « chirurgien sûr de lui ». C'était adorable.

— Ce week-end, il y a un gala de charité médical dont Kaspar est le mécène principal, poursuivit-elle. Vous pensez que je pourrai y assister ?

— Je ne vois pas de problème — selon comment vous vous serez sentie durant la journée, évidemment. Du moment que vous ne vous surmenez pas et que vous évitez de danser un *jive* endiablé tous les deux.

Archie sourit à cette pensée.

Depuis qu'elle avait découvert le pouvoir de séduction qu'elle exerçait sur Kaspar, à sa grande surprise, elle se sentait investie d'une force incroyable. Au lieu de se dire que Kaspar ne voulait plus la toucher parce qu'elle ne lui plaisait pas — une première idée contredite par la façon dont il l'avait embrassée et son incapacité à lui résister à plusieurs reprises —, elle commençait à songer que, peut-être, elle devait y mettre un peu plus du sien.

La perspective de relever ce défi lui plaisait. Ce soir, elle essayerait peut-être de rappeler à Kaspar ce qu'il ratait. Qu'elle n'était pas juste la mère de son bébé mais aussi une femme à part entière.

— Nous nous y verrons probablement, conclut Catherine.

À quoi Archie répondit par son sourire le plus innocent.

— Avec plaisir.

Accoudé au bar, un verre du cognac le plus cher disponible à la main, Kaspar contemplait Archie qui évoluait à l'autre bout de la salle.

La scène lui était familière, sauf que, à la différence du gala de charité où tout avait commencé, elle n'était pas obligée de repousser les admirateurs qui s'approchaient d'elle. Non, elle rayonnait tranquillement, et il dut afficher un sourire pour répondre au sien.

Il ignorait ce qu'il s'était passé dans le cabinet de Catherine, l'autre jour, mais elle en était ressortie changée. Plus confiante, plus vive, une sorte de version adulte de la petite Ant qu'il avait connue. Elle semblait charmer la moindre personne qui l'approchait pour discuter avec elle, surtout les hommes malgré sa grossesse. Et pourtant, elle s'arrangeait pour être partout sauf à côté de lui.

C'était sa faute, bien sûr. Elle avait insisté pour l'accompagner à la fête sans se laisser dissuader par aucun de ses arguments, et il y avait posé des conditions.

En fait, il avait accepté en partie de bon gré, même s'il avait du mal à admettre qu'une partie de lui souhaitait que le monde sache la vérité. Qu'il allait devenir père. Que lui, le prince-chirurgien, le mauvais garçon notoire, était ravi d'être marié à la mère de son enfant.

Archie s'était mise à le taquiner, et, agacé par sa propre incapacité à lui résister, il avait décidé de garder ses distances ce soir. Qu'elle use de son charme sur les gens de son cercle social et sur la presse tant qu'elle voulait !

Au fond, il avait peut-être espéré qu'elle échoue, histoire de relativiser l'image qu'il avait d'elle. De lui suggérer que, non, elle n'était pas aussi parfaite qu'il voulait le croire. Ainsi, elle aurait peut-être cessé d'envahir ses rêves chaque nuit, et sa libido aurait peut-être cessé de réagir à ce point dès qu'il la voyait.

Mais non. Et voilà qu'il se retrouvait planté au bar, à l'admirer comme un adolescent énamouré…

Ça n'allait pas. D'ici une minute, il se tournerait, trouverait un groupe engagé dans une bonne conversation médicale et se plongerait dedans.

Oui, dans une minute.

La seule chose qui apaisait un peu sa frustration, c'était que la distance qu'il s'imposait lui permettait de profiter de la vue. Archie était sublime dans sa robe longue bleue avec des bretelles argent agrafées sur ses épaules soyeuses, avec sa poitrine somptueuse et son ventre si joliment rebondi. Rayonnante et magnifique. Et elle était à lui.

Le fait qu'elle vienne frapper à sa porte avec cet enfant non désiré aurait dû signer la fin d'une relation sans avenir. Et pourtant, il l'avait accueillie à bras ouverts. Sans aucune logique, il s'était senti investi de cette mission.

Le désir qu'il ressentait pour Archie n'y était sans doute pas étranger. Mais il ne pouvait que lui apporter des problèmes, avec son passé et son patrimoine génétique…

Il se redressa brusquement et reposa son verre.

Un homme avait traversé la salle pour aller parler à Archie, le tirant de ses pensées.

L'importun ne paraissait pas rebuté par son ventre rond, il se penchait un peu trop près pour lui chuchoter quelque chose à l'oreille, et elle — *sa* femme — renversa la tête en arrière pour éclater de rire, dévoilant la ligne majestueuse de son cou.

Il ne se rappela pas avoir bougé du bar, pourtant, il fut tout à coup à l'autre bout de la pièce, les sangs en ébullition.

L'homme ne resta pas assez longtemps pour se présenter, bizarrement.

— Tu as l'intention de chasser tous les hommes qui osent

me parler, comme un chien qui fait pipi contre un lampadaire afin de marquer son territoire ? ironisa Archie.

Une touche d'amusement, une touche de mécontentement.

— Si besoin, oui. On danse ?

Quand il tendit la main vers elle sans un mot de plus, elle posa sur lui un regard incrédule.

— Je suis enceinte. Mon ventre est gros. La presse va nous photographier, ça va être ridicule.

— Jamais de la vie ton ventre ne sera ridicule, gronda-t-il, féroce. Et puis, n'est-ce pas pour ça que tu as voulu venir ce soir ? Pourquoi t'infliger cette épreuve, si ce n'était pas pour t'afficher aux yeux du monde ?

Sans attendre qu'elle réagisse, il lui prit la main d'autorité et l'entraîna sur la piste de danse.

Les gens s'écartèrent pour les laisser passer, des paires d'yeux se tournèrent vers eux, des cous se tendirent. Tous voulaient se repaître de cette annonce officieuse et néanmoins générale.

Peu lui importait, les autres ne comptaient pas.

Tout s'effaça quand il eut Archie dans ses bras. Enfin. Ses doigts mêlés aux siens, son parfum délicat emplissant ses narines, leur bébé bien calé entre eux.

Ils se mirent à onduler avec une telle harmonie qu'il avait l'impression qu'ils se fondaient l'un dans l'autre. Comme toujours.

Il ne put empêcher que les photographes se massent peu à peu autour d'eux.

Un peu crispé, il balaya instinctivement la salle des yeux, mais l'équipe de sécurité avait l'air tranquille.

Ne voulant pas créer de scène, il s'obligea à ne pas laisser son imagination ou ses pires peurs l'envahir. Après tout, les téléphones portables devaient les photographier depuis le début de leur danse, alors un peu plus, un peu moins. Tout ce qui comptait, c'était Archie…

Soudain, une onde de choc déferla contre son abdomen. Quelque chose de rapide, d'inattendu.

Il se figea.

— C'était… ?

— Le bébé a bougé, lui confirma Archie, les yeux rivés aux siens, avant de lui prendre la main et de la poser sur son ventre.

Il sentit le coup de pied presque instantanément. Fort.

Jusqu'alors, la situation avait été plutôt abstraite. Tout à coup, l'émotion surgissait, inattendue, un jaillissement qu'il ne maîtrisait absolument pas. Et au lieu de le terrifier ou de l'inquiéter, c'était libérateur !

Il leva les yeux juste à temps pour voir l'expression d'Archie virer de la joie à la panique tandis que la horde de journalistes s'amassait autour d'eux.

Elle recula d'un pas, et le groupe des paparazzis se referma sur elle, jouant des coudes pour avoir le meilleur point de vue.

Alors il perdit les pédales.

Plus tard, il se remémorerait vaguement avoir saisi un appareil photo si proche du visage d'Archie qu'elle s'écartait en hurlant, et de la caméra qui s'écrasait au sol.

À un moment donné, il parvint à la ramener dans le cercle sécurisé de ses bras. La manière dont elle s'agrippa à lui ne fit qu'augmenter la féroce possessivité avec laquelle il se battait, même si la bataille en question était perdue d'avance.

Elle était à lui et à personne d'autre.

Dans un brouillard, il la souleva dans ses bras et la porta dehors, la déposa dans la voiture, avant de monter à côté d'elle sur la banquette arrière. Les émotions qui se disputaient en lui formaient un mélange létal de colère, de peur et de cette touche d'impuissance quand il l'avait vue vaciller et s'était avéré incapable de la retenir. Il revoyait la scène se dérouler sous ses yeux au ralenti. Exactement comme la fameuse nuit où il avait perdu le contrôle dans le bar.

Si Archie avait été une femme enceinte normale, la presse l'aurait-elle entourée comme ça, ou était-ce sa présence à côté de lui qui avait tout provoqué ?

Ce type, dans le bar, ne l'avait-il pas agressé parce qu'il était Kaspar Athari ?

Il connaissait déjà la réponse, évidemment. Il aurait dû le

savoir et ne pas mettre Archie en danger. Il aurait dû la garder loin de tout ça.

Le trajet lui parut interminable. Il bondit dehors avant même que le véhicule se soit totalement immobilisé, ouvrit la portière d'Archie, la reprit dans ses bras, toujours tremblante, et traversa la maison jusqu'à sa chambre. Ce ne fut qu'une fois qu'elle fut installée et en sécurité qu'il partit dans sa propre chambre, arracha ses vêtements et se rua sous la douche. Froide.

Malgré le jet glacé, il ne parvenait pas à apaiser le feu qui coulait dans ses veines. Il avait l'impression qu'il le consumait de l'intérieur.

Ça avait été le cas toute la soirée, quand ils avaient dansé, collés, oubliant le reste du monde. Il n'y avait plus eu qu'Archie. Dans tous les détails sublimes de son être. Sa main glissée dans la sienne, son corps fragile contre le sien, et il avait dû combattre chaque impulsion de l'emmener dans un lieu plus privé et de la prendre sur ses genoux.

Et puis, l'incident avec les journalistes lui avait fait perdre les pédales. Il avait brisé un appareil, mais il ne se rappelait plus comment. La conclusion de tout ça était claire comme de l'eau de roche : Archie était mieux sans lui.

Et pourtant, il avait toutes les peines du monde à se maintenir à plus de quelques centimètres d'elle. Chaque fibre de son corps voulait la reprendre dans ses bras, l'allonger sur un lit et plonger tout au fond d'elle.

Il s'appuya au carrelage, comme pour s'ancrer sur place. L'eau glacée continuait de couler sur ses épaules, son torse, son dos.

Il n'entendit pas le cliquetis de la porte, mais sut qu'Archie était dans la pièce. Son corps tout entier le sut.

Lentement, il releva la tête.

Elle ne dit rien mais referma les bras autour d'elle. Un geste qui eut pour effet de révéler un peu plus de peau laiteuse dans la vallée de ses seins.

Ses seins qu'il s'imaginait embrasser, goûter, dévorer...

C'en fut trop. Son corps réagit de la manière la plus primitive qui soit, et son sexe se banda un peu plus quand elle baissa les yeux sur lui.

Les pupilles d'Archie s'écarquillèrent, sa respiration s'accéléra, et sa poitrine se gonfla un peu plus.

Il était si tendu que c'en était douloureux.

— Arrête de me repousser, susurra-t-elle sur un ton de désir qui l'enivra.

— Tu as bien vu ce qu'il s'est passé ce soir. C'est mieux pour toi si je garde mes distances.

Sa voix à lui était rauque, méconnaissable.

— Pourquoi ? Parce que tu m'as protégée de ces journalistes de caniveau qui, contrairement à leurs collègues respectables, n'avaient pas été invités à la fête ? Qui s'étaient introduits de force dans le seul but de causer des problèmes ? Ils se sont comportés comme des animaux.

— Exactement comme moi.

— Rien à voir ! explosa-t-elle. Tu m'as défendue. Tout le monde l'a vu. J'avais peur, et tu m'as secourue ! En plus, ta réaction n'avait rien de comparable avec la virulence avec laquelle les agents de sécurité les ont flanqués dehors. Tu n'as pas vu ?

— Tout ce que je sais, c'est que j'ai cassé l'appareil d'un gars. J'ai perdu le contrôle, encore une fois.

— Kaspar, cet appareil, tu l'as écarté de mon visage. Le photographe a voulu le reprendre, un gars de la sécurité le lui a arraché des mains, et il a fini écrasé contre un pilier. Alors, oublie ce moment, revois un peu le reste de la soirée. Comme c'était bien. Et ne t'éloigne pas de moi maintenant.

Il avait tant envie de la croire. De prendre ce qu'elle lui offrait...

— Si on commence, je ne sais pas si je saurai me contenir. Or, on doit penser au bébé.

— C'est une excuse. Tu as entendu ce qu'a dit Catherine. Ça n'est pas la vraie raison.

— Et c'est quoi, alors ?

Elle se mordit la lèvre.

Bon Dieu, cette lèvre...

— Ça, je l'ignore. Je ne suis pas sûre que tu le saches toi-même.

Ses paroles étaient proches de la vérité, il s'en rendait compte. Elle le connaissait bien. Trop bien.

— Bon, si tu as terminé, tu vas peut-être me laisser finir de prendre ma douche ? lança-t-il en s'agrippant au robinet.

Un silence s'étira, durant lequel Archie ne le lâcha pas des yeux, puis :

— Pas question.

Et avant qu'il ait pu bouger, elle avait dénoué la ceinture de satin de sa robe, qui glissa de ses épaules au sol dans un mouvement fluide.

Le fait qu'elle soit grosse de son bébé, de lui, au lieu de casser la magie, ne la rendait que plus sexy. Il fallait qu'il l'empêche…

Mais déjà elle entrait dans la cabine de douche, avec l'air d'une femme qui savait exactement ce qu'elle faisait.

Le plus fort, c'était cette lueur dans ses yeux. À croire qu'elle voyait en lui un homme que personne n'avait vu. Un homme meilleur. Quand elle le regardait comme ça, il rêvait de l'être.

Il eut tout juste le temps de monter la température de l'eau que déjà elle était là.

Du bout des doigts, elle effleura son torse, avec aux lèvres un sourire canaille. Et puis, les yeux rivés aux siens, elle prit son sexe dans sa main.

— Laisse-toi faire, Kaspar, murmura-t-elle. Arrête de tout vouloir contrôler et laisse-moi prendre les rênes. Pour une fois.

Et elle le prit dans sa bouche chaude.

On lui avait déjà fait ça avant. Souvent. Mais jamais ça ne lui avait fait cet effet-là. Observer Archie qui le prenait, sentir ses mains, sa langue, même le frôlement de ses dents… C'était inouï.

Alors il s'abandonna comme elle lui avait suggéré : il s'adossa au carrelage, les jambes ridiculement faibles, et enfouit les mains dans ses cheveux.

Il avait besoin d'elle. Il aurait beau se répéter à l'infini le contraire, ça n'y changerait rien. Et il ne s'agissait pas que de sexe. Non, c'était elle.

Avec Archie, il voulait tout. Personne n'aurait pu le convaincre de lâcher prise comme elle. Et une partie de lui adorait ça.

Elle commença lentement. Exprès. L'enfonçant dans sa bouche et reculant, sans se presser, comme si elle voulait le savourer. Elle le lécha, le suça, tout en faisant tourner sa langue sur sa pointe et usant de ses doigts pour imprimer juste la pression qu'il fallait où il fallait, à croire qu'elle devinait le pouvoir dont elle bénéficiait en cet instant.

Il s'entendit grogner, mais il n'était pas plus aux commandes de sa voix qu'il ne l'était du reste de son corps. Il était totalement à la merci d'Archie. Elle le titilla tant et si bien qu'il crut mourir.

Très vite, il fut au bord de la jouissance. Un adolescent incapable de se retenir.

Se libérant de ses caresses sans prêter attention à ses protestations, il coupa l'eau et souleva Archie dans ses bras.

— Je n'avais pas fini…

— Mais moi, presque, gronda-t-il.

— Et on va où, là ? fit-elle d'un ton coquin.

— À ton avis ?

Une fois dans sa chambre, il l'allongea délicatement sur le lit.

Jamais il n'avait désiré personne comme elle. Quelque part au fond de lui, une sonnette d'alarme retentit, lui demandant s'il en aurait un jour assez d'elle. Là encore, il connaissait la réponse : non. Mais il n'écoutait plus. Malgré son excitation, il posa la main sur le magnifique renflement de son ventre et ne put s'empêcher de vérifier.

— Tu es sûre ?

— J'attends ça depuis des mois, geignit Archie.

Le frisson qui la secoua manqua le faire jouir sur-le-champ. Baissant la tête, il trouva ses lèvres et y colla les siennes, avide, affamé.

Non, jamais il ne s'en lasserait.

Archie lui passa les bras autour du cou, se plaquant contre lui. Pas trop fort, juste ce qu'il fallait, tandis qu'il lui caressait les flancs.

Malgré la pulsation douloureuse qui lui enserrait le sexe, il se concentra sur elle. De sa bouche, il passa à sa mâchoire, son oreille, son cou, puis descendit encore. Lorsque ses lèvres atteignirent ses seins, elle se cambra à sa rencontre, l'implorant en silence. Il aspira dans sa bouche un téton exquis, et elle hoqueta de plaisir. Alors il autorisa ses mains à errer plus bas.

— Kaspar, j'ai besoin de…

— De quoi ? demanda-t-il, impitoyable, la bouche encore pleine d'elle, les doigts se déplaçant en mouvement concentrique sur ses hanches.

— De tes caresses.

— Je te caresse.

Il passa à son autre sein, à mi-chemin entre l'amusement et un désir si violent qu'il avait mal. Le besoin de la faire sienne. Comme la première nuit.

— Pas là, fit-elle d'une voix gutturale.

Il alla sur sa cuisse.

— Là ?

— Là, Kaspar…, fit-elle en écartant les cuisses pour lui.

— Là ? demanda-t-il en passant sur son ventre.

Levant les yeux, il croisa son regard. Au lieu du gémissement avide qu'il attendait, il vit un sourire canaille, des paupières lourdes et un désir fou.

— Attends, je vais te montrer, fit-elle en passant les mains sur son corps.

La réaction de Kaspar fut immédiate. Son contact était une exquise torture. Trop incroyable pour être désagréable, et trop douloureux pour être agréable.

Il enfonça un doigt en elle.

Mouillée, chaude, prête.

Il s'amusa à entrer et à ressortir, à passer sur son clitoris, encouragé par les gémissements impatients d'Archie. Il ne sut pas lequel des deux bougea en premier, elle ou lui, mais elle se retrouva sur lui.

— Préservatifs ? demanda-t-elle.

— Tiroir du haut, répondit-il en désignant la table de chevet du menton. La boîte que Catherine t'a donnée.

Pour lui rappeler qu'il ne les avait pas achetés pour quelqu'un d'autre. D'ailleurs, il n'avait jamais ramené de femme chez lui.

Il la regarda déchirer l'aluminium, sortir le préservatif de ses doigts tremblants, le dérouler sur son membre avec un soin extrême. Puis elle le guida en elle tandis qu'il scrutait son visage en quête du moindre signe d'inconfort. Quand, enfin, il s'immisça dans sa chaleur moite et la sentit l'agripper dans son fourreau étroit, il crut qu'il allait jouir sur-le-champ.

Habile, elle se mit à onduler.

— Ça va ? demanda-t-il.

Elle hocha la tête et accéléra la cadence.

Il aurait voulu aller plus vite, plus fort, la faire jouir sur lui, mais il se retint. Pas encore.

Comme il se tendait sous l'effet de l'effort, elle se pencha pour lui caresser la joue, rieuse.

— Détends-toi, tout va bien.

— Sûre ?

De nouveau, elle opina du chef.

Passant les mains de son ventre à son sexe, il dessina des cercles de la pulpe des pouces sur la douce toison de son entrejambe.

Aussitôt, la respiration d'Archie se fit plus courte.

Il insista plus bas, jouant avec elle en même temps qu'il bougeait en elle. Son corps réagissait exactement comme il aimait, resserrant son étau sur son sexe, ondulant plus vite.

Il était tout proche. Tout en Archie l'excitait d'une manière incroyable. Alors qu'ils dansaient ensemble en harmonie parfaite, les doux frissons de son corps laissant la place à un tremblement plus urgent, il songea qu'il n'aurait jamais besoin d'autre chose…

Ce fut sa dernière pensée cohérente, car elle jouit sur lui à cet instant. Son corps se cambra tandis qu'elle s'abandonnait au plaisir. Elle cria son nom tout en continuant à balancer le bassin, les bras appuyés sur son torse comme si elle risquait de s'effondrer. Juste comme elle semblait redescendre de son orgasme, il changea de rythme et l'envoya une deuxième fois par-dessus le précipice.

Cette fois, quand elle hurla son nom, il ne put plus se contenir. Il la rejoignit dans l'orgasme, relâchant des mois de frustration, et la jouissance explosa, si puissante qu'il crut ne jamais pouvoir s'en remettre.

C'était dangereux. Potentiellement létal. Et pourtant c'était la perfection.

12

Le lendemain matin, Archie fut réveillée par le soleil qui filtrait à travers les rideaux et les cris des oiseaux marins. Et le fait qu'elle était seule. À nouveau.

Mais cette fois, elle ne s'en inquiéta pas. Elle s'étira langoureusement et sentit des muscles rarement sollicités gémir avec paresse, lui rappelant son réveil, une heure plus tôt, contre la chaleur d'un corps robuste et chaud derrière elle.

Kaspar, pressé contre son dos, une main passée sur son ventre.

Elle s'était lovée dans son étreinte, suscitant une réaction masculine jusque dans son sommeil. Mais si forte qu'ait pu être leur envie de faire l'amour, ils devaient se cantonner aux relations douces et peu fréquentes préconisées par Catherine.

Elle se rappelait vaguement l'avoir entendu parler d'aller faire un footing. Sa façon à lui de distraire son corps affamé.

Elle tendit l'oreille en quête de bruits en provenance de la cuisine mais n'entendit rien d'autre qu'un bourdonnement insistant venant d'une autre pièce.

Et soudain, elle comprit ce qui l'avait réellement tirée des limbes : la vibration de son portable.

Malgré elle, un mauvais pressentiment l'envahit, après la petite scène de la veille.

À cette heure, ça ne pouvait tout de même pas être la presse, si ?

En rentrant, Kaspar avait débranché sans un mot la ligne fixe et éteint son propre portable. Mais avec les journalistes, il fallait s'attendre à tout, ils pouvaient très bien avoir récupéré son numéro d'une manière ou d'une autre.

Alors elle s'assit, replia les genoux contre son ventre et attendit, ne recommençant à respirer qu'une fois la sonnerie terminée.

Rabattant les couvertures, elle traversa la pièce pour se poster devant la fenêtre et fut accueillie par une vision bienvenue.

Le sable s'étalait à ses pieds, et Kaspar courait sur ce tapis de luxe, seule silhouette sur la plage privée.

Les doigts pressés contre la vitre, elle admira ses cuisses musclées, son torse large et bronzé humidifié par l'exercice et les embruns, et des images de la nuit passée se bousculèrent dans son esprit enfiévré.

Puis elle distingua l'expression de son visage — sombre, maussade, presque en colère —, et son estomac se serra.

Lentement, elle recula à l'intérieur de la chambre, si bien que, au moment où il termina l'ascension de la petite dune jusqu'à la terrasse et franchit les portes-fenêtres, elle se trouvait déjà près de la porte. Comme si la distance pouvait atténuer les paroles qu'il s'apprêtait à prononcer et dont elle devinait d'instinct qu'elle ne voulait pas les entendre.

Il entra dans la chambre et s'immobilisa en la voyant. L'espace d'une seconde, elle crut lire de la frustration, voire du regret dans ses yeux. Puis son regard se glaça. Par son expression, il venait de se fermer à elle aussi efficacement que par des mots. Il s'approcha, et sa présence lui fut presque insupportable d'agressivité retenue.

— Tu as vu les journaux ?

Sa voix dure lui taillada le cœur.

— Comment veux-tu ? Je viens juste de me réveiller.

— Eh bien, laisse-moi te les montrer.

Passant devant elle, il poussa jusqu'au couloir d'un pas qui trahissait lui aussi la fureur.

Elle n'eut d'autre choix que de trottiner derrière lui, le cerveau en ébullition, après avoir attrapé un peignoir au passage.

— Ils sont couverts de vilaines photos d'hier soir, annonça-t-il d'un ton mordant, en entrant dans le bureau où son ordinateur était allumé. Les unes racontent en détail le genre de type colérique et agressif que je suis, histoire que le monde entier le sache.

Il avait manifestement déjà passé du temps à effectuer des recherches.

Elle serra le peignoir autour de son corps nu dans un effort de dignité.

— Ils ne te connaissent pas, lâcha-t-elle dans un murmure, osant un pas dans sa direction. Moi, si.

Elle comprit son erreur quand il se tourna brusquement. Ses yeux brillèrent d'une lueur dangereuse, et un juron en perse lui échappa, qu'elle se souvenait de leur enfance.

— Je ne veux pas de ta pitié, Archana.

Elle cilla, mais il ne parut pas s'en soucier. À moins qu'il ne cherche délibérément à la blesser. À la repousser.

— C'est exactement ce que je t'ai raconté de l'homme que je suis. Le père que je voulais épargner à notre enfant. Mais tu n'as pas écouté. Toi, avec ton arrogance, tu pensais pouvoir me changer. Et moi, avec mon ego, j'ai cru à ta vision naïve et teintée de rose de moi. Tu as insisté pour qu'on se donne en spectacle, et j'ai accepté, alors que j'aurais dû refuser d'emblée. Maintenant, ils ont déterré l'histoire de mon passé, et nous allons tous les trois en payer le prix.

Elle allait répliquer quelque chose, mais aperçut les photos dont il parlait, et ses lèvres devinrent trop sèches, sa gorge trop serrée pour former des paroles cohérentes. Même si elle l'avait pu, son cœur battait trop follement dans sa poitrine pour qu'elle réussisse à réfléchir, à organiser le bric-à-brac de mots qui se bousculaient.

Kaspar avait peut-être raison, après tout. Elle était naïve et stupide. Pas mieux que la gamine nunuche qu'elle avait toujours été. Elle était tombée amoureuse de lui et était persuadée que ça se lisait sur son visage, alors même que Kaspar l'insultait. Une fois de plus, elle s'était autorisée à croire qu'il lui ferait une place dans son cœur et dans sa vie, et voilà qu'il lui rappelait que jamais cela n'arriverait.

Peut-être n'en était-il juste pas capable.

Non, Kaspar ne serait jamais à personne. Il ne pouvait pas être à elle, elle avait été naïve de l'envisager ne serait-ce qu'un instant.

Elle méritait mieux, elle méritait un homme qui l'aime vraiment, se sermonna-t-elle, comme si se le répéter suffirait à l'en convaincre.

Un jour, peut-être, elle réussirait à y croire.

Au temps pour la femme intrépide qu'elle avait tenté de se persuader qu'elle était ! Il était temps de grandir et de prendre ses responsabilités. Ce qui impliquait de se sortir Kaspar Athari de la tête, de le reléguer au passé une bonne fois pour toutes — ou du moins toute idée de relation avec lui, car il était bel et bien le père de son bébé, ça, elle ne pourrait plus jamais y échapper. De toute sa vie.

C'était gênant, le mélange de réconfort et de tourment que lui procurait cette pensée. Mais elle n'était pas obligée de le lui montrer.

Relevant la tête, elle s'obligea à le regarder droit dans les yeux. Sa voix, quand elle parla, recelait une froideur dont elle ne se serait pas crue capable en les circonstances.

— Tu as raison. Je m'en rends compte à présent. Ce mariage était une erreur, une idée ridicule. Je te présente mes excuses si j'ai fait quoi que ce soit pour suggérer le contraire, ou que tu te sois senti obligé de le suggérer.

Son cœur se vrillait à ses propres mots, elle se déchirait de l'intérieur avec une violence telle qu'elle se demandait comment elle avait la force de rester là, debout, et encore plus de parler. C'était une torture de ne pas lire la moindre expression sur le visage de Kaspar, dont la seule réaction visible fut un tressautement de sa mâchoire crispée. Un détail qui ne révélait rien de ce qu'il se passait dans sa tête.

Comment avait-elle pu passer outre le fait qu'elle le connaissait si peu ?

— C'est la solution la plus logique, acquiesça-t-il sèchement. Une fois que le bébé sera né, nous divorcerons. On mettra ça sur le compte de ma réputation de play-boy. La presse s'y attend déjà, de toute façon. Tu pourras rentrer au Royaume-Uni, je prendrai les dispositions financières nécessaires pour que mon enfant ne manque de rien. Et quand la fureur médiatique sera retombée, ce qui ne devrait pas prendre trop longtemps, nous déciderons ensemble comment je pourrai être en contact sans chambouler ta vie ou celle du bébé.

Elle aurait voulu répondre, mais en était incapable. Sa langue, son corps tout entier était comme paralysé. Elle se sentait physiquement se refermer sur elle-même.

— Je pars courir, finit-il par lancer, comme si son silence lui fournissait la réponse qu'il attendait.

Ni l'un ni l'autre ne mentionna le fait qu'il rentrait juste d'un footing.

— Tu devrais faire tes bagages. Je demanderai à mon chauffeur de venir te prendre et de t'emmener dans un hôtel cinq étoiles proche de l'hôpital où tu occuperas ma suite.

— Non…, répondit-elle.

Mais il la fit taire d'un geste.

— Je payerai tous les frais.

Comme si c'était là le sujet de son objection ! Cependant, cela suffit à la priver de voix. S'il pensait si peu de bien d'elle, quel intérêt d'essayer de le détromper ?

— Compris, fit-elle d'une voix qu'elle ne reconnaissait pas et qui ne trahissait rien de la douleur qui faisait rage en elle.

Elle se drapa frileusement dans le tissu du peignoir, reconnaissante de n'avoir pas la nudité pour ajouter à sa vulnérabilité présente.

Elle comprit trop tard son erreur : son geste attira le regard de Kaspar, qui se passa une main dans les cheveux, l'air embarrassé.

— Archie…

Sa voix se brisa, détail si inhabituel qu'elle ne comprit pas ce que cela signifiait.

Et soudain elle sut : de la pitié.

Il pouvait bien la rejeter, c'était son droit, et elle ne pouvait rien faire contre. En revanche, elle pouvait s'assurer que, en plus de tout le reste, il n'ait pas pitié d'elle à cause du chagrin qu'il lui infligeait.

Sa fierté la redressa.

— *Et la* presse ? demanda-t-elle.

Kaspar lâcha un soupir.

— Quoi ? C'est important, maintenant ? Bon, on dira que c'est la solution la plus sécurisée. Proche de l'hôpital. Là-bas, il y aura toujours des gens autour de toi au cas où quelque chose se passe pendant que je suis au travail.

C'était donc bien terminé. Elle le comprit en même temps que son cœur sombrait. Kaspar avait réponse à tout, et elle était à court d'arguments.

Elle devait se montrer forte. Elle avait un bébé à prendre en compte, désormais. Un avenir dans lequel un autre être comptait sur elle pour prendre des décisions fermes et responsables, elle ne pouvait passer outre ce fait. Surtout au vu de la manière dont l'atmosphère avait changé à l'intérieur de la pièce. Lourde. Tendue. Même l'absence de soleil dans cette partie de la maison ajoutait à son désarroi, la laissant littéralement dans le froid. Elle n'était plus qu'une ombre.

— Tu as raison, répéta-t-elle à contrecœur. Il est préférable que tu t'en ailles pendant que je fais mes bagages.

— Alors, tu es d'accord ? aboya-t-il, les yeux rivés aux siens avec une intensité telle qu'elle vibra de chaque fibre de son être.

Non, elle n'était pas d'accord ! hurlait silencieusement une partie d'elle. Mais à quoi bon ? Plus rien de tout ça n'avait de sens. Kaspar avait raison, leur mariage était un leurre inutile et sans avenir. Elle s'était presque convaincue que, de même qu'elle avait épousé Joe pour des raisons pratiques, elle pourrait rester mariée à Kaspar pour le bien de leur bébé. Pourtant, tout au fond, elle avait toujours su que le scénario était complètement différent. Jamais elle n'avait brûlé pour Joe comme pour Kaspar. Pourquoi passer sa vie à ses côtés dans la frustration permanente, le regret de quelque chose qui n'adviendrait jamais ?

— Je suis… d'accord.

Elle crut que les mots allaient l'étrangler.

Elle n'aurait su dire si c'était plutôt un soulagement ou une déception qu'ils ne l'aient pas fait.

Sur un hochement de tête, Kaspar sortit. Comme ça. Et elle ne le retint pas.

Elle remonta le couloir sur des jambes vacillantes.

Voilà, elle venait de mettre fin à un autre mariage. Ou plutôt, Kaspar y avait mis fin. Quoi qu'il en soit, dans son esprit, il n'y avait aucun doute : Kaspar et elle ne s'en remettraient pas.

Il faisait ce qu'il fallait.

À fond sur la plage, les muscles des jambes brûlant de leur effort contre le sable mou, Kaspar se demandait quelle quantité d'exercice et d'épuisement il lui faudrait pour apaiser la douleur qui le déchirait. Si cela était même possible.

L'échec. La trahison. La perte absolue. Et tout ça, par sa faute.

À la seconde où il avait vu cette photo, son regard meurtrier quand il avait cassé l'appareil photo de ce journaliste, il avait compris. Il aurait beau prétendre tant qu'il voulait être devenu un autre homme, un homme digne d'être avec une femme aussi innocente et délicate qu'Archie, un homme qui méritait la façon dont elle le regardait, un homme bien, il n'était pas cet homme-là.

Il n'était ni spécial ni un homme bien. Il n'était pas du tout celui qu'elle avait réussi à le convaincre qu'il était. Non, il était toujours l'adolescent arrogant, émotionnellement brisé et incontrôlable qui, des années auparavant, avait détruit la vie d'un autre à cause d'un regard et d'un mot de travers.

Dans ce cas, comme dans celui du photographe du gala de charité, il aurait dû se maîtriser. Les gens de la presse étaient une bande de rapaces, ils n'avaient aucun droit de bousculer Archie, surtout pas dans son état que personne ne pouvait ignorer. Mais ça ne lui donnait pas le droit de se montrer aussi sauvage qu'eux.

Et Archie était d'accord.

Tout ça ne faisait que corroborer qu'il était aussi toxique et dangereux que son père avant lui. Et aussi manipulateur que sa mère. N'avait-il pas plus ou moins fait du chantage à Archie pour qu'elle l'épouse ? Quel genre d'homme faisait ça ? Quel exemple aurait-il donné à son enfant ?

Laisser Archie s'extraire de leur mariage était sa seule décision honorable depuis le début. Et la seule possible à présent. La libérer.

Quelle honte qu'il doive s'obliger si fort à continuer à courir ! S'empêcher de faire demi-tour et refaire le trajet en sens inverse à toutes jambes pour retourner vers la maison et la supplier de ne pas partir...

Une voix montait en lui. Cela avait été d'abord un chuchotement qu'il entendait à peine et qu'il pouvait faire semblant de ne pas comprendre. Mais elle montait en volume, en insistance. Alors il accélérait la cadence en espérant la faire taire. Mais plus il allait vite, plus elle grondait fort. Jusqu'à devenir un rugissement qui l'obligea à s'arrêter, puis à se retourner.

La seule chose qu'il vit — que ses yeux voulurent voir —, ce fut sa maison sur la plage, au loin.

Ou plutôt cette bâtisse qui était devenue une maison depuis qu'Archie s'y était installée.

Il enfonça les pieds fermement, comme pour s'ancrer au sable. Comme si ça pouvait l'empêcher de retourner là-bas. De dire à Archie qu'elle ne pouvait pas partir. Et pas seulement parce qu'elle portait son enfant.

Pendant un moment, il s'autorisa à imaginer ce qu'elle répondrait. Ce qu'elle ferait.

Puis il cessa de rêvasser, car il savait exactement ce qu'elle dirait : elle lui demanderait s'il l'aimait, comme elle avait eu envie de le faire plusieurs fois déjà, qu'elle en soit consciente ou pas. Il l'avait perçu pour la première fois un matin, quelques semaines en arrière. Elle traînait autour de la piscine dans l'attente de quelque chose, il soupçonnait qu'elle-même ne savait pas trop quoi. Il lui avait fallu des jours, à lui, pour comprendre qu'elle attendait qu'il lui dise qu'il l'aimait.

Et il l'aimait. De façon inconditionnelle. Irrévocable.

C'était justement pour ça qu'il devait la quitter maintenant.

Depuis le jour où il avait appris qu'elle était enceinte, il avait su qu'il serait présent pour son enfant contrairement à ses propres parents. Il voulait donner à ce bébé l'enfance que les Coates lui avaient offerte à lui. Mais il y avait toujours eu plus que ça, forcément. Jamais il n'aurait proposé ce mariage à une autre femme. Seulement à elle, Archie.

Parce qu'il la voulait. Parce qu'il voulait être avec elle.

Sans son comportement destructeur de la veille, il le lui aurait peut-être dit. À présent, il savait qu'il devait la laisser partir. Il le lui devait. Avant que les médias la salissent du poison avec lequel ils avaient manifestement l'intention de le peindre.

Il ne méritait pas mieux. Sauf qu'Archie, elle, méritait mieux. S'il l'aimait vraiment comme il le croyait, alors il la laisserait partir, et peu importe la douleur que cela lui infligerait, à lui. C'était bien censé être ça, l'amour ? Agir pour l'autre sans se soucier du mal que l'on se faisait à soi.

La conclusion était claire comme de l'eau de roche : retourner à la maison pour lui déclarer sa flamme était justement ce qu'il ne pouvait pas faire.

Il lâcha un cri de frustration et de rage mêlées que seules les mouettes entendirent. Puis, au prix d'un effort surhumain, il fit demi-tour et courut, frappant furieusement le sable comme pour y laisser des empreintes indélébiles.

Il ne sut pas combien de temps il courut, ni quelle distance il parcourut, mais quand il releva enfin la tête, il n'était plus sur la plage, il ne voyait même plus l'océan, et le soleil du matin était de l'autre côté du ciel.

Il avait couru tout le jour. En rond. Comme dans sa tête.

Enfin, il reprit le chemin de la maison qui plus jamais ne serait un foyer à ses yeux.

13

Archie resta enfermée pendant trois jours, dans la chambre d'hôtel, vautrée dans son chagrin, alors même qu'elle n'était pas du genre à s'apitoyer sur son sort.

Elle ne l'avait pas fait à la fin de son mariage avec Joe, ni quand elle avait perdu le bébé, ni à la mort de son père. Chaque fois, elle avait essayé de rester forte, stoïque et de continuer à aller de l'avant, en brave petit soldat...

Tout ça pour en arriver là.

Non seulement elle n'avait pas réussi à écarter cette nouvelle peine, mais elle avait été aspirée plus profondément dedans. Plus elle s'était efforcée de faire comme si tout allait bien, plus loin elle s'était enfoncée, un peu comme si elle avait voulu lutter contre des sables mouvants.

Alors elle s'était dit que, peut-être, si elle se laissait aller à pleurer et à geindre une bonne fois, elle finirait par épuiser les larmes et la tristesse, et à remonter la pente.

Mais ça ne fonctionnait pas. Car plus elle se refermait sur son chagrin, plus elle réfléchissait et se remettait en question, se demandant si elle n'avait pas raté quelque chose.

Son portable sonna pour la énième fois.

Encore un numéro inconnu. Elle avait appris à ne plus décrocher après les premières fois, lorsque les questions surgissaient avant même qu'elle ait fini de répondre : « allô ? »

Sauf que ce numéro-là affichait l'indicatif de la Suisse.

— Archana ?

Elle se figea, sa réponse coincée au fond de la gorge.

— C'est moi, reprit son interlocuteur d'une voix hésitante. Joe.

— Oui, fit-elle, ravalant le « Je sais qui tu es » qui lui montait aux lèvres.

— J'ai eu envie de...

Il s'éclaircit la voix, et elle l'imagina, raide et droit comme un I. Chemise et cravate sous un pull à col rond impeccable.

Pourquoi appelait-il ? Tout de même pas pour se réjouir de son humiliation publique ? Son ex-mari avait des défauts, mais tirer plaisir de l'infortune d'autrui n'en faisait pas partie.

Elle prit une inspiration et attendit qu'il poursuive, histoire de ne rien révéler de sa confusion.

— J'ai vu ta photo dans les journaux... Je voulais t'appeler pour te féliciter.

— Pardon ?

Le mot était sorti malgré elle dans un cri choqué.

— Pour le bébé. Et puis, tu as l'air si... heureuse, expliqua-t-il maladroitement. Amoureuse.

Joe n'avait jamais été un homme de beaucoup de mots, mais elle le connaissait assez bien pour savoir que l'intention était sincère.

— Non, parvint-elle à répondre. Tu te trompes...

— Archana, l'interrompit-il. S'il te plaît, n'essaye pas d'épargner mes sentiments, même si cela part d'une bonne intention.

— Je...

— Tu l'aimes. Ça se voit comme le nez au milieu de la figure sur ces photos. Si tu m'avais regardé comme ça ne serait-ce qu'une fois...

Il laissa sa phrase en suspens et s'éclaircit la voix à nouveau.

— Enfin, peut-être que si je t'avais montré la même... passion que Kaspar Athari, tu m'aurais regardé pareil. Il est évident qu'il t'aime comme je n'ai pas su t'aimer. Comme tu mérites d'être aimée.

Elle ne sut pas trop ce que Joe dit ensuite. Il continuait de parler, chose rare pour un homme aussi réservé, mais elle était trop occupée à traverser la suite pour aller ouvrir son ordinateur portable et l'allumer, à chercher les images qu'elle avait refusé de regarder depuis ce funeste matin dans le bureau de Kaspar.

Quand Joe mit un terme à la conversation, elle était affalée dans un fauteuil, les yeux rivés sur la vérité qui était là depuis le début et qu'elle n'avait pas vue.

Soudain, c'était comme si on lui avait dessillé les yeux. Elle voyait ces images sans ses idées préconçues d'avant. Et, oui, elle voyait enfin ce que Joe avait vu. Ce qu'il avait essayé de lui dire et que le monde entier avait dû comprendre aussi : Kaspar et elle étaient si manifestement amoureux que cela sortait de la page.

Contrairement à l'idée qu'elle s'était faite d'elle, elle ne ressemblait pas à un petit chiot énamouré de son maître. Non, elle était une femme, une future mère, très en contrôle de ses sentiments. Quant à l'homme qui l'accompagnait, même si l'on sentait qu'il gérait efficacement la menace évidente à son bien-être voire à sa santé, il ne détournait pas une seconde son regard possessif et torride d'elle. Comme si elle était ce qu'il y avait de plus important dans l'univers.

Comment avait-il pu rater ça ?

Il était temps qu'elle aille récupérer Kaspar, l'homme qu'elle aimait et qui l'aimait, son mari et le père de son bébé à naître. Elle voulait vivre avec lui, comme une vraie famille. C'était pour cela qu'elle avait sauté dans un avion pour les États-Unis quelques mois plus tôt, qu'elle l'ait su ou pas à l'époque.

Elle se leva, plus sûre d'elle et déterminée qu'elle ne l'avait été depuis longtemps, et se dirigea vers le téléphone pour appeler la réception.

— Archana Athari à l'appareil, de la suite Princesse. Je voudrais commander un taxi. Pour me ramener… chez moi.

C'était fait.

Tout à coup, elle se sentit plus légère, plus optimiste aussi.

Elle aurait pu appeler le chauffeur de Kaspar, bien sûr, mais il risquerait de contacter Kaspar ; or, elle ne souhaitait pas alerter son époux de ce changement de plan.

Il l'aimait. Elle le savait désormais du plus profond de son être. Mais elle savait aussi qu'il était fier et entêté. Il l'avait repoussée parce qu'il croyait réellement qu'elle vivrait mieux sans lui. Or, il avait tort, complètement tort, et elle allait le lui signifier. Il ne voudrait pas l'entendre au début, mais peu importe. Elle le convaincrait, quel que soit le temps que cela prendrait. Seulement, il n'était pas inutile de mettre toutes les chances de son côté, ce qui incluait l'effet de surprise. S'il savait qu'elle était chez lui, il risquait de décider qu'il avait plus urgent à faire à l'hôpital. En revanche, s'il rentrait à la maison et la trouvait là, il lui serait plus compliqué de faire demi-tour.

Elle jeta ses affaires dans sa valise avec une efficacité et une rapidité inégalées. Puis elle ouvrit la porte de la chambre et passa dans l'espace salon avec la même détermination qu'un sportif partant jouer le match de sa vie.

Alors qu'elle balayait la pièce des yeux en quête de quelque affaire oubliée, une contraction la saisit sans prévenir.

Trente-cinq semaines, il lui restait un mois. C'était forcément une contraction de Braxton Hicks, non ?

Au même instant, son mari franchit la porte de la suite, comme si elle l'avait fait apparaître rien que par la force de sa pensée.

— Kaspar… ? lâcha-t-elle dans un hoquet.

— Il existe sûrement un million de manières de rendre cela plus romantique, débita-t-il sans lui laisser le temps de placer un mot. Mais là, tout de suite, rien ne me vient à l'esprit. Alors je vais te le dire aussi simplement et clairement que possible : je t'aime, Archie. Pas parce que tu es la mère de mon enfant, mais parce que tu es toi. Je t'aime, toi. Même si je risque de ne pas toujours te le montrer de la bonne façon, je te promets d'apprendre. Je me croyais cassé, irréparable, et tu as trouvé le moyen de me reconstruire. Si tu veux bien m'accorder une seconde chance, je ferai en sorte que tu ne le regrettes jamais. Jusqu'à la fin de nos jours.

Une contraction lui plombait les reins, et en même temps son cœur semblait doté d'ailes, prêt à s'envoler. Comment pouvait-on avoir aussi mal et être aussi heureuse à la fois ?

— Archie…

— Je t'aime aussi, idiot, parvint-elle à répondre, entre ses dents serrées et ses sanglots de bonheur. Mais... On pourrait remettre ça à plus tard ? Parce que... Je pense que le bébé arrive.

Un jour, elle se rappellerait l'expression émerveillée du visage de Kaspar. Elle se souviendrait de ce sentiment d'être prête à tout affronter. Elle se remémorerait ce moment comme le commencement parfait du nouveau chapitre de sa vie.

— Notre bébé arrive ?

Un sourire jusqu'aux oreilles, les yeux brillants et l'air presque triomphal, il la prit par la main.

Ce simple geste donna à Archie l'impression qu'elle était la femme la plus forte du monde.

— Manifestement, il ou elle apprécie tellement cet instant qu'il ou elle ne veut pas attendre les quelques semaines qui lui restent avant de se joindre à notre foyer. Et au bel avenir que nous lui préparons.

Épilogue

Rampant sur les fesses, Archana défit le crochet de son harnais et l'accrocha à sa ligne statique au sol du petit avion, avant de tirer fermement dessus pour s'assurer qu'il était bien en place, avant que Kaspar revérifie derrière elle.

— Tu es prête ? cria-t-il par-dessus le rugissement des moteurs et du vent. N'oublie pas que, hormis notre saut en tandem il y a quatre ans, tu n'as plus sauté depuis dix ans. Or, deux enfants de trois et un an font le public le plus critique qui soit.

— Je sais.

Elle sourit à la pensée de sa fille et de son fils qui les attendaient tous les deux au sol.

— Selon ton aîné, les petites autos que tu leur as fabriquées la semaine dernière sont fichues parce que tu as collé les mauvaises images de dessins animés sur les côtés.

Elle ignorait si Kaspar l'avait entendue, mais peu importe. Il l'avait comprise, et le sourire sexy qui lui répondit fit monter l'adrénaline en elle, comme toujours.

Toujours sur les fesses, elle s'avança vers la porte de l'avion, passa les jambes dehors et se pencha en avant. Le spectacle flou du paysage à plus de mille pieds en contrebas lui coupa le souffle. L'espace d'un instant, elle se figea.

— Go ! cria Kaspar.

Alors elle lui adressa un clin d'œil canaille et hurla en retour :

— Le premier en bas !

Saisissant le montant de la porte d'une main et le longeron

en métal de l'autre, elle se hissa dehors, pivota, lâcha, et la gravité prit les rênes.

Toute pensée cohérente déserta son cerveau.

Jambes et bras écartés dans les airs, le dos cambré tandis qu'elle luttait pour gagner en stabilité, l'avion sembla disparaître en quelques secondes — sa hauteur augmentant au-dessus d'elle constituait la seule indication de sa chute. Puis vint le sursaut du parachute quand elle actionna la poignée, qui lui rappela où elle était et ce qu'elle faisait.

Un crocodile.

Deux crocodiles.

Trois crocodiles.

Elle leva les yeux, et son cœur bondit dans sa poitrine.

La toile ne s'était pas entièrement déployée !

Elle avait dû compter trop vite. Qu'est-ce qu'ils avaient dit à propos de la manœuvre de secours ? Elle ne voulait pas en arriver là. Elle allait recompter, et après elle verrait.

La bouche sèche et le cœur battant follement, elle tendit les bras vers les cordes qui lui permettraient de manœuvrer en vue de l'atterrissage. Puis elle releva la tête avant même de recompter, et le parachute s'ouvrit entièrement dans un énorme claquement.

Et puis le silence. Total, complet.

Elle se sentait comme une plume. Elle flottait dans le ciel infini.

Elle avait réussi ! Pas seulement pour son fils, qui ne cessait de répéter qu'il voulait la voir sauter en parachute depuis qu'il avait vu la fameuse photo du saut en tandem de papa et maman, et qui l'attendait au sol en compagnie de sa petite sœur et d'une Katie très enceinte. Elle avait voulu le faire aussi pour elle et pour son père.

— C'est pour toi, papa, chuchota-t-elle. Pour te dire merci pour tout, et que j'ai enfin obtenu tout ce dont je rêvais.

Un sentiment de paix l'envahit.

Sa vie était si différente de la dernière fois où elle avait sauté ! Et tout ça grâce à Kaspar — et à Darius et Yasmin. Elle était plus comblée qu'elle l'aurait cru possible.

Pendant ce qui lui parut une éternité, elle se contenta de goûter ce bonheur absolu.

Puis sans crier gare, une silhouette apparut devant elle, bras et jambes écartés pour ralentir sa chute.

Sans parachute ouvert, il tombait considérablement plus vite qu'elle. Il était trop loin pour qu'elle distingue son visage, mais elle savait que c'était Kaspar. Et au vu de son pouce levé, il prenait manifestement son défi très au sérieux.

Elle sentit son cœur se serrer en le voyant tomber. Mais il savait ce qu'il faisait, elle n'avait pas à s'inquiéter pour lui. L'accro à l'adrénaline de sa jeunesse avait depuis longtemps été remplacé par un père et un mari aimant, drôle et fier. Toutefois, il restait son « prince chirurgien de Perse ».

Elle éclata de rire dans le silence. Un son riche, heureux. Puis elle laissa le vent la porter doucement jusqu'au sol.

Elle aurait dû se douter que Kaspar la battrait. Le temps qu'elle rassemble sa toile de parachute et qu'elle traverse le champ, il la rejoignait déjà, avec sur les épaules Darius qui poussait des cris de Sioux, et dans les bras Yasmin qui tendait ses petites mains vers elle.

Son passé, son présent et son avenir offerts par un seul et même homme.

— Waouh ! s'écria leur fils. C'était bien, maman ?

— Oui, chéri. C'était très bien. Mais être de retour sur terre avec vous, c'est encore mieux.

Et c'était vrai. Sa petite famille était parfaite. Tout ce dont elle avait pu rêver.

TINA BECKETT

Sous l'emprise de son regard

Traduction française de
EVELINE CHARLÈS

BLANCHE

HARLEQUIN

Titre original :
THE DOCTORS' BABY MIRACLE

Ce roman a déjà été publié en 2018.

Prologue

Deux ans plus tôt

Avant de se diriger vers la station de métro la plus proche, Tucker Stevenson jeta un dernier coup d'œil à la clinique et décida qu'il était un homme neuf.

Il se sentait cynique et très, très fatigué, mais, au moins, il avait coupé les ponts avec le passé : par une sorte d'ironie du sort, il avait subi sa vasectomie le jour même où son divorce avait été prononcé.

Jamais, dans ses pires cauchemars, il n'avait envisagé que sa relation avec Kady se terminerait ainsi. Ils avaient connu ensemble une passion comme on ne l'imagine que dans les rêves les plus fous… Du moins, c'est ce qu'il avait cru.

En tout cas, il venait de s'assurer que ce qui leur était arrivé ne se reproduirait pas. C'était fait, il n'y avait pas de retour en arrière possible. Il ne rendrait plus jamais une femme enceinte ou ne lui imposerait de vivre l'épreuve terrible que Kady et lui avaient traversée.

Quand il avait consulté son médecin huit semaines auparavant, celui-ci avait estimé qu'il était trop jeune pour prendre une décision aussi radicale, mais il avait finalement accepté d'effectuer l'intervention. Évidemment, Kady aussi avait essayé de l'en dissuader, prétendant que cette tragédie était derrière eux, mais il n'avait pas changé d'avis.

Elle non plus, d'ailleurs. Leurs quatre ans de mariage étaient partis en fumée en un clin d'œil.

En descendant l'escalier qui menait à son quai, il heurta un homme qui arrivait en sens inverse et marmonna une excuse.

En quittant Atlanta pour s'installer à New York, il avait pris un nouveau départ, même si cela n'avait pas soulagé sa douleur. Douze heures de garde l'attendaient à l'hôpital. Le travail lui éviterait de trop réfléchir.

Dans le wagon, il se tint à une barre d'appui et ferma les yeux, laissant le ronronnement du métro mettre les mauvais souvenirs à distance.

Si seulement, quand Kady et lui s'étaient rencontrés, ils avaient su ce qui les attendait ! Les choses auraient pu être différentes...

Non, cela n'aurait rien changé, car, au bout de un an de relation, cette grossesse inattendue avait constitué une véritable surprise. Les larmes de bonheur de Kady, lorsqu'elle lui avait montré le test, l'avaient vaincu. Elle désirait cet enfant et souhaitait que cette nouvelle le réjouisse autant qu'elle. Finalement, elle avait eu raison. Leur mariage précipité et le voyage de noces enivrant qui avait suivi avaient reflété toute leur relation, empreinte d'une passion à couper le souffle. Il en avait été ainsi dès qu'ils avaient posé les yeux l'un sur l'autre.

« Pas de regret », avait dit Kady en levant son verre d'orangeade pour le faire tinter contre le sien avec un rire.

Et, quand Grace était née, ils avaient connu la magie. La pure magie ! Le monde parfait qu'ils avaient créé paraissait complet, et leur amour immuable.

Et voilà où ils en étaient, maintenant !

Il ouvrit les yeux.

Ces divagations ne menaient nulle part. Ses patients avaient besoin de lui, et c'était réciproque. Il devait se concentrer sur sa mission et laisser le reste derrière lui. Du moins jusqu'à ce qu'il s'effondre sur son lit cette nuit et qu'il sombre dans un sommeil profond.

Le métro s'arrêta, et les portes s'écartèrent.

Il se joignit au flot de gens qui s'écoulait sur le quai. Quelques secondes plus tard, il se dirigeait vers l'escalier mécanique, en haut duquel un puits de lumière promettait une journée meilleure.

Et, avec un peu de chance, un avenir moins douloureux.

1

Kady McPherson fourra dans son sac la lettre de la clinique de fécondation in vitro avant de sortir du taxi. Elle demeura un instant immobile sur le trottoir devant le centre de conférences, inspirant profondément.

Elle avait eu du mal à trouver ce taxi. Elle aurait dû arriver cinq minutes plus tôt, mais, pour l'instant, rien ne pouvait troubler son bonheur : après tout ce temps, elle reprenait enfin les rênes de sa vie !

Un bref coup d'œil à sa montre lui rappela qu'elle devait se hâter, et elle gravit les marches deux à deux.

Par bonheur, elle n'était pas la première oratrice. Elle allait tâcher de se faufiler discrètement jusqu'à l'estrade sans perturber la réunion.

L'employé à qui elle montra son badge lui indiqua la seconde porte sur la gauche. Un grand panneau de carton était posé sur un chevalet :

« Comment traiter les grossesses et les accouchements à hauts risques. »

Elle sentit son estomac se nouer légèrement.

Elle adorait son métier, mais l'expression « hauts risques » la propulsait dans son passé, comme chaque fois qu'une grossesse n'évoluait pas dans le sens souhaité.

Elle avait passé des nuits à fixer le plafond de sa chambre, essayant de trouver un sens à tout ce qui lui était arrivé.

Inévitablement, elle tentait de se rappeler le visage de son propre bébé, mais l'image devenait floue avec le temps.

Les femmes enceintes étaient au centre de ses préoccupations, et elle faisait tout pour que chaque naissance se déroule dans les meilleures conditions.

Était-ce parce qu'elle avait elle-même tant souffert quand son enfant était morte ?

Tout ce qu'elle savait, c'était qu'elle devait absolument aider ses patientes et leur bébé.

Aujourd'hui, elle se trouvait à New York pour remplacer un conférencier. En quittant l'aéroport, elle s'était rendue directement à l'hôtel Westcott — son port d'attache pour quelques jours. Avec un peu de chance, le reste de son séjour serait moins chaotique.

Dès qu'elle eut poussé la porte, le brouhaha la réconforta : les communications n'avaient pas commencé.

Les gens circulaient encore à travers la salle en quête de sièges libres. Sur l'estrade, quelqu'un distribuait des bouteilles d'eau aux intervenants. Apparemment, elle n'était pas la seule à être en retard.

Soulagée que personne n'ait remarqué son arrivée, elle gravit les quelques marches et nota qu'il restait deux chaises libres. Le nom d'un certain Abe William était inscrit sur le premier carton... D'accord, ce n'était pas le sien.

Quand la personne assise sur la gauche se tourna légèrement vers elle, un long frisson la parcourut. Une main pressée contre le ventre, elle fixa ce visage qui lui rappelait tant celui de sa fille. Ce nez droit, ces pommettes hautes, ces prunelles gris-bleu...

— Salut, Kady, le monde est petit, tu ne trouves pas ?

Cette voix légèrement rauque la rendait folle de désir autrefois. Aujourd'hui, elle semblait un peu tendue. Était-ce l'effet de la colère ? De la haine ?

Si c'était le cas, elle n'était pas reflétée dans les yeux de Tucker. Il la regardait sans ciller, avec la même indifférence qu'il lui avait témoignée à la fin de leur mariage.

Deux ans s'étaient écoulés depuis leur divorce. Trois depuis la mort de leur fille.

À ce moment, les lustres suspendus au plafond s'éteignirent. La séance allait commencer.

Les larmes aux yeux, elle se concentra sur le président de séance, qui se déplaçait sur l'estrade. Il lui fit signe en silence de s'asseoir sur la chaise qui lui était destinée.

Elle devina que Tucker la suivait des yeux.

La situation aurait pu être pire. Il aurait pu être assis à côté d'elle...

Pire ? Qu'est-ce qui pouvait être pire que de participer au même congrès médical qu'un homme qui avait subi une vasectomie pour s'assurer qu'il ne ferait plus jamais d'enfant avec elle ?

Elle en avait discuté avec Tucker, elle l'avait supplié de réfléchir, en vain. Plus jamais elle ne se fierait à un homme pour construire son bonheur. Cette fois, elle serait la seule à décider si elle aurait ou non un autre enfant.

Les pieds de son siège de métal produisirent un son grinçant lorsqu'elle le tira sous la table. De nouveau, le président la gratifia d'un regard sévère.

— Désolée, murmura-t-elle en sortant ses notes de sa mallette.

Quand son tour viendrait, comment réussirait-elle à parler en présence de cet homme qui connaissait les détails les plus intimes de sa vie ?

Son pouce frotta son annulaire gauche.

L'alliance n'y était plus, mais elle en avait gardé l'habitude chaque fois qu'elle était nerveuse. Ou quand Tucker lui manquait.

Non, il ne lui manquait pas ! Plus maintenant.

Le président résuma rapidement les sujets qui allaient être abordés, puis il lut la liste des intervenants.

Elle fixa ses notes, tâchant de trouver un sens aux mots inscrits sur le papier, et de nouveau son pouce chercha l'anneau manquant.

— Le Dr Tucker Stevenson, chirurgien pédiatrique spécialisé en chirurgie fœtale au Wilson-Ross Memorial Hospital, New York.

Elle sentit son cœur se serrer. Le meilleur chirurgien au

monde n'aurait pas pu empêcher ce qui était arrivé trois ans auparavant, et Tucker était le meilleur.

Le président poursuivait sa lecture.

— Le Dr Kadeline McPherson, médecine materno-fœtale, au Wilson-Ross Hospital, Atlanta.

Grace à Dieu, elle avait repris son nom de jeune fille après son divorce ! Elle devinait que Tucker s'en réjouissait aussi de son côté.

Son intervention ! Il fallait qu'elle relise son intervention.

Elle feuilleta la mince liasse de feuilles, parcourut les mots qu'elle connaissait par cœur.

Ce serait certainement moins facile quand l'assistance lui poserait des questions, vu que Tucker se trouvait dans la même salle…

Assez ! Elle n'avait qu'à l'oublier.

Le micro passait de main en main. Bientôt, ce fut le tour de Tucker, et sa voix la transperça.

Comment pourrait-elle l'oublier !

Il s'exprimait avec une assurance légitime puisqu'il était le meilleur dans son domaine.

Fermant les yeux, elle tenta d'ignorer sa voix en chantant intérieurement *Lundi matin, l'empereur, sa femme et le petit prince*. Mais cela fonctionna d'autant moins que c'était le refrain qu'il lui avait fredonné pour distraire sa douleur quand elle avait accouché.

— La chirurgie fœtale peut être nécessaire dans un certain nombre de cas, disait-il. Ma dernière intervention concernait l'urètre obstrué d'un fœtus de huit mois. Le problème a pu être réglé, et la mère et l'enfant se portent bien.

« La mère et l'enfant se portent bien. »

Combien de fois répétait-il cela en une seule journée ?

Des applaudissements saluèrent son discours.

Quand elle se rendit compte qu'elle était la seule à ne pas applaudir, elle leva les mains, mais c'était trop tard. Elle resta bêtement les mains levées.

Ce fut cet instant que Tucker choisit pour se tourner vers elle.

Elle cessa un instant de respirer et, l'espace de quelques secondes, elle ne parvint pas à se détourner.

Il n'avait évidemment pas le même problème, car il se focalisa aussitôt sur l'intervenant suivant, qui parla du contrôle de la pression artérielle chez les patientes présentant une prééclampsie.

De nouveau, le micro se déplaça, et il fut question du syndrome de transfusion fœto-fœtale chez les jumeaux.

Jusque-là, personne n'avait abordé le problème des anomalies génétiques, mais aucun congrès médical concernant les grossesses à hauts risques ne ferait l'impasse sur ce sujet...

Tucker pensait-il à la même chose qu'elle ?

Elle en doutait. Apparemment, il était parvenu à chasser Grace de son esprit et de sa vie avec la même facilité qu'il avait signé les papiers de divorce. Loin des yeux, loin du cœur.

Était-ce ainsi qu'il fonctionnait ?

Non, elle était injuste ! Elle avait bien vu son chagrin, au début. Il souffrait, il était en colère et prêt à maudire le ciel à cause de ce qui était arrivé... Pour finir, la seule chose qu'il avait détruite, c'était leur relation. En décidant qu'ils n'auraient pas d'autres enfants.

Elle n'avait pas eu droit à la parole. Il avait refusé de consulter un conseiller en génétique. Aucun argument n'avait pu ébranler sa détermination.

Le silence se fit dans la salle.

Levant les yeux, elle comprit que son tour de parole était venu. Comment ne s'était-elle pas aperçue que le micro était devant elle ?

Elle s'éclaircit la voix avant de déclarer :

— Désolée. C'est sûrement le décalage horaire.

Un léger rire parcourut l'assistance, qui savait parfaitement que le trajet en avion depuis Atlanta jusqu'à New York ne dure que deux heures.

Cette connivence avec le public la détendit, et elle parvint à chasser temporairement Tucker Stevenson de son esprit. Elle se lança dans son exposé avec énergie et transmit à l'assistance sa passion pour le sujet.

Sa spécialité n'était-elle pas de rendre aux femmes leur capacité de décision dans les moments difficiles ? Sa demande de fécondation in vitro en était l'illustration.

Quand l'assemblée applaudit sa prestation, elle ne put s'empêcher de jeter un coup d'œil en direction de Tucker.

Il était penché en avant, la tête tournée vers elle. Il hocha la tête avec ce qui ressemblait à de l'admiration.

Elle frissonna.

Pour elle ? Non, elle devait s'être trompée...

L'espace d'un instant, elle se demanda s'il avait vraiment réalisé son projet.

L'idée que son ex-mari ne concevrait plus jamais une douce petite fille comme Grace lui transperçait le cœur. Il avait été un père merveilleux, il avait aimé son enfant avec une ferveur qui la faisait fondre. Jamais elle ne ressentirait pour un autre homme ce qu'elle avait éprouvé pour lui.

La vue du petit cercueil blanc descendant dans le sol l'avait totalement changé.

Et elle aussi, évidemment.

Oubliées, les heures à faire passionnément l'amour. Oubliée, l'époque où ils ne pouvaient même pas attendre d'avoir ôté leurs vêtements. Après l'enterrement, Tucker s'était installé dans une autre chambre et ne l'avait plus touchée. La différence entre eux, c'était qu'elle n'avait jamais abandonné l'espoir qu'ils aient un autre enfant.

Il faut que deux gènes récessifs s'unissent pour causer la maladie de Tay-Sachs. Avec n'importe quelle autre femme, Tucker aurait pu avoir des enfants sains. En ce qui les concernait tous les deux, il y avait un risque sur quatre que la maladie survienne. Mais ils auraient pu envisager la sélection génétique d'embryons ou l'adoption...

Le dernier intervenant avait parlé, et personne n'avait abordé le sujet des anomalies génétiques, ce qui était surprenant. À moins qu'un autre séminaire ne soit consacré à ce sujet ?

En ce cas, elle éviterait d'y participer.

Le moment qu'elle redoutait le plus était arrivé : celui des questions posées par le public.

Les premières furent adressées à Tucker :

— Combien d'interventions fœtales avez-vous effectuées ? lui demanda une femme. Certains cas étaient-ils sans espoir ? Et quels sont les problèmes les plus courants que vous avez corrigés ?

Kady eut le plus grand mal à réprimer les larmes qui lui picotaient les paupières.

Les longues secondes de silence qui suivirent n'avaient pas pour but de créer le suspense. Elle savait pourquoi Tucker se taisait.

Rassemblant ses forces, elle s'apprêta à écouter la réponse.

— J'ai effectué plusieurs centaines d'interventions, dit-il, je ne peux pas préciser le nombre exact. Le plus souvent, elles concernaient des anomalies du tube neural. Et, non, je n'ai jamais abandonné tout espoir avant d'avoir examiné toutes les options possibles.

Elle sursauta. Toute l'empathie qu'il lui inspirait un instant auparavant se mua en colère. Elle ne put s'empêcher de lui jeter un regard furieux — ce qu'il ne vit pas, car il s'abstint de la regarder.

Un instant plus tard, quelqu'un lui demanda quel avait été le cas le plus difficile auquel elle avait eu affaire.

— En dehors de mon divorce, vous voulez dire ? rétorqua-t-elle sur un ton léger. Mais je plaisante, excusez-moi. Pour répondre à votre question, l'exemple qui me vient à l'esprit est celui d'une mère porteuse de quadruplés, qui m'a consultée au sixième mois de sa grossesse. Jusque-là, elle n'avait pas été suivie et elle était en pleine crise d'éclampsie.

Des murmures horrifiés parcoururent l'assistance.

Elle attendit que le silence se fasse pour poursuivre, sachant que le pire était à venir. Ce drame l'avait fait pleurer et avait même failli lui faire abandonner la médecine. Mais les médecins et les étudiants présents dans la salle devaient connaître les difficultés qu'ils devraient affronter.

Elle se força donc à continuer.

— Un seul bébé a survécu. Ce fut très dur. Je ne saurais trop insister sur la nécessité d'une intervention et de soins précoces. Rappelez-le à vos patientes. Dans des cas semblables, le diagnostic est vital. Si cette femme avait été suivie dès le premier trimestre, l'issue aurait été bien différente, et nous aurions eu quatre naissances.

Mais, elle le savait par expérience, il arrivait parfois qu'aucune précaution, aucun traitement ne soit efficace.

Une heure plus tard, toutes les questions ayant été épuisées, le président rompit la séance, et les gens commencèrent à quitter la salle. Alors qu'elle rassemblait ses papiers, le président de séance lui tendit un message, qu'elle lut en fronçant les sourcils.

Le chef du service de chirurgie fœtale souhaitait qu'elle passe dans son bureau dès que ce serait possible.

Pour quelle raison ?

Lorsqu'elle mit le papier dans son sac, ses doigts frôlèrent la lettre de la clinique de fécondation in vitro, et elle ne put s'empêcher d'y jeter un coup d'œil.

C'était une décision capitale, et sans doute ce qu'il y avait de mieux pour elle.

Quelqu'un s'assit à côté d'elle.

— J'ignorais que tu devais participer à ce congrès, dit la voix de Tucker.

Elle referma son sac en toute hâte.

— Je peux en dire autant à ton sujet, répliqua-t-elle plus sèchement qu'elle ne l'aurait voulu.

Les yeux de Tucker allèrent de son visage à ses doigts crispés sur le fermoir du sac.

— Sauf que je travaille ici, fit-il remarquer.

— Le directeur m'a sollicitée à la dernière minute.

— Ah ! je me demandais qui on appellerait pour remplacer le Dr Blacke.

— Il est en voyage ?

— Non. On a appris la semaine dernière qu'il avait un cancer du pancréas.

Elle leva vivement les yeux vers Tucker.

— Oh ! je suis désolée ! Je n'étais pas au courant. Le pronostic n'est pas trop mauvais ?

— Si, malheureusement, mais nous avons tous des exemples de guérisons miraculeuses.

— Pas toujours, hélas, répliqua-t-elle.

Craignant qu'il ne devine son émotion, elle se força à décrisper les doigts.

— Tu as raison, reconnut-il en la scrutant attentivement. Si j'ai bien compris, notre divorce a été la pire épreuve de ta vie ?

— J'ai dit ça pour briser la glace. C'était censé être drôle.

Ils savaient tous les deux que la réponse sincère à la question qui lui avait été posée aurait été la mort de Grace.

— De toute façon, poursuivit-elle, personne ne savait que nous avions été mariés.

— Pourtant, nous l'avons été, déclara-t-il avec un léger pincement de la bouche. Tu as repris ton nom de jeune fille ?

S'il pouvait poser des questions concises, elle pouvait lui répondre de la même façon. D'autant plus que son cœur battait la chamade. Elle devait se sortir de cette situation au plus vite.

— C'est plus facile, non ?

— Plus facile... Possible.

— Bien sûr que oui ! Les gens pourraient se demander si nous sommes frères et sœurs... Ou n'importe quoi d'autre.

De nouveau, les lèvres de Tucker frémirent.

— C'était carrément autre chose.

Cette fois, elle sentit son rythme cardiaque s'accélérer dangereusement. Comment parvenait-il à lui faire perdre tous ses moyens avec une seule phrase ?

— Tucker..., commença-t-elle en tâchant de prendre un ton réprobateur.

Il se carra au fond de sa chaise.

— Comment vas-tu ?

— Très bien.

Sauf que, à cet instant précis, ce n'était pas trop le cas. Elle n'aurait jamais dû accepter d'effectuer ce remplacement !

— Parfait. Cessons de tourner autour du pot. Tu restes pendant toute la durée du congrès ?

— Oui. Et toi ?

C'était une question stupide, puisqu'il habitait à New York, mais son cerveau était momentanément en panne.

— Mmm...

C'était sans doute sa façon de dire oui.

— Tu as trouvé à te loger ? demanda-t-il.

Elle parvint à transformer en rire le son grinçant qui sortait de sa gorge.

— Je présume que ce n'est pas une invitation ?

Pour la première fois, il lui adressa un vrai sourire.

— Je présume que, si c'était le cas, tu n'accepterais pas.

— En effet.

Elle se rappelait que, pendant toute la durée de leur relation, ils avaient maintes fois été imprudents.

— L'hôpital m'a retenu une chambre dans un hôtel de l'autre côté de la rue, précisa-t-elle. C'est pratique, car c'est proche à la fois de l'hôpital et du centre de conférences.

— Pratique est le mot juste.

Était-il en train de dire que sa présence à New York le gênait ? Peut-être bien, puisqu'elle ressentait la même chose.

Elle inspira profondément avant de demander :

— Et toi, Tucker, comment vas-tu ?

Il cessa de sourire.

— Je suis très occupé.

Elle lui jeta un coup d'œil curieux. Pourquoi ne répondait-il pas vraiment à sa question ?

— Tu as toujours été très sollicité, remarqua-t-elle.

— Par certaines personnes, en effet, mais pas par d'autres.

Elle leva les sourcils, déconcertée.

Ferait-il allusion à leur mariage ?

Ce n'était pas elle qui avait déclaré forfait, c'était lui. Elle l'avait aimé passionnément, profondément. Elle avait été anéantie lorsqu'il s'était renfermé sur lui-même pendant la maladie de leur fille, s'éloignant de tout le monde à l'exception de ses patients.

Elle était son épouse, tout de même !

L'état de Grace s'était lentement dégradé, lui causant autant de chagrin qu'à lui. Pendant les mois qui avaient suivi la mort de leur fille, elle s'était sentie horriblement seule. Tucker s'était installé dans la chambre d'amis, il rentrait de l'hôpital de plus en plus tard. Dans une tentative désespérée pour rétablir la communication entre eux, elle avait fait allusion à la possibilité d'avoir un autre enfant. Elle s'était lourdement trompée si elle pensait que cette suggestion rapprocherait Tucker d'elle ! Il l'avait fixée comme si elle avait perdu la raison, et les paroles qu'il avait prononcées l'avaient glacée jusqu'aux os :

— Je n'aurai *jamais* d'autres enfants !

Lorsqu'elle avait voulu répondre, il avait secoué la tête avant de quitter la pièce. Après cela, chaque fois qu'elle avait tenté d'aborder le sujet, le suppliant de lui parler, il lui avait opposé la même réponse inflexible... Ou plutôt, l'absence de réponse.

Ensuite, il avait encore allongé son temps de travail, si bien qu'elle le voyait rarement à la maison.

Pour finir, il lui avait infligé le coup final : un an après la mort de Grace, il avait annoncé qu'il avait décidé de subir une vasectomie, comme si c'était une décision que de nombreux hommes prenaient chaque jour. Il s'imaginait sans doute qu'elle cesserait d'espérer qu'ils aient d'autres enfants.

Cette décision unilatérale l'avait anéantie, mais aussi remplie de rage.

Cette annonce avait été le début de la fin. Elle éprouvait un sentiment d'impuissance accablant. Elle avait l'impression qu'ils étaient emportés par un courant irrésistible. En moins de temps qu'il ne faut pour le dire, les valises avaient été faites et les papiers du divorce signés.

Mais il ne servait à rien d'être amer, aussi garda-t-elle ses réflexions pour elle.

— Je suis certaine que tes patients apprécient tout ce que tu fais pour eux, dit-elle seulement.

Le regard de Tucker s'adoucit.

— Je n'ai jamais voulu être le méchant de l'histoire, Kady.

— J'en suis persuadée.

Mais à l'époque, ce n'était pas aussi clair. À ses yeux, il avait joué le mauvais rôle dans leur conte de fées. Aujourd'hui encore, le souvenir de cette période lui transperçait le cœur, lui causant un étrange engourdissement.

Comme elle aurait voulu que les choses évoluent autrement, entre eux ! Mais il était inutile de ressasser le passé.

— J'ai tourné la page, affirma-t-elle.

— Tu as raison, dit Tucker en se levant. Je voulais seulement te saluer.

— Je suis contente que tu l'aies fait. C'était bon de te revoir...

En fait, l'instant était doux-amer, empli de regrets.

Tucker s'éloigna, la laissant de nouveau seule.

Mais cette fois, elle était prête. Désormais, c'était à elle seule de décider si elle voulait ou non un enfant. Dès qu'elle rentrerait chez elle, il ne tiendrait qu'à elle d'agir dans ce sens.

Rencontrer Tucker n'avait fait que raviver son désir de maternité. Elle voulait retrouver le bonheur qu'elle avait connu lorsqu'elle attendait Grace. Tout ce qu'elle avait à faire, c'était de sélectionner un donneur de sperme, et elle serait prête à fonder sa future famille.

L'espace de quelques secondes, elle avait eu envie de jeter au visage de Tucker la lettre de la clinique, tout comme il lui avait lancé à la figure sa décision de ne plus avoir d'enfants.

Mais à quoi cela servirait-il ?

Elle ne voulait pas blesser Tucker. Elle souhaitait juste avoir un bébé. Pas pour remplacer Grace, ce qui n'arriverait jamais. Elle adorerait toujours sa petite fille et chérirait le temps qu'elles avaient passé ensemble.

Parfois, la nuit, lorsqu'elle était seule dans son lit, dans l'obscurité, la perte de Grace menaçait de l'étouffer. Le moindre son la faisait se redresser, certaine qu'elle avait entendu un pleur familier. Et, lorsqu'elle se rendait compte que personne n'était là, c'était elle qui pleurait.

Sa fille n'aurait certainement pas souhaité qu'elle reste prisonnière du passé. Elle se plaisait à imaginer que Grace aurait voulu qu'elle continue de vivre, qu'elle aime et qu'elle soit aimée…

Eh bien, elle était prête à présent à partager avec un autre bébé l'amour dont elle débordait.

Elle s'efforça de se focaliser sur cet avenir pour chasser les pensées négatives qui fourmillaient dans son esprit.

Le mieux était encore de les écarter et de tenir le Dr Tucker Stevenson à distance.

2

Tucker ignorait pourquoi Phil Harold, le chef du service de chirurgie fœtale, voulait le voir. Il avait déjà du retard pour ses consultations et il devait effectuer une opération à 14 heures. À ce rythme, il ne serait pas non plus à l'heure pour le séminaire de l'après-midi.

Super ! Le séminaire qui lui donnerait l'occasion de revoir Kady.

Comment était-ce possible ? Il était venu à New York pour s'éloigner d'elle... Non, ce n'était pas elle qu'il fuyait, mais les souvenirs pénibles de ce qui s'était passé à Atlanta.

La revoir lui avait fait l'impression d'un coup de poing dans l'estomac. Cela avait réveillé sa culpabilité de ne pas avoir pu lui donner ce qu'elle voulait.

Bon ! Après tout, cela ne durerait qu'une semaine. Il devait être capable d'arborer le visage impassible d'un joueur de poker. Ensuite, Kady rentrerait chez elle, et la vie reprendrait son cours normal.

Enfin... Ce serait un semblant de vie normale.

Mécontent d'être à ce point obsédé par son ex, il frappa à la porte de Phil Harold.

— Entrez.

En franchissant le seuil du bureau, il vit que quelqu'un d'autre était déjà là.

Il s'immobilisa un instant.

— Désolé, je peux...

— Non, asseyez-vous. Ce que j'ai à vous dire vous concerne tous les deux.

Tous les deux ?

Dès qu'il jeta un coup d'œil à l'occupante de la chaise, son estomac se noua.

Kady ! Qu'est-ce qu'elle faisait là ?

Ce matin, il aurait pensé qu'elle se prélassait au bord de la piscine, vêtue d'un de ces minuscules bikinis qu'elle adorait. Des images de peau satinée et de longues jambes souples lui envahirent l'esprit.

Ne surtout pas s'aventurer sur ce terrain.

Il choisit de rester près de la porte tandis que Phil commençait.

— Tucker, vous devez superviser un groupe d'étudiants cette semaine, entre deux séminaires. Vous êtes prêt à les accueillir ?

Bon sang ! Il avait complètement oublié : les sessions auxquelles il participait étant pour la plupart programmées en fin d'après-midi, Phil lui avait demandé si un petit groupe d'étudiants intéressés par l'obstétrique et la pédiatrie pourrait le suivre pendant ses visites.

Mais cela n'expliquait pas la présence de Kady.

— Bien entendu, mais merci de me le rappeler, dit-il d'une voix tendue.

Kady l'était tout autant. Il le devinait à la raideur de son maintien. Et ses mains nouées étaient pressées sur son ventre, une attitude protectrice qui lui rappela l'époque de sa grossesse.

Visiblement, elle était au courant de son arrivée.

— Le Dr Blacke était censé vous aider, continua Phil, et j'ai pensé que le Dr McPherson pourrait le remplacer, puisque vos spécialités sont relativement proches. Quand je lui en ai parlé, elle a objecté que vous pourriez vous y opposer pour une raison quelconque. Vous n'y voyez aucun inconvénient, je suppose ?

Il regarda Kady dans l'espoir qu'elle trouve une excuse, mais elle resta assise, aussi immobile qu'une pierre. C'était à lui de faire capoter ce projet ridicule.

— Je n'ai pas d'objection, dit-il, mais je gage que le Dr McPherson n'est pas venue ici pour exercer la médecine.

Les yeux de Phil se posèrent sur Kady.

— Est-ce que nous pouvons compter sur vous pour aider le siège de votre hôpital à former une nouvelle génération de médecins ?

Il était difficile de discuter avec le chef de service quand il avait une idée en tête. L'homme savait user de son pouvoir.

— Euh… Bien sûr, si vous pensez que ça peut aider.

À l'évidence, Kady hésitait. Mais Tucker connaissait suffisamment Phil pour savoir que cela ne lui ferait ni chaud ni froid. Et il pouvait difficilement la mettre en garde.

D'ailleurs, Gordon Blacke et lui organisaient souvent des discussions avec les étudiants. La demande de Phil ne sortait donc pas de l'ordinaire.

— Oui, affirma ce dernier. Ce serait un précieux soutien pour le Dr Stevenson.

Tucker eut du mal à ne pas lever les yeux au ciel.

Ben voyons !

— Vous savez qui remplacera Gordon pendant son traitement ? demanda-t-il à son chef.

— Pas encore. Nous cherchons quelqu'un. Vous ne songeriez pas à vous installer chez nous, docteur McPherson ?

Kady frotta son annulaire gauche de son pouce.

Essayait-elle d'effacer le souvenir de ce qui les avait symboliquement unis ? Elle lui avait renvoyé son alliance ainsi que sa bague de fiançailles. Il devait les avoir rangées quelque part. Pourquoi les avoir gardées ? Il n'en avait aucune idée.

— Non, répliqua-t-elle, je m'apprête à…

Elle s'interrompit brusquement avant de préciser :

— Toute ma famille est à Atlanta, répliqua-t-elle.

Tucker connaissait bien les grands-parents de Kady, de braves gens qui l'avait élevée après que ses parents avaient été tués dans un accident de voiture. Il les respectait, et Kady les aimait de tout son cœur. Comme il avait quitté Atlanta presque immédiatement après leur séparation, il n'avait pas eu l'occasion d'en discuter avec eux. Il aurait sans doute dû affronter le grand-père de Kady et tenter de s'expliquer.

Mais qu'aurait-il pu lui dire ? Entre Kady et lui, il y avait un désaccord profond concernant leur vie commune. Elle voulait d'autres enfants, et lui pas. Il s'était même assuré que cela ne puisse plus arriver, que ce soit avec elle ou avec une autre. Kady et lui ne souhaitaient pas trouver de terrain d'entente. Il n'y en avait d'ailleurs pas. Elle avait le droit d'être mère si c'était ce qu'elle souhaitait, mais il ne pouvait tout simplement pas la satisfaire.

Le divorce leur avait paru la meilleure solution. Peut-être avait-elle déjà un autre enfant, d'ailleurs ?

Cette éventualité lui fit serrer les dents.

En tout cas, à en juger par l'absence d'alliance à son annulaire, elle ne s'était pas remariée.

Phil hochait la tête.

— En ce cas, nous ferons notre possible pour rendre votre séjour parmi nous agréable. Puisque le Dr Stevenson est d'accord pour que vous fassiez la paire, c'est bon ?

La formulation de Phil arracha un sourire à Tucker.

Kady et lui avaient fait la paire de plus d'une façon dans un sens totalement différent. Mais pour l'instant, à moins de révéler à Phil qu'ils étaient divorcés, ils étaient piégés. Ils auraient eu du mal à trouver une excuse pour ne pas travailler ensemble.

— Je serai ravie de vous dépanner, bien sûr, dit Kady d'une voix incertaine.

Cela ne ressemblait pas à la femme qu'il connaissait, celle qui empoignait le taureau par les cornes et le mettait à terre. Mais, bien sûr, l'eau avait coulé sous les ponts depuis les jours heureux.

— Parfait, dit Phil. Je vous laisse le soin de coordonner vos horaires. J'apprécie que vous nous accordiez un peu de votre temps, docteur McPherson. On vous payera vos heures. Pas autant que si vous pratiquiez la médecine, mais nous avons un petit budget pour nos consultants.

— D'accord. J'interviens déjà à la place du Dr Blacke au centre de conférences. Si je peux aider de futures patientes, c'est pour la bonne cause.

— Le Wilson-Ross vous en sait gré ! déclara Phil Harold avec un large sourire.

Tucker lui jeta un coup d'œil soupçonneux.

Ce n'était pas le genre de son chef de prolonger les formalités ou de suggérer qu'un consultant pouvait être recruté de façon permanente. Après tout, Phil était divorcé, et Kady était une très belle femme... De toute façon, il n'y pouvait rien. Kady ne portait plus son alliance, et elle était libre de ses choix.

Et si Phil lui plaisait ?

Pense à autre chose, imbécile !

Pour l'instant, elle s'était levée et tendait la main à Phil. Son chemisier se souleva légèrement, révélant un peu de son dos.

Il enfonça les ongles dans ses paumes.

Bon sang ! Combien il avait adoré explorer chaque arête, chaque vallée de sa colonne vertébrale tout en murmurant leur nom à l'oreille de Kady. Lorsqu'il parvenait à ses reins, elle tremblait de désir... Et lui aussi.

Entre eux, le sexe avait toujours été gourmand, généreux. Deux mots antinomiques qui convenaient pourtant parfaitement à leurs ébats volcaniques.

— Merci de m'offrir cette opportunité, murmura-t-elle.

L'opportunité de passer plus de temps avec lui ? Ce n'était certainement pas ce qu'elle voulait dire. C'était juste son esprit enfiévré qui se languissait de ce qu'il ne pouvait plus avoir.

C'était pour cette raison qu'il avait rompu les ponts avec Kady pendant deux ans. Son corps n'obéissait pas à sa raison quand il s'agissait d'elle. S'il était resté à Atlanta, ils auraient été encore plus malheureux tous les deux.

Il attendit qu'elle ait quitté la pièce pour adresser un signe de tête à Phil et la rejoindre dans le couloir.

— Tu n'es pas obligée d'accepter, dit-il. Si tu avais refusé, Phil aurait pu le comprendre.

— Qu'est-ce qu'on lui aurait dit exactement ?

— On aurait bien trouvé un prétexte.

— De toute façon, c'est décidé. Et puis, j'ai envie de le faire.

— Pourquoi ?

— Je ne sais pas exactement. C'est assez excitant de voir comment les choses se font au siège de Wilson-Ross.

— Crois-moi, c'est la même chose qu'au Wilson-Ross d'Atlanta.

— Peut-être, mais nous suivons des protocoles édictés par New York. Vous êtes les premiers à expérimenter les nouveaux traitements.

— C'est vrai. Tu pourrais rencontrer le personnel du service de médecine fœtale. Je peux t'organiser un entretien avec eux, si tu veux.

— Ce serait formidable. Mais je dois aussi t'assister auprès des étudiants — sauf si ça te gêne trop, ajouta-t-elle en se tournant vers lui.

Il y pensait un instant plus tôt, mais il ne l'aurait avoué pour rien au monde, pas même à lui-même.

— Pas toi ?

Des lignes colorées tracées sur le linoléum blanc guidaient les patients et le personnel vers différentes sections de l'hôpital. Il suivit la bleue, bien qu'il connaisse le chemin par cœur. Son bureau se trouvait de l'autre côté de l'hôpital.

— Nous avons vécu des moments pires, dit Kady.

— Exact.

Il hésita, car cela ne le regardait pas, mais il devait lui poser la question :

— Tu as eu d'autres enfants ?

Elle pâlit légèrement avant de rougir, puis elle ouvrit la bouche et la referma avant de l'ouvrir encore.

— Non.

— Désolé, je n'aurais pas dû te le demander.

Elle s'immobilisa, le menton levé.

— En effet. Mais je te remercie d'avoir envoyé des fleurs, ajouta-t-elle plus doucement.

Il savait qu'elle faisait allusion au bouquet qu'il faisait déposer chaque mois sur la tombe de Grace.

— Le fleuriste s'en charge. J'ai juste passé la commande.

— Je savais qu'elles venaient de toi, mais il n'y a jamais de carte.

Il serra les dents de nouveau.

— Grace ne peut pas les lire.

Le fleuriste lui avait dit que les marguerites symbolisaient l'innocence et la pureté. Exactement ce dont il se souvenait, quand il pensait à sa fille.

— Pourquoi les envoyer, alors ?

Il n'en avait aucune idée. Bien sûr, Grace ne pouvait pas non plus voir les fleurs ou enfouir son petit visage dans leurs pétales.

Sa gorge se serra.

Le premier trajet jusqu'à la boutique du fleuriste avait été douloureux. Il était resté dans sa voiture pendant près de une heure avant de pouvoir y entrer. La compassion de la vendeuse était presque insupportable mais, une fois qu'il l'avait fait, c'était devenu un rituel… Une façon de se rappeler ce que sa fille avait représenté pour lui.

Il haussa les épaules.

— Je sais qu'elle les aurait aimées, c'est tout.

Quand Kady se remit à marcher, il ne put s'empêcher de lui saisir le poignet pour la retenir. Elle se tourna vers lui, et il scruta son visage un instant avant de la libérer.

Elle avait perdu du poids en deux ans. Elle n'était pas maigre, mais ses joues s'étaient creusées. Il avait peut-être cette impression parce que ses cheveux étaient plus longs qu'autrefois. Ces ondulations d'un roux éclatant projetaient des ombres sur son visage, mais ses yeux verts étaient les mêmes : ardents, vivants. Aujourd'hui, pourtant, son regard était plus indéchiffrable qu'autrefois.

L'espace d'un instant, il regretta de ne plus pouvoir lire en elle.

— Est-ce que tu…

— Quoi ?

— Est-ce que tu es d'accord pour que je continue ?

Elle lui frôla la main.

— Bien sûr. Je trouve cette attention adorable. Papy et mamy aiment les voir lorsqu'ils se recueillent sur la tombe.

— Comment vont-ils ?

Les grands-parents irlandais de Kady devaient se rendre assez souvent au cimetière, tout comme sa très nombreuse famille si débordante d'affection et bruyante. Lui-même était proche de ses parents, mais il était fils unique, et leurs réunions familiales étaient très calmes. Ils étaient réservés quelles que soient les circonstances, alors que les McPherson avaient le cœur sur la main et ne cachaient rien de leurs sentiments.

Ce n'était plus le cas de Kady, du moins la Kady qui se tenait devant lui.

— Grace leur manque, tout comme à moi, mais ils vont bien. Ces derniers temps, papy était un peu inquiet à cause des oublis de mamy.

— Rien de sérieux ?

— Pour l'instant, je n'ai pas vu les symptômes d'une Alzheimer, mais le temps nous dira ce qu'il en est. Si ça s'aggrave, je lui ferai passer quelques tests.

— Bonne idée, rétorqua Tucker.

— Ils envisagent de vendre leur maison pour en prendre une plus petite, dit Kady.

La demeure des McPherson était immense et accueillait les grandes réunions de famille pour Noël et Thanksgiving. Tucker ne pouvait pas les imaginer ailleurs.

— Ils n'auront pas de mal à s'y habituer ?

— Je crois qu'ils sont prêts pour le changement.

— J'espère que tout ira bien pour eux.

— Merci.

« Dis-leur bonjour de ma part. Fais-leur part de mon affection. »

Ces mots ne franchiraient pas ses lèvres, car il n'avait plus le droit aujourd'hui de faire passer ces messages par l'entremise de Kady, et cela lui causa une douleur sourde.

Il était temps qu'il retourne à sa propre vie.

— J'ai une intervention programmée à 14 heures. Je suppose que les étudiants viendront demain, puisque Phil n'a pas mentionné leur présence aujourd'hui. Tu n'as besoin de rien ?

— Non. J'imagine qu'on se verra plus tard cet après-midi, si tu participes à l'une des sessions.

— On m'a inscrit pour les séances concernant l'anesthésie et le suivi des grossesses.

— Je n'y suis pas. En revanche, j'ai « surveillance des grossesses à hauts risques du début à la naissance ». On se voit demain, alors. Tu sais à quelle heure nous sommes censés rencontrer les étudiants ?

— Je n'ai pas pensé à me renseigner. Dès que Phil me l'aura précisé, je t'appelle à ton hôtel, si tu es d'accord.

— Bien sûr. J'occupe la chambre 708, tu peux laisser un message si je n'y suis pas.

Elle ne lui donnait pas son numéro de portable. D'ailleurs lui-même avait proposé de la joindre à l'hôtel, alors peut-être ne le souhaitait-il pas.

Vraiment ?

Non ! Sinon, il aurait du mal à empêcher ses doigts de former ces chiffres sur le clavier pour le simple plaisir d'entendre sa voix. D'ailleurs, peut-être n'avait-elle pas changé de numéro ?

Après lui avoir dit au revoir, Kady s'éloigna, et cette fois il ne tenta pas de la retenir — même si, il ignorait pourquoi, une partie de lui en brûlait d'envie.

Comme Kady n'avait rien de programmé, elle avait décidé de passer la matinée à la piscine de l'hôtel. La chaleur et l'humidité qui y régnaient offraient un plaisant contraste avec les couloirs glacés de l'établissement. Elle aimait cette atmosphère embuée, qui lui donnait un sentiment d'intimité, comme si elle était dans son spa privé.

Après avoir étalé sa serviette sur une chaise longue, elle plongea un orteil dans l'eau fraîche et frissonna délicieusement.

Elle n'avait pas croisé Tucker au séminaire de la veille, puisqu'ils n'étaient pas inscrits aux mêmes sessions. Ensuite, elle avait gagné directement sa chambre. Elle souffrait de migraine et était en proie à une sorte d'apathie, sensation qu'elle n'avait pas éprouvée depuis longtemps.

Était-ce d'avoir revu Tucker ?

Certes, cette confrontation avait été un choc, mais ce n'était pas comme s'ils s'étaient perdus de vue depuis dix ans, comme on aurait pu le penser à voir sa réaction horrifiée.

Il ne l'avait pas appelée pour lui dire à quelle heure ils étaient supposés rencontrer les étudiants. Elle en déduisait que cela se produirait plus tard dans la journée. À moins que Tucker n'ait dit à Phil Harold qu'il ne souhaitait pas travailler avec elle. Si c'était le cas, elle aurait préféré qu'il la prévienne d'abord.

Mais peut-être avait-il tenté de la joindre par téléphone ?

Elle n'avait pas pensé à lui donner son numéro de portable, mais c'était trop tard pour le regretter.

Pour penser à autre chose, elle sauta dans la piscine.

La fraîcheur de l'eau la prit par surprise, et elle faillit expulser tout l'air qui se trouvait dans ses poumons. Dès qu'elle eut repris ses esprits, elle plongea au fond du bassin.

Le chlore lui piquait les yeux, mais elle y était habituée. Parvenue au fond, elle jeta un coup d'œil vers la surface scintillante, deux ou trois mètres plus haut. Puis, fermant les yeux, elle se laissa « être », une sensation qu'elle n'éprouvait que dans l'eau, se disant qu'elle voudrait rester là éternellement.

Sauf que c'était impossible, évidemment. Ses poumons commençaient à lancer des signaux d'alerte à son cerveau. Encore quelques secondes, et elle remonterait.

Enfin, elle donna un vigoureux coup de pied aux dalles du fond, remonta à la surface et aspira une énorme bouffée d'air, puis une autre, avant de regagner le bord.

Au lieu de se poser sur le carrelage, sa main rencontra quelque chose de chaud qui s'enroula autour de son poignet.

Battant des paupières pour en chasser l'eau, elle leva les yeux.

Tucker !

Est-ce que son imagination lui jouait des tours ou était-il bien accroupi sur le rebord du bassin, en train de lui agripper la main ?

Vêtu d'une chemise et d'un jean noirs, il aurait pu incarner un dieu sombre ou un ange déchu.

Le prénom écorcha ses cordes vocales, mais l'étonnement lui avait fait perdre l'usage de la parole.

— Un peu plus, et j'allais plonger, lui dit-il.

Elle se força à retrouver sa respiration.

— Ah bon ?

— Tu semblais inanimée, dans le fond. L'instant précédent, tu nageais comme un poisson, et le suivant, tu étais comme privée de vie.

Tout en parlant, il lui caressait le dos de la main avec le pouce, causant des picotements qui lui envahissaient tout le corps.

Elle s'efforça de prononcer plus de deux mots à la fois :

— Ce n'était pas la première fois que tu me voyais comme ça.

Il resserra légèrement son étreinte.

— Exact.

Parlaient-ils de la même chose ?

— Alors, tu savais que j'allais bien.

— Je le sais, maintenant. Tu es une créature de la vie, Kady. Tu lui appartiens.

Près de lui ? Quand il était aussi beau ? Quand le simple contact de sa main suffisait à susciter les scénarios les plus fous... Comme de l'attirer dans l'eau pour voir ce qui arriverait ?

— Qu'est-ce que tu fais là, au fait ?

— J'ai perdu le papier sur lequel j'avais noté le numéro de ta chambre.

De nouveau, le pouce de Tucker se promena sur le dos de sa main. Pourquoi la tenait-il toujours, d'ailleurs ? Et pourquoi ne le repoussait-elle pas ?

— Comment espérais-tu me trouver, alors ?

— Je n'y avais pas réfléchi. Tu veux que je t'aide à sortir ? demanda-t-il en souriant.

Elle examina rapidement la situation.

Sa serviette était un peu plus loin, et elle ne portait qu'un bikini minuscule. Après la naissance de Grace, son corps avait un peu changé, mais il l'avait déjà vu.

Oui, mais ils étaient mariés, et à l'époque tout était simple et facile entre eux. Ce n'était plus le cas aujourd'hui. Elle se sentait gênée en sa présence, trop consciente qu'elle n'était plus celle qu'elle avait été... Mieux valait faire comme si de rien n'était.

— Bien sûr. Merci.

Une seconde plus tard, il la hissait hors de l'eau.

Il fixa un instant sa poitrine avant de la lâcher précipitamment, comme s'il avait empoigné un scalpel par sa lame aiguisée. Puis il laissa échapper une exclamation et détourna le regard.

Qu'est-ce que... ?

Baissant les yeux, elle retint une exclamation. Les cordons de son haut de bikini s'étaient défaits, ce qu'elle aurait remarqué si elle n'avait pas été tellement occupée à se demander pourquoi il lui caressait la main.

Se détournant, elle tenta de nouer les cordons dans son dos.

Pourquoi n'avait-elle pas choisi un maillot une-pièce ?

Tout simplement parce qu'elle ne s'attendait pas à voir Tucker débarquer.

Qu'est-ce que ça pouvait faire ? Il l'avait déjà vue nue, pour l'amour du ciel ! Il était là quand elle avait accouché, c'était même lui qui avait coupé le cordon.

Oui, mais il venait de lâcher un grognement qui semblait signifier : « Cachez ce sein que je ne saurais voir ! »

Autrefois, elle lui aurait lancé une boutade sexy et l'aurait invité à venir plus près. Ensuite, ils auraient passé les deux heures suivantes agrippés l'un à l'autre, en quête de toutes les surfaces disponibles. Le lit, le canapé, la table de la salle à manger.

Au quatrième essai pour maîtriser les cordons mouillés, elle laissa échapper un soupir exaspéré.

— Tu as besoin d'aide ? demanda Tucker.

— Non !

— Bien sûr que si. Laisse-moi faire.

Des doigts chauds frôlèrent les siens, suscitant le long de son dos des picotements qui se propagèrent jusqu'à ses seins, dont les pointes durcirent inexorablement.

Seigneur !

Elle avait beau être très gênée par sa réaction, ce fut pire quand Tucker ne la toucha plus.

— C'est bon ! Tu veux que je fasse un double nœud ?

Sa voix légèrement rauque la fit frémir. Elle devrait refuser, dire qu'elle allait de toute façon se rhabiller...

— Oui, merci.

Elle ne put s'empêcher de fermer les yeux lorsqu'il la toucha de nouveau.

Qu'est-ce qui était le plus fort, la raison ou la libido ? Dieu seul savait combien cet aspect de leur relation lui manquait. Mais, après tout, Tucker ne pouvait pas le savoir.

Cependant, ses gestes étaient moins assurés qu'un instant auparavant. Sa paume lui effleura le dos, le bout de ses doigts suivit le dessin de sa colonne vertébrale, comme autrefois...

Et puis, ce fut fini.

L'avait-il fait par mégarde ou à dessein ?

Sûrement par mégarde.

Revenant à la réalité, elle s'assura que ses seins étaient bien contenus par le haut de son maillot. Priant pour que ses mamelons ne soient pas trop proéminents, elle se tourna vers Tucker.

Immobile, il fixa son visage, comme si le moindre mouvement risquait de tourner au désastre pour tous les deux — ce qui était plus que probable.

— Pourquoi n'as-tu pas téléphoné à l'hôtel pour qu'on transmette ton appel dans ma chambre ?

— J'étais de l'autre côté de la rue et je pensais déposer un message à l'accueil. Mais comme on m'a dit que tu étais là, j'ai décidé de te prévenir en personne. Je ne savais pas que...

Il fit un geste en direction du bassin.

— Qu'est-ce que tu aurais voulu que je fasse d'autre ? rétorqua-t-elle.

Elle sut aussitôt qu'elle venait de commettre une erreur. Autrefois, ils avaient vécu des moments très chauds dans la piscine privée du chalet qu'ils avaient loué en montagne.

Elle enchaîna très vite.

— Qu'est-ce que tu voulais me dire ?

— Les étudiants en médecine arrivent à 10 heures ce matin.

— Quoi ? Tu viens de l'apprendre ?

— Oui. Phil m'a laissé un message vocal, car il m'était impossible de décrocher. Je pense que tu l'as eu aussi, mais je voulais m'en assurer.

Tucker n'avait pas été en mesure de répondre à son patron ? Pourquoi ?

Mais cela ne la regardait pas... Sauf que son irruption avait failli lui causer une crise cardiaque et avait déclenché en elle une vague de désir tout à fait inopportune.

Heureusement, il ne s'en était pas aperçu... Enfin, elle l'espérait !

— Je ne suis pas passée par l'accueil, expliqua-t-elle. M. Harold a peut-être essayé de me joindre.

Tucker jeta un coup d'œil à sa montre.

— Peu importe. Il est huit heures et demie, tu as tout le temps de te changer et de prendre un petit déjeuner avec moi, si ce n'est déjà fait.

Elle n'avait pas encore mangé, mais elle n'était pas certaine de vouloir passer plus de temps que nécessaire avec lui en dehors de l'hôpital ou de la salle de conférences. Il était là depuis dix minutes, et ses doigts agiles parcourant son dos suscitaient déjà en elle toutes sortes d'appétits !

Allons, ce n'était qu'une semaine. Elle allait sûrement pouvoir réprimer ses pulsions pendant sept petits jours.

— Heureusement que tu es venu, dit-elle seulement, sinon j'aurais dû aller au boulot en bikini.

Aïe ! Elle avait voulu plaisanter, mais la phrase n'était pas aussi innocente qu'elle l'aurait souhaité.

— Je ne suis pas certain que Phil aurait apprécié. Quelqu'un aurait pu glisser et se faire mal.

Elle ne put s'empêcher de sourire.

— Je suppose que ce n'aurait pas été ton cas.

— J'aurais été trop occupé à tenir les gens à distance pour craindre une chute.

— Pourquoi les aurais-tu tenus à distance ?

Il plaisantait, bien sûr !

— De toute façon, je n'aurai pas à le faire, parce que tu vas te changer avant que la situation devienne plus compliquée.

Compliquée, elle l'était déjà ! S'il la touchait encore, ce serait elle qui déraperait. Il l'envoûterait une fois de plus, et ce serait une catastrophe pour tous les deux.

Elle émit un rire forcé.

— En ce qui me concerne, j'en ai vraiment soupé des situations compliquées, alors je monte me changer. Si ton offre tient toujours, je suis d'accord pour prendre mon petit déjeuner en ta compagnie.

— Ça tient toujours.

— J'en ai pour un quart d'heure et je descends dans une tenue appropriée au travail.

Et surtout plus appropriée à son émotivité corporelle. Mais elle ignorait si elle avait dans sa valise une tenue appropriée pour apaiser ses pulsions. En tout cas, elle allait devoir trouver le moyen de renforcer sa volonté, sinon quelqu'un risquait de glisser, ainsi que Tucker l'avait dit. Et il y avait de forts risques pour que ce soit elle.

3

Finalement, Tucker avait invité Kady à prendre le petit déjeuner dans son bureau.

Kady était assise sur le canapé où il s'étendait pour s'assoupir chaque fois que c'était possible. Elle portait maintenant un pantalon brun et un pull foncé à col roulé, mais il n'avait pas encore pu chasser de son esprit l'image d'elle flottant au fond de cette piscine. Il avait vraiment cru qu'elle était victime d'un malaise. Le cœur battant la chamade, il en était à défaire le troisième bouton de sa chemise lorsqu'elle avait émergé à la surface.

C'était certainement pour cela qu'il avait surréagi, en la voyant en bikini puis en ajustant le haut de son maillot. Son corps avait secrété une brusque poussée d'endorphines. Grâce à Dieu, ce n'étaient pas les cordons du slip qui s'étaient défaits, c'était déjà assez d'avoir aperçu ses seins nus !

Il n'avait jamais pu réprimer le désir ardent que lui inspirait Kady. S'il voulait survivre à cette semaine, il ferait bien de tourner la page.

Mais, s'il avait espéré que la tenue très professionnelle de Kady le libérerait de ses fantasmes, il s'était lourdement trompé, parce qu'il avait une très bonne mémoire. Il n'était pas près d'oublier les gouttelettes d'eau qui constellaient sa peau. Il avait eu envie de l'allonger sur ce sol dallé pour les lécher et lui faire l'amour.

Cette urgence surgie de nulle part l'avait choqué par son intensité. Bien sûr, c'était juste du désir. Leur vie sexuelle avait toujours été très active, du moins jusqu'au décès de Grace. Ensuite, il avait été incapable de...

La voix de Kady l'arracha à ses pensées.

— Comment est ton omelette ?

Il se força à parler comme s'il n'avait pas un souci au monde.

— C'est de la nourriture d'hôpital, tu sais ce que c'est.

— C'est pour ça que j'ai choisi une salade de fruits. Elle est bonne.

— Bien sûr, puisqu'il ne s'agit que de couper les fruits en morceaux...

Son bureau était assez spacieux, pourtant il avait l'impression de se trouver coincé dans un box étroit. Il avait mis le plus de distance possible entre eux, mais cela ne l'empêchait pas de voir la veine minuscule qui battait à la base de la gorge de Kady. Il y avait aussi la façon dont elle fronçait les sourcils en parlant ou se passait la langue sur les lèvres quand elle réfléchissait. Il reconnaissait tout ! Y compris le léger accent irlandais transmis par ses grands-parents, subtilement différent des intonations purement américaines.

Se forçant à sourire, il décida de revenir au domaine professionnel.

— Phil m'a annoncé l'arrivée de treize étudiants. Nous les emmènerons d'abord en maternité, et ensuite en chirurgie pédiatrique.

— D'accord. Dis-moi ce que je devrai faire.

— Eh bien, par exemple, je suis intervenu sur un fœtus qui présentait une anomalie au niveau du tube digestif, détectée à l'échographie à la trente-troisième semaine de grossesse. Une partie de la paroi abdominale ne s'était pas fermée correctement, si bien que les intestins du bébé sortaient de son corps.

Kady se pencha en avant, visiblement intéressée.

— Tu as pu la refermer ? Comment va le fœtus ?

— Oui, j'ai pu intervenir. C'est ce qui peut aider les étudiants à voir comment certains spécialistes peuvent travailler ensemble. Si tu avais vu un cas semblable à l'échographie, tu aurais envoyé la patiente à un chirurgien ?

— J'aurais examiné toutes les données et, oui, si c'était aussi évident que tu le dis, c'est ce que j'aurais fait.

— Parfait. Phil attend de nous que nous montrions aux étudiants comment des médecins s'adressent mutuellement des patientes.

— Je comprends. Est-ce qu'il y a actuellement en maternité des problèmes qui relèvent de tes compétences ?

Il s'autorisa à se détendre légèrement.

— Rien pour le moment, mais nous nous concentrerons sur les grossesses à hauts risques et leur expliquerons quand et pourquoi une intervention est envisagée.

— Dit comme ça, ça a l'air assez simple.

— J'ai du mal à me mettre à la place d'un étudiant en médecine d'aujourd'hui.

Kady eut un sourire en coin comme s'ils évoquaient des souvenirs.

— Moi aussi. J'ai certainement moins d'occasions que toi d'en rencontrer.

— Nous étions si jeunes, tu te souviens ?

Et leur passion mutuelle était dénuée d'arrière-pensée. À l'époque, il ne s'inquiétait pas de savoir s'il referait un jour l'amour avec une femme. Après la mort de Grace, cette seule éventualité lui donnait la nausée. Il vivait dans la crainte des échanges de regards complices, et la moindre perspective de dîner aux chandelles lui inspirait une terreur irrépressible. Cette période avait constitué un cauchemar sans fin.

Finalement, le problème était surtout dans sa tête. Lorsqu'il avait constaté que la vasectomie n'avait rien réglé, il avait eu le sentiment de s'être condamné à mort.

— Tu t'exprimes comme si tu étais vieux !

— Parfois, j'en ai l'impression.

Kady mordit dans une fraise qu'elle prit le temps de savourer avant de répondre :

— Moi aussi. Mais ce congrès a des airs de mini-vacances pour moi.

— C'est ce que j'ai vu…

C'était infernal ! Il en revenait à la scène du bikini. Son esprit ne perdait jamais l'occasion de l'amener là où il ne voulait pas aller. Et cette fois, son corps lui signifiait sans hésitation combien il désirait Kady. Après la mort de Grace, il s'était trouvé comme paralysé, réduit à l'impuissance. L'humiliation l'avait littéralement détruit.

Mais, apparemment, tout cela était derrière lui.

— Je te rappelle que je suis descendue dans un hôtel, alors autant que je profite de la piscine. Avant de venir, j'avais vérifié que l'établissement en disposait et je me suis équipée en conséquence.

— Tu as toujours été prévoyante.

Elle sourit.

— Pas toujours. N'est-ce pas comme ça que nous avons conçu Grace ?

L'espace d'une seconde, un froid glacial s'empara de lui.

Oui, c'était bien ainsi qu'ils avaient conçu leur fille. S'il avait connu l'avenir, aurait-il préféré qu'elle ne naisse pas ?

Son estomac se noua.

Il ne pouvait pas s'imaginer privé du sourire de son bébé ou du contact de ses petits doigts agrippés aux siens. Il avait sa réponse : il ne changerait rien, dût-il revivre le supplice que Kady et lui avaient enduré.

Celle-ci devait avoir senti son changement d'humeur, car elle se pencha au-dessus de la table pour lui frôler le poignet.

— Ce n'était pas ta faute, Tucker. Pas plus que la mienne, d'ailleurs. Nous étions jeunes, ardents et amoureux. Rappelle-toi, nous avions parlé mariage dès notre deuxième rendez-vous. Ma grossesse a juste accéléré les choses. Si c'était possible, tu ne le ferais pas ?

Pensait-elle qu'il regrettait de l'avoir épousée lorsqu'ils avaient su qu'elle était enceinte ? Il aurait juste souhaité savoir dès le début que leur enfant risquait d'avoir la maladie de Tay-Sachs. Et, bien sûr, il s'en voulait de ne pas s'être davantage confié à elle après la mort de Grace.

Mais cela aurait-il tout résolu ?

— Nous ne pouvons rien y changer, alors quelle importance ? marmonna-t-il.

Elle sembla si peinée qu'il se repentit de s'être exprimé aussi brutalement. Lorsqu'elle voulut retirer sa main, il la retint.

— Je n'en sais rien, Kady. Ce n'est pas une épreuve que j'aimerais revivre.

Il s'était d'ailleurs assuré que ça n'arriverait pas.

— Aucun de nous ne le voudrait, répondit-elle.

Pourtant, elle avait désiré un autre enfant, malgré le risque que cela se reproduise. Alors que cette éventualité, si mince soit-elle, l'avait empêché de refaire l'amour avec elle, sachant que les moyens de contraception n'étaient pas infaillibles.

Il suffisait d'une fois…

— De toute façon, c'est du passé.

Tout comme leur histoire, même si la voir dans cette piscine avait suscité chez lui une réaction physique telle qu'il n'en avait plus eu les derniers mois de leur union.

Pourquoi maintenant ? Pourquoi pas à l'époque ?

Est-ce qu'elle sortait avec quelqu'un ? Ça ne le regardait pas mais, si c'était le cas, il aurait moins de mal à réprimer le désir qu'elle lui inspirait.

Il posa les yeux sur le ventre de Kady.

Que ressentirait-il, si elle portait l'enfant d'un autre ?

Cette éventualité lui causa un véritable choc. Dieu merci, il n'en serait pas le témoin.

Kady se libéra sèchement de son étreinte.

— Tu as raison.

— Kady… Je n'ai jamais souhaité que ça finisse de cette façon.

— En remplissant le formulaire de divorce, tu as démontré le contraire.

— Tu ne m'as pas donné le choix.

— Il y a toujours des options à examiner.

Il secoua la tête.

— Tu voulais un autre enfant, et ça m'était impossible.

— Tu me l'as clairement fait comprendre. Quand tu t'es

installé dans la chambre d'amis, continua-t-elle, j'ai compris que la séparation était inéluctable.

Il cessa un instant de respirer.

Il avait quitté le lit conjugal, en effet, mais il ne pouvait pas faire autrement, sinon elle aurait découvert son secret. Cela n'aurait fait qu'aggraver sa souffrance, et elle avait toujours eu tendance à se faire des reproches.

Lui aussi.

— Je voulais juste nous donner un peu d'espace.

— Tu as réussi. J'en ai eu beaucoup, et je ne parle pas seulement de notre chambre.

— Je le sais. On pourrait peut-être repartir de zéro...

— De zéro ? Qu'est-ce que tu veux dire ?

— Nous étions amis, autrefois. Pourquoi ne pas commencer par là ?

« Amis » ? Il disait vraiment n'importe quoi !

— Qu'est-ce qui te fait penser que c'est possible ? demanda Kady.

— Eh bien... Nous sommes des adultes mûrs et responsables. Il me semble que nous devrions pouvoir laisser le passé derrière nous, non ?

Certes. Sauf que la présence de Kady dans ce bureau suscitait toutes sortes de réactions dans certaines parties de son corps. Des parties qui démontraient clairement qu'elles fonctionnaient très bien.

— Nous n'avons jamais fait de très bons amis, Tucker.

Elle avait raison. Entre eux, le sexe avait toujours été tellement dément qu'ils n'avaient jamais pris le temps d'approfondir d'autres aspects de leur relation.

— C'est vrai. Nous étions occupés par autre chose.

Les étincelles qui s'allumèrent dans les yeux verts de Kady l'avertirent qu'elle voyait exactement à quoi il faisait allusion.

— Exact, mais je ne me rappelle pas que l'un de nous s'en est plaint.

Leurs regards se retinrent, elle se passa la langue sur les

lèvres, et il ressentit brusquement une pression familière contre la fermeture Éclair de son pantalon.

Il avait besoin de respirer profondément et de faire une pause avant qu'ils commettent un acte qu'ils regretteraient ensuite.

— Là encore, je suis d'accord, mais nous aurions peut-être dû.

Kady le fixa avec étonnement.

— Pardon ?

— Je me suis mal exprimé. Je veux juste dire qu'on doit y aller prudemment. Tu es là pour une semaine, et je ne veux pas vouloir ou faire quelque chose d'irrémédiable.

— Moi non plus. Qu'est-ce que tu proposes ?

— Faisons preuve d'autodiscipline, de self-control. Des qualités que nous cultivions pendant nos études de médecine. On doit en être toujours capable.

— Ça me semble raisonnable. Mais tu devrais peut-être rester éloigné de la piscine.

— Pour une fois, nous sommes d'accord, dit-il avec un sourire.

— On se serre la main ?

Se levant d'un bond, il s'exécuta rapidement.

Il ne lui restait plus qu'à espérer garder en tête ce qu'ils venaient de dire. Quant à l'autodiscipline en question, il ferait bien de s'y exercer tout de suite.

— Maintenant que tout est réglé, si on allait à la maternité voir ce que nous avons ? dit-il en rassemblant les dossiers posés sur son bureau.

L'espace d'un instant, Kady avait cru que Tucker allait l'embrasser.

Elle n'aurait pas résisté... Mais il avait détruit cet espoir en une seule phrase, et une petite voix lui soufflait que cela valait mieux ainsi.

Mais cela n'impliquait pas que son corps soit d'accord avec cette voix, ou même qu'elle l'écoute. Bien sûr, elle aurait dû se réjouir qu'il soit revenu à la raison, mais elle n'était pas certaine de pouvoir en faire autant.

Elle aurait voulu calmer les battements fous de son cœur et apaiser son esprit bouillonnant de pensées folles, mais ce n'était pas facile.

Il n'y avait pas de quoi se faire du souci. Tucker se montrait juste prudent. Pourtant, elle s'inquiétait. Pas pour lui mais pour elle. Il aurait été si simple de se blottir contre lui et d'oublier le chagrin et la souffrance qui les avaient séparés !

Mais il avait raison. On ne peut pas effacer le passé.

— Tu es prête ? demanda-t-il, la main sur la poignée de la porte.

— Oui.

Il était temps de rejoindre le monde réel, là où les anciens amants ne fantasmaient pas l'un sur l'autre ou, en tout cas, n'étaient pas censés le faire.

Les couloirs fourmillaient de membres du personnel médical, de patients et de visiteurs. L'hôpital était animé, ce qui lui donna le temps de reprendre son souffle.

Pas facile, avec sous les yeux les hanches étroites et les larges épaules de Tucker. Le téléphone de celui-ci vibra deux fois, mais ce ne devait pas être important, parce qu'il se contenta d'y jeter un coup d'œil sans ralentir… Ou bien il ne souhaitait pas qu'elle sache qui l'appelait.

Absurde ! Cela n'avait aucune importance. Il ne portait pas d'alliance, donc il ne s'était pas remarié. Elle le connaissait d'ailleurs assez pour savoir que, s'il y avait eu une femme dans sa vie, il n'aurait pas fait allusion à ce qui pouvait se passer entre eux.

— À quel étage allons-nous ? demanda-t-elle alors qu'ils attendaient l'ascenseur avec d'autres personnes.

— Au troisième. La chirurgie est au cinquième, et c'est là que je passe le plus clair de mon temps.

— Ce n'est pas trop dur, d'opérer ? demanda-t-elle assez bas.

— Que veux-tu dire ?

Elle haussa les épaules pour écarter cette question impulsive.

Quelques minutes plus tard, ils débarquaient dans le vestibule de la maternité.

Elle s'immobilisa devant le panneau qui rappelait la mission du service :

« Faisons en sorte que toute femme enceinte qui franchisse le seuil de Wilson-Ross vive au mieux son accouchement. »

La recommandation n'était pas formulée de la même façon que dans son hôpital, ce qui était intéressant. Contrairement à ce qu'elle imaginait, les deux établissements n'utilisaient pas les mêmes mots. Elle remarquait aussi des différences subtiles dans la disposition des services et la décoration.

Tucker s'arrêta devant une porte.

— Non, dit-il, ce n'est pas toujours facile, par exemple quand il s'agit d'anomalies génétiques. Mais lorsque cela finit bien, je me dis que j'ai fait ce dont j'ai été incapable pour Grace : donner à un bébé une chance de vivre normalement.

Sous le coup de l'émotion, elle mit une minute à rassembler ses pensées.

— Oh ! Tucker ! Je ressens exactement la même chose. Quelquefois, quand je rentre dans une chambre où se trouve un enfant blond aux yeux bleus, il me semble la voir.

— Je sais.

Elle sut qu'il disait la vérité.

Posant la main sur son bras, elle s'apprêtait à lui répondre, lorsqu'ils furent confrontés à un remue-ménage au bout du couloir. Il régnait dans le service une agitation frénétique, ce qui aurait pu être normal, sauf que des infirmières couraient de chambre en chambre, tandis que plusieurs alarmes résonnaient à la station centrale.

Ses doigts se crispèrent sur la manche de Tucker.

— C'est toujours comme ça ? demanda-t-elle.

— Non, dit-il en arrêtant l'infirmière la plus proche. Que se passe-t-il ?

— Il y a eu un incendie à la maternité Héritage, tout près d'ici. Dix patientes à diverses étapes du travail sont ici où vont arriver d'une minute à l'autre.

Le cœur serré dans un étau, Kady lâcha Tucker.

Elle devinait sans mal combien ces femmes devaient avoir

peur. Elle avait elle-même éprouvé cette panique. C'était même la raison pour laquelle elle avait choisi sa spécialité. C'était au moins un domaine qui permettait d'espérer une issue favorable.

Elle avança d'un pas.

— Je suis spécialisée en médecine fœto-maternelle et j'exerce au Wilson-Ross d'Atlanta. Dites-moi comment je peux vous aider.

— Nous vous aiderons tous les deux, enchaîna Tucker. Mettez-nous aux postes où vous avez besoin de nous.

4

La tête du bébé se montra enfin.

Après avoir poussé pendant trois heures, la jeune mère de dix-sept ans était épuisée. En arrivant à l'hôpital, elle en était au stade de la poussée, et trop proche de l'accouchement pour qu'on lui fasse une péridurale. Au lieu de faire pratiquer une césarienne au bloc, Kady avait manipulé le bébé à plusieurs reprises, tandis que la patiente gémissait de douleur.

— On y est presque, Samantha. Respirez profondément et reposez-vous jusqu'à la prochaine contraction.

Le visage de Kady était humide de transpiration, et la fatigue creusait des cernes sous ses yeux.

C'était leur quatrième accouchement, ils avaient parfois dû laisser cette parturiente pour en assister une autre qui donnait plus vite naissance à son enfant.

Tucker prit une tasse sur une table proche et glissa la paille entre les lèvres de Kady pour qu'elle n'ait pas besoin de changer de gants après avoir touché le verre.

Se penchant en avant, elle aspira deux longues goulées d'eau et hocha la tête en signe de remerciement.

Elle avait toujours été géniale avec les patientes, alliant compétence et empathie — deux qualités nécessaires chez n'importe quel praticien, mais plus encore chez un obstétricien.

— Ça recommence ! geignit la patiente.

Aucun membre de sa famille n'était là. Était-ce à cause de l'incendie ou parce qu'elle avait dû affronter seule sa grossesse ?

Son dossier ne comportait aucun nom de proches, et Kady ne souhaitait visiblement pas la stresser davantage en l'interrogeant à ce sujet.

À la pensée que Kady pourrait élever un enfant seule, Tucker sentit une grosse pierre peser dans son estomac. Elle avait été une mère formidable pour Grace, mais ils avaient partagé cette responsabilité.

— D'accord, Samantha. Inspirez profondément et poussez.

Une main posée sur l'épaule de la jeune femme, Tucker se mit à compter les secondes pendant que Kady faisait le job. C'était son domaine à elle, le sien concernait des enfants bien plus petits.

— Dix. On respire et on pousse.

Samantha, écarlate, fit un dernier effort.

— La tête est sortie ! Arrêtez de pousser.

— Je ne peux pas... Il faut que je...

Tucker se plaça dans le champ de vision de la patiente.

— Vous pouvez le faire, Samantha.

Il souffla avec elle, sachant que Kady s'assurait que les épaules soient dégagées. Les larmes qui ruisselaient le long des joues de la patiente l'émurent. Samantha était rousse, tout comme Kady, et cette scène lui rappelait la naissance de Grace plusieurs années auparavant.

— D'accord, on est prêt. Ce ne sera plus très long, Samantha.

Priant pour que Kady ait raison, Tucker compta de nouveau.

Il fallut encore deux autres poussées avant qu'un petit cri retentisse.

Fermant les yeux, Samantha se laissa aller contre l'oreiller, tentant de reprendre sa respiration.

Une infirmière écarta la tenue d'hôpital pour poser le bébé contre la peau de la mère. Kady était encore occupée à expulser le placenta, mais quand Tucker se tourna vers elle il comprit immédiatement à son expression que quelque chose n'allait pas.

Il se focalisa de nouveau sur la mère.

Un bras passé autour de son enfant, celle-ci semblait très

calme… Trop calme. Il vit la flaque de sang sur le sol juste au moment où Kady déclenchait l'alarme.

— J'ai une hémorragie du post-partum ici ! On pose deux voies veineuses périphériques de gros calibre.

Immédiatement, les infirmières entrèrent en action. L'une d'entre elles reprit le bébé et le posa sur la table à langer toute proche. Le personnel étant réduit à cause de la charge supplémentaire de travail due à l'incendie de la maternité, Tucker apporta immédiatement son aide. Il vérifia le groupe sanguin de Samantha dans son dossier, puis appela la banque du sang pour accélérer les choses. Il prévint ensuite la chirurgie au cas où il faudrait opérer la patiente en urgence.

Il brûlait d'envie d'être aux commandes mais se retenait, sachant que Kady était qualifiée pour prendre les décisions.

Le visage de la patiente était très pâle. Combien de sang avait-elle perdu ?

— Tucker, j'ai besoin qu'on lui injecte des solutés cristalloïdes et de la pitocine pendant que j'essaye une ligature vasculaire.

— Je m'en occupe. Tu sais d'où vient l'hémorragie ?

— Pas encore. Je cherche.

Une autre infirmière emmena le bébé dans la nursery. La perfusion de pitocine commença. La contraction utérine pouvait favoriser l'occlusion des artères restées béantes, ce qui éviterait une catastrophe.

— Tu veux que j'exerce une pression manuelle ?

Parfois, un massage du ventre encourageait le corps à passer ce cap difficile.

— Oui.

Il entreprit de masser en profondeur la zone située au-dessus de l'utérus, se réjouissant que la patiente soit inconsciente. Au bout de cinq minutes, ses avant-bras commencèrent à chauffer. De son côté, Kady cherchait fébrilement la source de l'hémorragie.

— Ça ralentit, annonça-t-elle.

— Est-ce qu'on aura besoin de deux poches de sang ?

— Accorde-moi une minute. Si on peut stopper l'écoulement, les solutés suffiront peut-être.

— Tu veux que je continue ?

— Oui.

Au bout d'un instant, Kady leva les yeux.

— Je crois qu'on est presque bien. On arrête et on voit ce que ça donne.

Il interrompit ses manipulations et attendit, tout comme l'infirmière chargée de surveiller les constantes. Le silence régna dans la pièce pendant qu'ils guettaient des signes d'amélioration ou d'aggravation.

— Ça tient, annonça Kady. On diminue la pitocine et on voit si ça se confirme. Elle est consciente ?

— Non ! répondirent ensemble Tucker et l'infirmière.

— On vérifie la numération sanguine pour savoir combien de sang elle a perdu.

Le volume sanguin d'une femme augmentant de cinquante pour cent pendant la grossesse, il était normal qu'elle saigne. Au-delà d'une certaine quantité, il fallait s'inquiéter. Au pire, il fallait effectuer une hystérectomie pour sauver la vie de la mère. Par bonheur, ils n'en étaient pas arrivés à cette extrémité.

Les employés du labo devaient avoir été prévenus par l'infirmière en pédiatrie, car ils arrivèrent en moins de trente secondes. Samantha battit des paupières pendant qu'ils faisaient la prise de sang. Quelques minutes plus tard, on avait la réponse : le taux de globules rouges était bas, mais le danger était écarté.

Avec l'aide des deux infirmières, Tucker et Kady firent la toilette de la patiente et l'installèrent le plus confortablement possible.

— Je peux voir mon bébé ? murmura Samantha. Elle va bien ?

Kady lui prit la main.

— Très bien. C'est vous qui nous avez un peu inquiétés. On peut vous l'amener, mais seulement quelques minutes. Je vais vous transférer aux soins intensifs en observation, pour qu'on soit certain que l'hémorragie est bien stoppée.

— Qu'est-ce qui l'a causée ?

— Quand le placenta se détache, il peut causer des saignements, ce qui est normal, mais vous avez perdu plus de sang que nous ne nous y attendions. Vous aviez poussé longtemps. Le plus important, c'est que votre corps a été capable de faire ce qu'il fallait pour stopper l'hémorragie.

— Mon bébé peut venir avec moi ?

— Aux soins intensifs ? C'est impossible, je suis désolée. Mais j'espère que vous serez réunies avant la fin de la nuit. Je passerai vous voir à plusieurs reprises pour savoir comment vous allez.

Tucker fronça les sourcils.

Kady avait travaillé plus de six heures d'affilée, et elle n'avait même pas de poste dans cet hôpital. Elle aurait pu facilement transmettre le cas à un autre médecin.

Mais pas la Kady qu'il connaissait, celle qui se faisait du souci pour ses patientes, même si elle ne les avait pas suivies avant l'accouchement.

Comme il allait faire une objection, elle secoua la tête pour l'en empêcher. Il était clair qu'elle savait exactement ce qu'il s'apprêtait à dire.

— Je vais demander à l'infirmière de vous apporter votre bébé et de vous la laisser un instant.

— Je pourrai l'allaiter ?

Kady réfléchit.

— Oui, je crois que c'est une bonne idée, si vous vous en sentez la force.

En effet, l'allaitement provoquerait des contractions de l'utérus qui signaleraient à l'organisme que l'accouchement était terminé et qu'il pouvait se reposer.

Le bébé téta sans difficulté, et Kady pressa l'épaule de la jeune mère en souriant.

— Si vous avez besoin de nous, nous ne serons pas loin.

— Je peux rester auprès de Samantha, suggéra Tucker. Tu pourrais faire une pause.

— Je préfère ne pas m'éloigner.

— Tu as toujours été têtue, remarqua-t-il en souriant.

— Pas plus que toi...

Il avait très envie de passer un bras autour des épaules de Kady et de la serrer contre lui, mais mieux valait s'en abstenir.

Ils étaient collègues, rien de plus, même si ce qu'il éprouvait maintenant était plus fort que de l'admiration professionnelle. Il avait adoré la calme détermination de Kady. Elle n'abandonnait jamais… Et surtout pas quand il s'agissait de faire un autre bébé.

— Beau boulot, lui dit-il. J'étais persuadé qu'il faudrait recourir à des mesures plus agressives.

— Moi aussi. Je voulais juste donner une minute ou deux de plus à son corps pour qu'il ait le temps de réagir.

Une hémorragie post-partum constitue une urgence similaire à une réanimation cardiaque. La situation peut se détériorer rapidement au point de menacer la vie de la patiente. Il avait vu une femme mourir. C'était rare, heureusement, mais quand une patiente arrivait aux urgences après avoir déjà perdu énormément de sang on ne pouvait pas toujours la sauver.

— Tu as pris la bonne décision, dit-il.

— Pour cette fois, oui. Mais quand les événements se précipitent de cette façon, on n'est jamais sûr.

Il hocha la tête.

Il comprenait ce qu'elle voulait dire : parfois, on devait se fier à son instinct, faute de temps pour envisager toutes les possibilités.

Son instinct l'avait-il trahi lorsqu'il avait voulu cette vasectomie ?

Il le comprenait aujourd'hui, pendant les derniers jours de Grace et par la suite, il n'avait plus été capable de réfléchir. Il était dominé par l'émotion et le chagrin, tout en faisant de son mieux pour que son épouse n'en sache rien. La crainte d'une grossesse l'avait rendu momentanément impuissant. Ce n'était pas le meilleur contexte pour prendre des décisions.

Pourtant, il avait voulu sauver son mariage. Il s'était même imaginé que, après l'intervention, ils pourraient de nouveau avoir des relations normales. Au lieu de cela, il avait tiré à boulets rouges sur le lien qui l'unissait à Kady. Le divorce avait semblé inévitable : elle voulait des enfants, et lui n'en voulait pas.

Tout comme lui, Kady était restée silencieuse. Avait-elle évoqué le passé, elle aussi ? Pas sûr. Elle avait sans doute tourné la page plus facilement après le divorce. Et pendant le séminaire, elle n'avait pas eu l'air d'avoir le cœur brisé. Elle devait être surprise de le voir, mais elle ne paraissait pas bouleversée. Même son petit souci avec les cordons de son bikini ne l'avait pas troublée, contrairement à lui. Il avait même failli la tourner vers lui pour vérifier si son corps fonctionnait de nouveau normalement.

Encore une chose à laquelle il devait éviter de penser.

— Je crois que mon bébé est rassasié.

La voix calme de leur patiente l'arracha à ses souvenirs.

Les larmes aux yeux, Samantha déposa un dernier baiser sur le front de sa fille avant de la laisser partir dans son berceau.

— C'est trop dur ! gémit-elle.

Le cœur serré, il songea que cette jeune femme aurait la chance de retrouver son bébé dans peu de temps.

— Ce ne sera pas long, dit Kady. Nous voulons que votre fille retrouve une maman en pleine santé.

Ses paroles étaient empreintes de sincérité, et il n'y avait aucune trace de chagrin dans sa voix.

— Laissez-moi vous examiner une fois de plus avant qu'on vous emmène, continua-t-elle.

Quelques secondes plus tard, Kady ôtait ses gants.

— Le flux semble normal.

— Je vais pouvoir aller dans une chambre de la maternité ?

— Je préfère que nous restions prudents, d'accord ? Cela ne durera que quelques heures. Vous voulez qu'on appelle quelqu'un ?

Il s'était demandé quand Kady poserait cette question.

Samantha haussa les épaules.

— Ma colocataire, peut-être. Mais elle travaille jusqu'à minuit.

— Vous connaissez son numéro ?

Kady le copia sur un calepin, qu'elle mit dans sa poche.

— Nous allons chercher à la joindre.

Nous ? C'était sûrement une façon de parler. Kady ne voudrait certainement pas passer avec lui plus de temps qu'il ne le fallait. De toute façon, elle devait être morte de fatigue.

Il était crevé, lui aussi, mais il n'avait pas envie de rentrer chez lui. Après la montée d'adrénaline nécessaire pour surmonter une situation périlleuse, il était difficile de trouver le sommeil. Il avait juste envie de manger un morceau et de laisser derrière lui le bruit de l'hôpital.

Quand Samantha fut emmenée aux soins intensifs, Kady lui promit une dernière fois qu'elle passerait un peu plus tard voir comment elle allait.

Elle ne prévoyait tout de même pas de passer la nuit à l'hôpital ?

Mais, là encore, connaissant Kady...

Quand leur patiente fut partie, il balaya du regard la pièce, qui gardait les signes du combat qu'ils avaient mené.

— Je ne m'attendais pas à ce que la soirée se termine de cette façon, dit-il.

— Ce n'est pas fini. Je veux savoir si on a encore besoin d'aide pour d'autres patientes.

Lorsqu'elle se dirigea vers la porte, il la retint d'une main.

— Tu as surtout besoin de faire une pause.

— Je t'assure que je vais bien. Je suis juste contente d'être utile.

— Je croyais que tu prenais un mini-congé.

— Parfois, la situation nous échappe, mais j'en avais besoin, Tucker.

— D'accord. Si tu insistes pour rester à l'hôpital, je viens avec toi. De toute façon, je serai incapable de dormir.

Autrefois, après certaines interventions particulièrement difficiles, il était rentré à la maison et avait serré Kady dans ses bras toute la nuit. Elle n'avait jamais posé de questions, se contentant de lui prodiguer son amour. Sans doute devinait-elle que c'était ce dont il avait besoin. Mais ce temps était révolu. C'était un des aspects de leur vie commune qui lui manquait le plus cruellement. Il doutait de retrouver ce type d'intimité avec une autre femme.

Mais avec Kady non plus. Plus maintenant.

L'espace d'un instant, les regrets s'insinuèrent en lui, cherchant une place où se loger, et il tâcha d'endurcir son cœur.

Non, il n'avait pas besoin d'intimité ! Surtout si cela impliquait de perdre une partie de son âme.

Lorsqu'ils se dirigèrent vers la station centrale, le chaos ne régnait plus dans les couloirs. Pendant qu'ils travaillaient, les équipes s'étaient relayées. Gloria Luther, une infirmière, pianotait sur le clavier d'un ordinateur.

Avec ses cheveux gris réunis en un chignon sévère et son air bourru, Gloria était la preuve que les apparences peuvent être trompeuses. Elle était l'une des infirmières préférées des patientes et était capable de gronder tout médecin qu'elle jugeait trop lent à aider une femme placée sous sa garde.

— On n'attend pas d'autres patientes de la maternité incendiée ? lui demanda-t-il.

— Je crois que la vôtre était la dernière. Merci pour votre aide, docteur Stevenson et...

Elle fit glisser ses lunettes un peu plus bas sur son nez pour regarder Kady.

— Tout est allé si vite que je n'ai pas eu l'occasion de vous demander votre nom, lui dit-elle. Je suppose que vous êtes médecin ?

Kady se mit à rire.

— Vous ne vous trompez pas.

— Je vous présente le Dr McPherson du Wilson-Ross d'Atlanta, intervint Tucker. Elle est ici pour le congrès et pour m'aider à orienter certains étudiants en médecine, si bien que vous la verrez de temps en temps, cette semaine.

— Ravie de faire votre connaissance, docteur, dit Gloria en tendant la main par-dessus le comptoir pour serrer celle de Kady. Bravo pour le timing, à propos !

— Merci, répondit Kady en souriant.

L'infirmière l'observa un peu plus longtemps que nécessaire, puis elle se tourna vers Tucker.

— Je vois, dit-elle.

— Pardon ? demanda-t-il, les sourcils froncés.

— Rien. Vous travaillez à l'hôpital d'Atlanta depuis longtemps ? demanda-t-elle à Kady.

— Depuis l'obtention de mon diplôme.

— Je crois que le Dr Stevenson vient de ce même hôpital, non ? Vous vous connaissiez ?

Il n'avait pas l'intention de faire des confidences à Gloria, mais, à son grand étonnement, Kady répondit à sa place.

— Nous nous connaissions très bien, puisque nous avons été mariés.

Pourquoi avait-elle dit cela ? Gloria n'était pas du genre à colporter des rumeurs mais, si cela se savait, la situation deviendrait gênante pour tous les deux.

— Cette idée m'a effleurée, admit Gloria. Au moins, vous vous entendez assez bien pour continuer de travailler ensemble. Mon ex et moi, nous n'avons pas cette chance.

Gloria avait raison : Kady et lui ne se disputaient pas, et il était presque certain qu'elle ne le haïssait pas, même si elle avait dû lui en vouloir à mort quand il avait demandé le divorce.

Mais pour comprendre sa démarche, il fallait se remettre dans la perspective de cette période : ils ne dormaient plus dans la même chambre et, en plus de son chagrin, il craignait plus que tout qu'elle ne découvre son impuissance.

— Je ne suis pas sûre qu'on puisse parler de chance, dit Kady avec un sourire. Mais la colère ne résout rien.

Il se rappelait bien cette colère, et aussi la plaidoirie de Kady. Mais aucun argument n'avait pu le faire changer d'avis. D'ailleurs, il ne regrettait pas sa décision.

Après sa vasectomie, il avait retrouvé une partie de lui-même qu'il croyait perdue à jamais. Non qu'il ait couché avec beaucoup de femmes depuis son divorce, mais au moins il avait constaté qu'il le pouvait s'il en avait envie.

Et quand il avait vu Kady dans la piscine… Oh oui, il en avait eu envie !

— Tant mieux, dit Gloria, j'en suis heureuse pour vous. D'après ce qu'on m'a dit, vous avez travaillé pendant de longues heures tous les deux et vous en êtes sortis vivants.

Certes, la journée avait été interminable. Les paroles de Gloria lui rappelèrent qu'il était épuisé.

Peut-être parviendrait-il à dormir, après tout.

— C'est vrai. Vous êtes certaine qu'aucune patiente ne nous sera plus adressée ?

— Absolument. On dirait que la nuit va être calme, à partir de maintenant. Nous affichons complet, mais ça devrait aller.

— Pas de décès ?

— Non, Dieu merci.

Samantha Peters avait sans doute été le cas le plus grave, et Kady avait géré la situation avec brio.

— On va s'en aller, alors, dit-il. Tiens ! J'ai failli oublier que nous avons manqué les séminaires de la soirée.

Kady haussa les épaules.

— Tant pis. Je voudrais qu'on me tienne au courant au sujet de Samantha Peters, ajouta-t-elle à l'intention de Gloria. Je passerai la voir vers minuit.

Gloria gribouilla quelques notes.

— Vous ne serez pas loin ?

Comme Kady paraissait décontenancée par cette question, il intervint.

— Elle va se reposer dans mon bureau.

— Parfait. Laissez-moi votre numéro, je vous appellerai si l'état de Samantha évolue.

— Mais elle est aux soins intensifs ! s'étonna Kady.

Gloria dressa les sourcils.

— Vous n'êtes pas la seule à vous préoccuper des patientes. J'appellerai les soins intensifs de temps en temps pour savoir comment elle va.

— Merci.

Sur ce, Gloria s'éloigna pour entrer dans une chambre, tandis que Tucker se demandait quelle mouche l'avait piqué de proposer que Kady se repose dans son bureau.

Mais ce n'était que pour quelques heures. Demain serait un nouveau jour, et ensuite il n'y en aurait plus pour très longtemps. Il ne lui restait plus qu'à faire profil bas jusqu'à ce que Kady reprenne l'avion pour Atlanta.

5

En se réveillant, Kady mit quelques instants à recouvrer ses esprits.

Où était-elle ? La pièce était plongée dans l'obscurité, mais ce n'était pas sa chambre d'hôtel puisque sa joue reposait sur une matière qui ressemblait à du cuir.

La mémoire lui revint brusquement : elle était à l'hôpital et elle était censée veiller sur quelqu'un… Une patiente !

Elle se redressa, plissant les yeux pour tenter de discerner ce qui l'entourait.

— Tout va bien, Kady, il n'est pas encore minuit.

Les objets commençaient à se matérialiser : un bureau, une chaise, une silhouette masculine.

Tucker !

Combien de temps avait-elle dormi ? À en croire son esprit embrumé, elle pariait pour deux heures. Était-il resté assis tout ce temps à l'observer ?

Cette idée l'agaça.

— Quelle heure est-il ?

— 23 h 30. Je comptais te réveiller dans un quart d'heure.

— C'est fait, maintenant. Et toi ? Tu t'es reposé ?

— Pas encore.

Super ! Maintenant, elle se sentait coupable. Il devait être aussi épuisé qu'elle, et ils auraient très bien pu se relayer.

Elle était habituée à faire de petits sommes quand l'hôpital d'Atlanta était plein à craquer et qu'on manquait de personnel.

Les lits de camp étaient nettement moins confortables que ce canapé, ce qui expliquait qu'elle ait dormi aussi longtemps... À moins que ce ne soit parce que l'odeur de Tucker imprégnait toute la pièce, et en particulier les coussins ?

Il alluma la lumière, et ce qu'elle vit lui coupa le souffle.

Tucker ne pouvait être que canon, quelles que soient les circonstances, il n'était donc pas devenu un monstre de laideur. Mais, à cet instant précis, son beau visage était décomposé. On aurait dit qu'il avait fait la guerre du côté des perdants.

— Désolée. Tu aurais dû me réveiller, on aurait échangé nos places. Mieux encore, tu aurais pu rentrer chez toi.

— Je dois me préparer pour une intervention qui a lieu dans quelques heures.

— Et tu n'as pas dormi ! s'exclama-t-elle, furieuse. Tu en avais bien plus besoin que moi.

— Je n'ai pas dormi, mais je me suis reposé. Ça m'est déjà arrivé, et ce n'est pas une opération compliquée.

Aucune intervention fœtale ne pouvait être simple !

— De quoi s'agit-il ?

— Le fœtus présente une hernie du diaphragme.

Cela impliquait que des organes abdominaux menacent de glisser dans le thorax. Le taux de mortalité était assez élevé.

— Le risque est majeur, non ?

— C'est une des meilleures configurations que j'aie eue. Le cœur et les poumons sont déplacés, mais le trou n'est pas assez large pour permettre un glissement important entre l'abdomen et le thorax. Si je peux étirer un muscle abdominal et m'en servir comme d'une sorte de rustine, ça pourrait tout maintenir en place.

— Qu'adviendra-t-il du cœur et des poumons ?

— Ils pourraient se remettre en place d'eux-mêmes. La patiente en est à vingt-deux semaines d'aménorrhée, alors si on peut faire en sorte qu'elle n'accouche pas dans l'immédiat tout devrait s'arranger avant la naissance de Tony.

— Tony ?

Tucker eut un petit sourire en coin.

— C'est le prénom que les parents ont choisi pour le bébé.

Seigneur ! Il avait suffisamment d'empathie pour le retenir !

Autrefois, elle l'avait vu au bloc, berçant ces petites formes dans ses mains avec une délicatesse sans pareille. Et il leur parlait, tout comme il avait parlé à Grace lorsqu'elle portait celle-ci dans son ventre.

Un flot de souvenirs refirent surface. Elle revit Tucker en train de répéter le prénom de Grace encore et encore, persuadé que leur fille pouvait l'entendre et qu'elle saurait qui elle était dès son arrivée dans le monde. Il avait eu raison. Sitôt après l'accouchement, Grace battait des paupières chaque fois qu'on la nommait.

S'en souvenait-il ?

Après la mort de leur enfant, elle aurait voulu qu'ils puissent se confier mutuellement ce qu'ils avaient le plus aimé en elle, mais ils étaient trop occupés à se disputer.

— Tu te rappelles que tu parlais à Grace avant sa naissance ?

— Bien sûr.

La réponse n'était pas développée, mais au moins Tucker ne s'était pas refermé comme une huître.

— Tu parles à tes patients, pendant une intervention ?

Elle l'imaginait parfaitement en train de les encourager à tenir le coup pendant qu'il réparait ce qui n'allait pas dans leur petit corps.

— Les sédatifs que nous administrons à la mère sont transmis à l'enfant, si bien qu'ils ne peuvent pas m'entendre. Mais... Oui, je leur parle.

L'espace d'un instant, elle fut submergée par l'émotion. Elle prit une profonde inspiration et expira longuement en silence, s'efforçant de ne pas analyser ses sentiments. Si elle le faisait, elle avait peur de ce qu'elle découvrirait.

Écartant la couverture que Tucker avait posée sur elle, elle se leva et s'approcha du bureau.

— Je suis si contente !

— À quel propos ? demanda-t-il d'une voix bizarrement enrouée.

— Que tu leur parles.

Avant qu'elle se rende compte de ce qui arrivait, il lui avait passé un bras autour de la taille et l'avait attirée sur ses genoux. Puis sa bouche fut sur la sienne, et son monde explosa.

Pour l'instant, elle ne se souciait plus de patientes ou de séminaires. Un kaléidoscope de souvenirs la faisait voltiger dans le temps. Les bribes de son ancienne vie se rassemblaient pour reformer quelque chose de totalement différent.

L'homme qui ne voulait plus d'elle, qui la fuyait depuis si longtemps, l'embrassait maintenant comme s'il ne pouvait pas se rassasier d'elle ! Il était redevenu celui qu'elle avait connu lorsqu'ils commençaient à sortir ensemble, le mari qui parlait à leur fille à travers sa paroi abdominale, l'amant qui connaissait des zones érogènes dont elle ignorait l'existence avant lui.

Lui glissant une main sous la nuque, Tucker plongea les doigts dans ses cheveux et lui caressa la tête sans cesser de l'embrasser avec passion. Ses lèvres se firent plus exigeantes, et sa langue s'enfonça dans sa bouche comme s'il ne l'avait pas goûtée des centaines de fois du temps qu'ils étaient ensemble.

C'était à la fois nouveau, terrifiant... Et familier.

Elle laissa échapper un bruit de gorge et craignit un instant de l'avoir effrayé. Mais, au lieu de s'écarter, il la serra encore plus fort... Avant de la repousser un instant plus tard avec une brusquerie qui la fit chanceler.

— Qu'est-ce qui ne va pas ? demanda-t-elle.

— Rien. Absolument rien.

Se levant d'un bond, il la souleva jusqu'à ce qu'elle soit blottie contre sa poitrine, puis il contourna le bureau.

Comprenant ce qu'il voulait faire, elle se sentit défaillir intérieurement.

Sans la lâcher, il la déposa sur les coussins du canapé. Puis, s'emparant de nouveau de sa bouche, glissa la langue entre ses lèvres.

Oui !

Elle l'accueillit, en proie à une ardeur presque douloureuse.

Les mains de Tucker se posèrent sur sa taille, la contraignant à s'allonger sur le dos. Leurs bouches se séparèrent brièvement tandis qu'elle se tortillait pour lui obéir.

Quelques secondes plus tard, les genoux de Tucker s'enfonçaient dans le cuir entre ses cuisses.

La nuit n'allait pas s'achever comme elle l'avait prévu en franchissant le seuil de cette pièce, mais quelle importance ? À cet instant précis, elle n'aurait pas souhaité se trouver ailleurs qu'entre les bras de cet homme.

6

La panne avait duré longtemps. Bien trop longtemps...

Et le moteur se remettait subitement en marche ! Il s'était mis à rugir avec une soudaineté qui avait propulsé le monde de Tucker dans l'espace.

Pourquoi cela lui avait-il semblé impossible auparavant ?

Il n'en savait rien.

Les mains sur les hanches de Kady, il se frottait contre son bassin, utilisant cette pression pour soulager la douleur qui se formait dans son bas-ventre. Seulement, il obtenait l'effet inverse, et le besoin de délivrance ne faisait que croître.

— Bon sang !

Il glissa les doigts dans le dos de Kady et remonta jusqu'à ses cheveux.

Ces mèches splendides, lustrées, qui l'avaient toujours rendu fou. Seigneur, tout ce qu'il avait fait avec elles !

Avec elle.

En lui, les envies se bousculaient. Ne pouvant les satisfaire toutes à la fois, il commença par les boutons du chemisier de Kady. Il les défit un à un, révélant la dentelle blanche qui se trouvait en dessous, et des rondeurs de chair rose pâle qui se soulevaient et s'abaissaient au rythme de sa respiration.

Elle était superbe. Elle l'avait toujours été, mais la maternité l'avait encore embellie.

Une ombre de malaise le traversa.

Non ! Ce n'était pas le moment d'y penser. Pas

maintenant. Comme il exerçait une pression légère sur la nuque de Kady, elle lui offrit sa gorge. Il y posa les lèvres avant de murmurer à son oreille :

— Est-ce que tu en as envie autant que moi ?

— À ton avis ?

— On va s'en assurer. Lève-toi une minute.

Elle battit des paupières, visiblement troublée, mais elle obéit et se leva docilement. Quand la pression sur son bas-ventre cessa, il sentit immédiatement son propre corps protester.

Mais pour l'instant, ce n'était pas son problème.

Assis sur le canapé, il fit glisser le pantalon de Kady le long de ses jambes jusqu'à ce que celui-ci forme un petit tas sur ses chevilles. Kady écarta le vêtement d'un coup de pied, puis elle voulut ôter sa culotte, mais il l'en empêcha et l'attira vers lui de façon à ce qu'elle se tienne devant lui, jambes écartées. Posant les mains sur les fesses de Kady, il pressa le visage contre son pubis avant de promener les lèvres sur le sous-vêtement de soie, décrivant des cercles de plus en plus bas jusqu'à ce qu'il frôle une zone chaude et humide.

Un gémissement retentit au-dessus de lui, et des mains s'enfoncèrent dans ses cheveux, indiquant qu'il avait atteint le point qu'il cherchait.

Il l'explora du bout de la langue.

— Mmm, oui, je pense que c'est ce que tu veux.

Il préférait qu'elle garde ce sous-vêtement, car il risquait d'être tenté de conclure trop vite. Et pour l'instant, c'était la dernière chose qu'il souhaitait.

Il continua donc d'aller et venir avec la langue.

La respiration saccadée de Kady et la façon dont ses doigts se crispaient dans ses cheveux lui disaient qu'il produisait l'effet désiré.

Il avait toujours adoré la rendre folle.

Il ne fallut pas longtemps pour que le mince tissu qui s'interposait encore entre eux le gêne. Il glissa un doigt sous un élastique au niveau de la jambe et l'écarta. Le contact de cette peau tiède déclencha une poussée indéniable au niveau de son bas-ventre.

— Tucker... Oh ! mon Dieu !

Dès qu'elle prononça son prénom, il sut qu'il ne pouvait plus attendre. L'une de ses mains abandonna les fesses de Kady, et il manœuvra pour se libérer de ses propres vêtements. Il n'avait qu'une seule envie : l'étendre sur le canapé et sentir cette chair douce se refermer autour de son sexe, mais auparavant il avait quelque chose à faire.

Il écarta les cuisses de Kady pour l'embrasser à l'endroit précis qu'elle aimait. Ses lèvres se refermèrent sur le petit bouton et le sucèrent avec une intensité rythmée.

Kady se mit à remuer le bassin frénétiquement, tandis que sa respiration haletante lui disait qu'il y était presque.

Presque... Là !

À la seconde même où elle jouit, il le sentit. Lui passant un bras derrière les cuisses, il l'attira sur le canapé.

Visiblement, elle était aussi pressée que lui, car elle s'arrangea pour se placer au-dessus de lui, les mains sur ses épaules, les yeux fermés.

Durant une fraction de seconde, elle hésita.

— Fais-le ! Bon sang, fais-le, Kady !

Alors elle s'empala sur lui, et il sentit son sexe s'enfoncer dans un espace étroit et velouté.

Seigneur, elle jouissait encore !

Ses pulsations se répercutèrent sur lui, le privant de ce qu'il lui restait de contrôle. En un instant, il se mit à bouger en elle à un rythme effréné. Lorsqu'il éjacula, ses muscles se tendirent, et il la serra contre lui de façon à la pénétrer le plus profondément possible. Il ne pouvait plus penser à rien, sauf aux vagues de plaisir qui le parcouraient.

Il aurait voulu que cela ne finisse jamais.

Peu à peu vint l'apaisement. Il attira Kady contre sa poitrine et se laissa aller sur les coussins, les yeux fermés et souhaitant ne pas les rouvrir avant un moment.

Malheureusement, la raison qu'il avait reléguée dans un coin de son esprit se réveilla, et un millier de questions commencèrent à tourbillonner.

Que venait-il de se passer ? Quand cela se passerait-il de nouveau ? Et comment ferait-il pour la persuader ?

Hum... Apparemment, il n'allait persuader personne. Il n'était pas le seul à conclure qu'il venait de se produire quelque chose d'énorme : Kady s'agitait contre lui.

Il prit conscience qu'il ne s'était même pas déshabillé et qu'elle ne l'était pas complètement non plus. Sa culotte était tirée sur le côté, son soutien-gorge encore en place... Et il avait oublié de regarder ses seins bouger au-dessus de lui !

Cette pensée le fit sourire.

Il n'avait pas été en mesure de regarder quoi que ce soit pendant qu'il se précipitait tout droit vers la catastrophe.

Non, ce n'était pas une catastrophe.

Qu'est-ce que c'était, alors ? Bon sang ! C'en était peut-être une !

Posant les paumes sur sa poitrine, Kady se redressa et s'arracha à lui avec une brusquerie qui le fit gémir.

— Pardon, dit-elle.

Mais elle ne semblait pas désolée.

Quant à lui, il ignorait s'il devait s'excuser aussi. Son cerveau était embrumé, et il avait la bouche sèche. Que devait-il dire ou sentir ?

À présent, elle reboutonnait hâtivement son chemisier.

Quelque chose n'allait visiblement pas. Mais il était certain qu'elle ne regrettait pas ce qui venait de se passer.

Aurait-elle encore des sentiments pour lui ?

Il éprouva alors quelque chose qui ressemblait fort à de la peur.

Bon Dieu, à quoi avait-il pensé ? Il lui devait vraiment des excuses !

Mais avant qu'il ouvre la bouche, elle prit une profonde inspiration.

— Tucker, j'ai quelque chose d'important à te demander.

Allait-elle parler d'amour ? Il n'était pas en état d'analyser ce qu'ils venaient de faire. Ce n'était que du sexe...

— Qu'est-ce que c'est ? se força-t-il à demander.

Elle s'assit sur le canapé près de lui et joignit les mains sur ses genoux.

— Je ne sais pas très bien comment le formuler.

Le pressentiment qui se formait dans son esprit depuis quelques minutes se mua en nuage menaçant. L'irritation effaça une partie du plaisir qu'il venait d'éprouver.

— Pose ta question, Kady.

— Est-ce qu'il y a la moindre chance que je puisse, euh... Est-ce que tu... Est-ce que je pourrais être enceinte après ce qui vient de se passer ?

— Enceinte ?

Il fronça les sourcils, cherchant à trouver un sens aux paroles qu'elle venait de prononcer.

Et soudain, il comprit : Kady se demandait s'il avait fait ce qu'il était si décidé à faire après la mort de Grace !

Avait-elle tout planifié de façon à obtenir ce qu'elle voulait ? Non ! Elle était incapable d'un tel calcul. Du moins, la Kady qu'il avait connue. Mais la nouvelle, l'indépendante Kady ?

— J'ai subi une vasectomie, dit-il. Tu savais que j'en avais l'intention. Alors, non, il n'y a aucune chance pour que ça arrive.

Elle le fixa avec une sorte de stupéfaction.

— Tu détestais à ce point être père ?

— Non. Je détestais à ce point perdre ma fille.

Et il détestait ne plus être capable de faire l'amour à sa mère ensuite. La peur d'une nouvelle grossesse l'avait paralysé, même si ce n'était apparemment plus le cas.

Quoi qu'il en soit, dès que Kady avait prononcé le mot *enceinte*, son cœur s'était transformé en un bloc de glace.

— J'ai aussi perdu ma fille, Tucker.

— J'en ai conscience, répliqua-t-il en se levant. Tu es venue à New York dans un but bien précis ?

— Quoi ? Bien sûr que non ! s'exclama-t-elle avec colère. Comment peux-tu dire une chose pareille ? Je ne m'attendais pas à ce qui vient de se passer !

Il passa la main sur son visage fatigué.

— Désolé. Cette idée de grossesse m'a fichu un coup. Ça ne m'avait pas effleuré.

Kady émit un rire sans joie.

— Peut-être parce que tu savais que c'était impossible. Mais moi, j'avais besoin de le savoir parce que, si j'attends un enfant bientôt, je saurai que tu n'es pas le père.

Si elle…

— Comment serait-ce possible ?

Pour toute réponse, elle dressa les sourcils.

— Laisse-moi reformuler ma question, dit-il. De qui serais-tu enceinte ?

Si elle lui disait qu'elle avait un petit ami, il allait enfoncer son poing dans le coussin le plus proche.

Elle croisa les bras sous ses seins.

— Ça ne te regarde pas.

Il sentit la moutarde lui monter au nez.

— Pardon, mais tu viens de me demander si je pouvais te faire un enfant. Alors, je crois avoir le droit de savoir pourquoi.

Kady contourna le bureau comme si elle éprouvait le besoin de mettre un peu d'espace entre eux.

— Très bien. Je cherche un donneur de sperme.

Deux couches de glace supplémentaires nappèrent les parois thoraciques de Tucker.

— Et tu pensais que je pourrais en faire office ? Tu as juste omis de me demander la permission.

Kady redressa le menton.

— Je ne l'ai pas fait, parce que tu es la dernière personne à laquelle je m'adresserais. Je n'avais pas prévu que… Que ça arriverait, dit-elle en désignant le canapé.

— Et à qui comptais-tu t'adresser, si je ne suis pas indiscret ?

— À personne. J'ai contacté une banque de sperme et j'en suis à sélectionner le meilleur donneur.

Une nausée le souleva.

L'idée que Kady puisse porter l'enfant d'un autre homme le rendait littéralement malade. Pourtant, c'était lui qui lui avait dit non encore et encore. Mais en réalité, à l'époque, il n'aurait pas été capable de lui faire un enfant.

— Tu as recours à l'insémination artificielle ?

Elle haussa les épaules.

— Je vais commencer par là. Et si ça ne marche pas, ce sera la fécondation in vitro.

La colère de Tucker se mua en regret. Regret de ne pas avoir pu lui donner ce dont elle avait besoin. Regret qu'elle en ait besoin au point de ne pas pouvoir y renoncer.

— Tu veux vraiment un autre enfant, n'est-ce pas ?

Elle posa sur lui des yeux tristes.

— Je te l'ai dit et répété, me semble-t-il.

— Je sais et je suis désolé de ne pas avoir pu te satisfaire.

— Ce qui est fait est fait.

Parlait-elle aussi de ce qui venait de se passer entre eux ? Kady était-elle capable de tourner la page aussi vite ? Quant à lui, il était certain que les retombées de cette rencontre allaient faire des ravages dans son système nerveux durant un bon moment.

— Donc… Où est-ce qu'on va, à partir de maintenant ?

Elle le fixa avec étonnement.

— Qu'est-ce que tu veux dire ? On ne va nulle part, à partir de maintenant. Il y a deux ans que nous avons décidé de divorcer. Après le congrès, tu reprendras le cours de ta vie, et moi le cours de la mienne.

— Bien entendu…

Il ne savait même pas pourquoi il avait posé cette question. Mieux valait enterrer la moindre notion de sentiments avant que ceux-ci prennent racine et émergent.

— Je me suis mal exprimé, continua-t-il. Je me demandais si nous serions capables de continuer à travailler ensemble après ce qui vient de se passer.

Kady émit un rire dépourvu d'humour.

— Dès l'instant où j'ai compris que tu participais au congrès, la situation était gênante. Tu n'es pas d'accord ?

— Bien sûr, mais nous avons quand même fait l'amour.

— Tu penses que tu ne vas pas t'en remettre ?

Elle s'exprimait comme s'il était le seul à avoir des doutes.

— Aucun problème.

Elle hocha la tête.

— Parfait ! Moi non plus, donc nous n'avons pas à nous inquiéter.

— Je suis bien d'accord.

Il venait de proférer le plus gros mensonge du siècle. Car le verbe *inquiéter* ne recouvrait pas toutes les pensées qui se bousculaient dans sa tête, menaçant d'exploser pour se muer en quelque chose de bien pire.

Ce n'était pas de l'inquiétude ou du malaise. Cela ressemblait davantage à une menace sourde qui pointait à l'horizon et qui risquait de bouleverser son univers à tout jamais. Et il pourrait toujours lutter, il savait qu'il n'y avait rien à faire pour l'enrayer.

L'opération de Tony avait commencé.

Kady avait demandé si elle pouvait y assister. Il y avait dans cette intervention quelque chose qui l'attirait de façon irrésistible.

Pour commencer, c'était cet enfant qui l'avait précipitée dans les bras de Tucker. En désignant le fœtus par son prénom, il avait remué une partie d'elle-même qu'elle croyait morte. Et maintenant, elle avait du mal à penser à autre chose qu'à ce qui s'était passé dans le bureau de Tucker.

Ils n'avaient même pas verrouillé la porte, n'importe qui aurait pu entrer ! Le gardien, un patient, et même le chef de service...

À minuit, c'était peu probable. De toute façon, si quelqu'un avait su que Tucker était dans son bureau, il aurait pensé qu'il dormait avant d'opérer.

C'était ce qu'il avait fait, d'ailleurs. Après leur petite discussion, il s'était étendu sur le canapé. Mais cette fois, elle ne s'était pas attardée. Elle lui avait dit qu'elle allait voir sa patiente et qu'elle serait de retour à temps pour assister à l'opération.

En réalité, Samantha dormait, si bien qu'elle s'était installée dans une salle d'attente. Assise sur un siège inconfortable, elle avait attendu 5 heures du matin pour rejoindre Tucker dans son bureau.

Lorsqu'elle était arrivée, il avait pris une douche et s'était changé. Il lui avait proposé de profiter de sa minuscule cabine de douche, ce qu'elle avait accepté avec reconnaissance. Mais le parfum masculin qui y flottait lui avait rappelé ce qu'ils avaient fait quelques heures auparavant. Dès que l'opération serait terminée, elle comptait bien regagner son hôtel et se débarrasser de cette odeur persistante.

Elle baissa de nouveau les yeux vers la salle d'opération.

Tucker soulevait une forme minuscule, et ses lèvres bougeaient.

Elle retint son souffle.

Il était en train de parler au bébé qu'il tenait entre ses mains !

Tucker se pencha sur son patient, et son grand corps lui bloqua la scène, mais elle l'avait vu : c'était incroyable que l'on opère un fœtus de cette taille, et pourtant on le pouvait.

Elle avait déjà observé Tucker au bloc lorsqu'ils étaient mariés, alors pourquoi était-elle surprise ?

Sans doute parce que ce spectacle lui permettait de réunir le Tucker qui refusait d'avoir un autre enfant au point de s'assurer que cela n'arrive jamais et le Tucker qui sortait un bébé de son abri temporaire pour le soigner avec tendresse et faire de son mieux pour qu'il vive.

Qui était le vrai Tucker Stevenson ?

Il était encore jeune, pourtant il avait choisi de recourir à une mesure radicale pour ne plus jamais concevoir d'enfants. Lorsqu'ils étaient ensemble, elle avait cru que cette réticence était due au chagrin et qu'il la surmonterait avec le temps. Elle s'était trompée.

À cet instant, il jeta un bref coup d'œil dans sa direction.

Cela ne dura qu'une seconde ou deux, mais elle frissonna de tous ses membres.

Comment allait-elle parvenir au bout de la journée, pire encore, au bout de la semaine ?

En sortant du bloc, ils devaient rencontrer les étudiants en médecine, et ils participaient ensemble à un séminaire en fin d'après-midi.

Tucker fit un pas de côté et la regarda, comme s'il s'assurait qu'elle voyait ce qu'il faisait !

Ce geste lui alla droit au cœur. Elle avait beau s'acharner à le caser dans la catégorie des méchants, il lui prouvait encore et encore qu'elle avait tort. Il faisait déposer des fleurs sur la tombe de Grace, il lui demandait sur un ton bizarre de qui elle comptait être enceinte… Et, pour finir, cette dernière attention.

Il y avait aussi la façon dont il lui avait fait l'amour.

Seigneur ! Non, il ne s'agissait que de sexe ! Elle l'espérait pour sa propre sauvegarde. Parce que, si cela signifiait autre chose, c'était sans avenir. Et elle n'était pas une adepte du coup d'un soir, même avec son ex-mari !

La voix grave de Tucker retentit dans le haut-parleur, détaillant chaque étape de la procédure jusqu'à la fin. Il s'exprimait calmement, ses mains étaient sûres, sa présence rassurante.

— Kady, y a-t-il d'autres questions avant que je referme ?

Des questions ? Elle en avait beaucoup, mais aucune ne concernait Tony. Pourtant, maintenant, tous les membres de l'équipe chirurgicale levaient le nez vers elle. Ils se demandaient probablement comment Tucker la connaissait ou, pire encore, s'ils sortaient ensemble.

Penser à quelque chose d'intelligent, de professionnel…

Elle se pencha vers le micro placé devant elle.

— Cette opération devra-t-elle être renouvelée dans un avenir plus ou moins proche ? demanda-t-elle.

Le regard de Tucker croisa le sien et le retint.

— On peut espérer que cette intervention suffira, mais on ne peut pas en être sûr à cent pour cent.

Tout comme elle avait espéré que leur divorce mettrait un terme à sa souffrance. Mais celle-ci n'avait jamais complètement disparu. Ces deux dernières années, l'occasion s'était présentée de sortir avec d'autres hommes, mais elle n'en avait eu ni l'énergie ni l'envie. C'était peut-être pour cette raison qu'elle cherchait un donneur de sperme. En repartant de zéro, elle pourrait éventuellement laisser le passé derrière elle…

Sauf que Grace constituerait toujours un lien entre eux, même morte. Elle en avait pour preuve les fleurs fraîches qu'elle trouvait sur la tombe de leur fille chaque fois qu'elle se rendait au cimetière.

— Eh bien, conclut-elle, souhaitons qu'il puisse vivre sans avoir besoin de penser à ce qui s'est passé aujourd'hui.

Quant à elle, elle ne parviendrait jamais à oublier ce qui s'était passé dans le bureau de Tucker la nuit d'avant.

— C'est le but, dit-il. Parfait ! Remettons ce petit gars à sa place. Beau boulot, tout le monde.

Tucker se pencha sur son patient. Un instant plus tard, il refermait l'incision qu'il avait faite avec son scalpel.

Elle aurait voulu qu'on puisse en faire autant pour elle. Celui qui avait dit que le temps guérit toutes les blessures était un fieffé menteur ou un fou. Parce qu'il lui suffisait de regarder Tucker pour avoir mal, et elle doutait que cette douleur disparaisse un jour.

7

Tucker avait espéré que la session suivante lui permettrait de fuir, mais la chance n'était pas de son côté : de nouveau, Kady et lui participaient au même séminaire, après une nuit désastreuse précédée d'une journée tout aussi désastreuse.

Les étudiants en médecine leur avaient posé de nombreuses questions, dont certaines en rapport avec les relations entre collègues, et Kady avait tourné au rouge écarlate. Ensuite, ils avaient dû gagner en hâte le centre de conférences. Il s'agissait du sujet qu'il craignait le plus : « Génétique et grossesse » ou « comment identifier les anomalies les plus fréquentes ». Et bien entendu, puisque Kady remplaçait le Dr Blacke, elle y était aussi. Elle était même assise à côté de lui.

Il lui jeta un coup d'œil de côté.

Devant elle, il n'y avait ni notes, ni tablette, ni ordinateur. Parfait ! Ils étaient deux dans ce cas puisqu'il ne dirait rien de plus que le petit discours qu'il avait préparé.

Le micro passa au troisième intervenant, un chercheur dans le domaine de la biogénétique.

— Je dois vous avouer la vérité, commença-t-il : je faisais des études de musique et j'espérais devenir pianiste. J'avais tout pour réussir : j'étais bosseur et énergique. Et puis... J'ai rencontré une fille.

L'assistance éclata de rire.

— Bien, reprit l'orateur, les choses sont devenues sérieuses, et elle est tombée enceinte. Nous nous sommes mariés et nous avons poursuivi nos études. Le travail a commencé cinq semaines avant la date prévue, et notre vie a changé à tout jamais : Alexandre, notre fils, était un bébé arlequin. Il n'est jamais revenu de l'hôpital.

Tucker cessa un instant de respirer.

L'ichtyosearlequin est une affection terrible. La peau du nouveau-né est épaisse et dure, telle une armure emprisonnant son corps et l'empêchant de respirer. Il est quasiment impossible de traiter cette maladie.

Il était tout aussi impossible de ne pas noter un parallèle entre l'histoire racontée par ce spécialiste de la génétique et leur saga, à Kady et lui : grossesse inattendue, mariage rapide, bébé présentant un syndrome fatal...

— En quelques mois, j'ai abandonné la musique pour entreprendre des études de médecine, continuait l'orateur, et je me suis spécialisé en génétique pour trouver un sens à la mort de mon fils.

Comment cet homme espérait-il trouver un sens à cette tragédie ?

Tucker jeta un coup d'œil à Kady pour voir si elle pensait la même chose que lui.

Elle fixait un dossier fermé posé à sa droite. Elle devait penser à Grace, elle aussi...

Il ne put s'empêcher de recouvrir sa main de la sienne.

Elle leva vers lui des yeux humides de larmes et retira sa main, craignant sans doute qu'on ne remarque leur manège.

Il avait toujours été fasciné par les anomalies génétiques. Autrefois, on l'avait même souvent consulté à ce sujet, mais aujourd'hui il s'efforçait d'éviter ces cas. Contrairement à cet orateur, il n'avait pas cherché à étudier la maladie qui avait tué son enfant. Il n'avait jamais opéré d'enfant atteint de la maladie de Tay-Sachs, qui ne se manifeste que six mois après la naissance ou lorsqu'un examen de routine révèle l'absence d'une certaine enzyme.

Cette maladie constituait une véritable sentence de mort. Lentement, Grace n'avait plus été capable de faire certaines choses, elle avait présenté un retard psychomoteur, et sa faiblesse musculaire avait finalement abouti à une paralysie totale.

Contrairement à cet homme qui déposait ses tripes sur la table, il n'avait nullement l'intention de parler de Grace ou de quoi que ce soit de personnel. C'était à lui de porter sa croix.

Quand ce fut son tour, il balaya simplement les domaines les plus évidents où la recherche génétique et la chirurgie fœtale se rencontraient. Il adressa ensuite un signe de tête à Kady pour qu'elle enchaîne.

— Merci, docteur Stevenson, commença-t-elle. Presque toutes les anomalies génétiques que nous sommes capables d'identifier avant la naissance modifient automatiquement le statut de la future mère, dont la grossesse est désormais à hauts risques. Bien entendu, nous souhaiterions les repérer toutes avant la naissance, mais c'est impossible. La meilleure option, quand on sait qu'on est porteur ou porteuse d'un certain gène, c'est de consulter si possible un conseiller en génétique avant de concevoir un enfant.

Kady s'interrompit pour reprendre son souffle.

— Mais même quand on le découvre après la naissance, je conseille aux parents de se rendre à cette consultation. Ne pas le faire serait irresponsable.

Lorsqu'elle eut terminé, les muscles abdominaux de Tucker étaient durs comme de la pierre.

Peut-être ne parlait-elle pas de lui, mais sinon, de qui d'autre ?

Ils n'avaient pas eu besoin de consulter, puisqu'il n'était pas question qu'ils refassent un bébé ensemble. Jamais.

Ou bien Kady faisait allusion à elle-même, puisqu'elle envisageait de recourir au sperme d'un donneur.

À cette idée, son estomac se noua encore plus.

La banque de sperme testait-elle tous les donneurs ?

Il n'en avait aucune idée, mais cette seule perspective lui donnait la nausée.

Quand l'assistance commença à poser des questions, il souffrait d'un horrible mal de tête.

C'était à l'évidence parce qu'il avait dormi moins de cinq heures la nuit précédente. Ensuite, il avait opéré, puis il avait guidé un groupe d'étudiants pendant quasiment tout l'après-midi. Et pour finir, il se trouvait dans cette salle de conférences.

La journée avait duré seize heures, et moins de vingt-quatre heures auparavant il avait fait l'amour avec Kady.

— Docteur McPherson, pouvez-vous nous dire quel genre de patients vous adresseriez à un conseiller en génétique ?

Il y eut une longue pause durant laquelle Kady attendit qu'on lui passe le micro. Ses paumes étaient pressées sur la surface de la table, seul symptôme d'une nervosité quelconque.

Elle s'éclaircit la gorge avant de parler.

— Au cours des années, j'ai été confrontée à un grand nombre de maladies héréditaires : l'anémie à cellules falciformes ou drépanocytose, la thalassémie, l'hémophilie, certaines formes de cancers du sein et la maladie de Tay-Sachs en font partie.

Le mot *Tay-Sachs* frappa Tucker à la façon d'un coup de marteau sur le crâne.

— Merci. Puis-je vous poser une autre question, à ce sujet ?

Les doigts de Kady semblèrent chercher à s'enfoncer dans la table et leurs articulations blanchirent.

— Certainement.

— Est-ce que vous avez eu des patientes qui refusaient de consulter un conseiller en génétique ? Si oui, refuseriez-vous de les traiter si elles étaient de nouveau enceintes ?

La question sembla surprendre Kady.

— Je ne refuserai jamais de traiter qui que ce soit. Quant aux personnes qui refusent de consulter, il y en a davantage que vous ne pouvez l'imaginer…

Comme lui ?

— Je crois qu'elles ont peur, mais elles devraient mesurer que la connaissance est un outil puissant.

Parfois, ce n'était pas le cas. Il aurait été prêt à lire une encyclopédie entière si cela avait pu sauver sa fille. Mais ses connaissances n'avaient rien changé.

Quelqu'un d'autre se leva pour poser une question. Cela n'en finirait-il donc jamais ?

— Je m'adresse à vous tous. Si quelqu'un sait qu'il a un gène récessif, mais qu'il est improbable que son partenaire ait le même, pensez-vous qu'il doive le lui dire ?

Le père du bébé arlequin réclama le micro.

— Oui, toujours, affirma-t-il. Ce qu'a dit le Dr McPherson est exact. Si vous vous taisez et que, par malheur, votre partenaire est porteur du même gène, vous mettez en danger vos futurs enfants. Souhaitez-vous prendre ce risque ?

En tout cas, Tucker s'était assuré que cela n'arrive pas en subissant une vasectomie, et maintenant Kady était au courant.

Bon sang ! Il avait laissé les choses aller trop loin la nuit précédente ! Sa raison lui disait qu'il était fou, mais son corps affirmait le contraire.

Pourtant, il ne fallait pas que cela se reproduise. Jamais.

Plus que trois jours à tenir. Une fois le congrès terminé, son ex sortirait de nouveau de sa vie.

Ce ne fut que lorsque les gens se levèrent pour sortir qu'il se rendit compte que la séance était close.

Kady se tourna vers lui.

— Mes propos ne s'adressaient pas à toi, j'espère que tu le sais.

— Quels propos ?

Elle fronça les sourcils, ce qui lui fit modifier sa réponse.

— Peu importe. C'était un bon conseil.

— Merci. Il y a quelques mois, j'ai eu une patiente porteuse du gène de la drépanocytose. Le père et elle couchaient ensemble de temps à autre, et elle était tombée enceinte. Quand le bébé est né, il avait la maladie. Malheureusement, le couple avait rompu, et la mère nous a interdit de mettre le père au courant.

— Waouh ! Il ignore qu'il est peut-être porteur.

— Oui, dit Kady en soupirant. Tu imagines ce qui peut arriver, s'il fait un enfant avec une autre femme porteuse du gène ?

— Ce ne sera pas sa faute.

— Non, mais l'enfant en payera le prix.

— Le premier enfant paye toujours le prix… Est-ce que tu as consulté un conseiller en génétique après la mort de Grace ?

Kady fit pivoter sa chaise dans sa direction.

— Oui. Et j'ai découvert qu'il y avait plusieurs options.

— Lesquelles ?

— Faire tester le sperme de tout donneur potentiel. Ou bien faire fertiliser deux de mes ovules et m'assurer qu'ils ne sont pas porteurs de Tay-Sachs avant de les implanter.

D'un point de vue purement scientifique, cela semblait logique. Il était clair que Kady avait beaucoup réfléchi et qu'elle avait fait son enquête. Mais elle semblait oublier que, en dehors de la maladie de Tay-Sachs, n'importe quoi pouvait arriver au futur fœtus. Une mutation aberrante, par exemple, ou bien un problème au cours de l'implantation, ou encore pendant le premier trimestre. Et elle voulait courir le risque de perdre un autre enfant ? L'éventualité d'une autre tombe près de celle de Grace était effrayante. On a beau dire que la foudre ne tombe jamais deux fois au même endroit, dans leur cas, c'était possible.

— Tu souhaites avoir un autre enfant au point de prendre ce risque ? demanda-t-il.

— Oui. Je regrette que tu ne l'aies jamais compris.

— Je le comprenais.

Simplement, ils n'étaient pas d'accord. Il aurait voulu lui donner ce qu'elle désirait, mais sa tête et son corps refusaient de coopérer. C'était pour cette raison qu'il l'avait laissée partir. Elle avait le droit de trouver ailleurs ce dont elle avait besoin. Il était seulement surpris qu'elle ait mis si longtemps à prendre sa décision.

Quelqu'un toussota tout près d'eux.

Levant vivement la tête, il vit qu'une jeune femme se tenait devant eux. Son ventre arrondi montrait clairement qu'elle était enceinte. S'il ne se trompait pas, elle en était au troisième trimestre.

Qu'avait-elle capté de leur conversation ?

Kady devait se le demander aussi, car elle se raidit.

— Je peux vous aider ? demanda-t-elle.

— Est-ce que vous pensiez vraiment ce que vous avez dit ?

La question s'adressait à Kady.

— À quel propos ?

— Sur le fait de révéler son histoire génétique à son partenaire, murmura la jeune femme.

— Tout à fait. Pourquoi voulez-vous le savoir ?

— Ma mère a découvert récemment qu'elle a un cancer du sein. Elle a eu cinquante ans cette année. Elle est porteuse d'une mutation de BRCA1, un gène responsable de ce cancer, expliqua la jeune femme en posant les mains sur son ventre. J'ai été testée il y a deux mois et je le suis aussi. Que se passera-t-il si mon bébé... ? C'est une fille.

Kady se leva.

— Ce n'est pas parce que vous êtes porteuse de cette mutation que vous aurez un cancer ou que votre bébé en héritera.

— Est-ce que ma fille peut être testée ?

— Selon moi, non. Il n'existe aucune procédure de ce genre, concernant les enfants.

— Alors, elle devra attendre ?

— La plupart des médecins que je connais vous diraient que oui. Que dit le père ?

— Je n'en ai pas parlé à mon mari pour l'instant.

Kady contourna la table et s'assit sur le bord de l'estrade pour être plus proche de la jeune femme.

— Dites-le-lui. Il a le droit de savoir.

— Il faut que je lui dise que je vais peut-être transmettre à notre enfant une maladie terrible ? En quoi cela aidera ?

— Vous devez affronter ensemble cette éventualité. Cela implique que vous vous faites confiance, ajouta Kady en jetant un coup d'œil à Tucker.

— Vous avez sûrement raison, mais s'il me quitte ?

— Wilson-Ross a un conseiller en génétique, répondit Kady. Pourquoi ne pas le consulter ? On vous aidera à résoudre ce problème.

La jeune femme laissa échapper un soupir. Tucker n'aurait su dire si elle était soulagée ou résignée.

— Vous croyez que c'est possible ?

— C'est son métier. Faites-le, ne serait-ce que pour vous apaiser. Et donnez à votre mari et à vous-même une chance de bien faire les choses. Il vous surprendra peut-être ?

Tucker serra les mâchoires.

Kady lui avait offert la même chance en lui demandant de consulter un conseiller en génétique avec elle, et il avait refusé. Elle l'avait regardé dans les yeux et l'avait forcé à faire un choix. Il s'était exécuté, mais pas dans le sens qu'elle espérait. Est-ce qu'il aurait changé d'avis pour autant ? Il ne le pensait pas. Il croyait avoir raison, à l'époque, mais il commençait à avoir des doutes.

— Merci, dit doucement la jeune femme.

Elle s'adressait à eux deux, bien qu'il ne soit pas intervenu. Il aurait été bien incapable de formuler un conseil propre à aider cette future mère, mais Kady avait trouvé les mots qu'il fallait.

— Tucker, lui dit-elle, tu peux me donner un stylo et un bout de papier, s'il te plaît ?

Fronçant les sourcils, il arracha le dos de la brochure qu'on leur avait remise pour la conférence et le lui remit, ainsi que le stylo fourni par Wilson-Ross.

Kady gribouilla quelque chose et donna le papier à la jeune femme.

— C'est le numéro de l'hôpital. Appelez et dites que vous voulez parler avec un conseiller en génétique. On vous aidera comme on m'a aidée.

— Vous en parlez comme si vous étiez porteuse du même gène que moi, ou quelque chose comme ça.

— Quelque chose comme ça, en effet. Ma fille est née avec une maladie héréditaire incurable. Elle est morte à deux ans.

— Je suis désolée.

— C'est la pire épreuve que j'aie eue à affronter. Est-ce que je souhaite qu'elle ne soit pas née ? Non. Pas une seconde. C'est pourquoi je peux comprendre ce que l'on ressent quand on apprend une nouvelle aussi terrible.

— Comment le père a-t-il réagi ?

— Nous ne sommes plus ensemble. Mais ce ne sera pas

forcément pareil pour vous. Consultez le conseiller et, ensuite, parlez à votre mari.

— D'accord. Et je suis navrée que votre mari n'ait pas estimé que votre relation méritait qu'il se batte pour elle.

Tucker sursauta.

Bon sang ! Il avait lutté de toutes ses forces pour sauver son mariage, mais aucun de ses arguments n'avait convaincu Kady, et elle n'avait pas pu non plus le faire changer d'avis.

Quand la jeune femme se fut éloignée, Kady se tourna vers lui.

— Ce n'est pas ce que je pense, tu le sais.

— Pas de souci, répliqua-t-il. Je craignais que cette jeune femme n'ait entendu notre conversation, mais ce n'est pas le cas, clairement. Tu veux que je te raccompagne à l'hôtel ?

— Non, merci. Il est tout près, et j'ai besoin de marcher.

À moins qu'elle ne veuille pas être coincée dans une voiture avec lui…

— Tu es sûre ?

— Oui. L'air frais me fera du bien. À demain.

Quant à lui, il était temps qu'il recouvre ses esprits.

La proximité de Kady le rendait fou. Elle suscitait en lui des émotions refoulées depuis leur séparation. Il avait pensé que sa vie reprendrait son cours normal dès qu'elle serait montée dans l'avion pour Atlanta, mais lorsque la porte se referma sur elle il se demanda si son départ ne lui ferait pas juste mesurer à quel point il était seul.

8

Le téléphone sonnait, Kady l'entendait à travers la porte de la douche,

Puisqu'elle n'était pas à Atlanta, ce n'était pas son hôpital qui l'appelait pour une urgence concernant une patiente. Avec les cheveux pleins de shampoing et cette douleur sourde qui lui serrait le cœur, elle décida de laisser l'appareil répondre à sa place. Rejetant la tête en arrière, elle laissa le jet puissant débarrasser ses boucles de leur mousse.

Elle avait encore une heure devant elle avant de rencontrer les étudiants en médecine.

La veille, l'air frais n'avait pas suffi à lui éclaircir les idées. Seigneur ! Comment allait-elle faire face à Tucker après ce qui s'était passé la veille ?

Elle n'avait pas le choix, à moins de précipiter son retour chez elle. C'était tentant mais impossible.

Dans le monde réel, les gens croisent leur ex tout le temps. Il suffit de respirer un grand coup et d'affronter la situation...

Malgré tout, les gens couchent rarement avec leur ex.

Certes, mais ce serait l'unique fois ! Ce n'était pas comme s'ils allaient faire l'amour tous les soirs pendant la durée de son séjour.

Un picotement se manifesta dans son ventre et s'aventura plus bas.

— Oublie ! grogna-t-elle. Ça n'arrivera pas.

Comme si l'oubli était une option ! Tucker avait bien des

défauts, mais c'était un amant merveilleux. Sauf pendant les derniers mois de leur mariage, quand il ne supportait même plus de la voir nue : chaque fois qu'elle le touchait, il se muait en bloc de glace.

Pourtant, la nuit précédente, il l'avait embrassée comme s'il ne pouvait pas se rassasier d'elle. Comme s'il ne pensait qu'à lui faire l'amour ! Comme au début de leur relation.

Que s'était-il passé, en deux ans, pour qu'il passe du froid polaire à la chaleur tropicale ?

Quelle qu'en soit la raison, ça ne devait pas se reproduire.

Elle n'en avait rien à faire ! se répéta-t-elle pour s'en persuader.

Facile à dire, et totalement inutile, car le picotement tourna au fourmillement insupportable !

Elle s'enveloppa dans une serviette et, pieds nus, alla dans la chambre regarder l'écran de son téléphone.

Il affichait un numéro inconnu d'Atlanta. Il s'agissait peut-être d'une patiente, finalement.

Assise au bord du lit, elle appuya sur le bouton de rappel, et une mélodie vaguement familière lui résonna à l'oreille.

— Clinique de fécondation d'Atlanta à l'appareil. Que puis-je pour vous ?

Elle sentit son cœur cesser de battre un instant.

C'était l'établissement qu'elle avait contacté pour trouver un donneur de sperme. Elle avait toujours l'enveloppe dans son sac, mais elle pensait appeler à son retour.

— Ici le Dr McPherson. Vous avez tenté de me contacter.

— Ah oui, docteur McPherson. Le Dr Torres souhaiterait vous parler personnellement. Pouvez-vous attendre un instant ?

— Oui.

Re-musique.

Pourquoi la clinique cherchait-elle à la joindre ? Bien sûr, ils ignoraient qu'elle se trouvait à New York, car il ne lui était pas venu à l'idée de les prévenir. Peut-être avait-elle oublié de préciser quelque chose dans son dossier... Ou alors ils avaient découvert chez elle une autre anomalie génétique qui l'empêcherait définitivement d'avoir un enfant...

Mais non ! Elle avait fait toute une série de tests lorsqu'elle avait consulté le conseiller en génétique. Elle avait le gène de Tay-Sachs, rien d'autre.

La musique s'interrompit.

— Docteur McPherson ?

— Oui.

— Je voulais vous dire que nous avons identifié plusieurs donneurs qui pourraient vous convenir. Voulez-vous venir consulter leurs dossiers ?

Elle sentit son estomac se nouer.

Encore une semaine auparavant, elle était enthousiaste à l'idée d'entamer cette nouvelle phase de sa vie. C'était avant qu'elle vienne à New York...

Mais non, ça n'avait aucun rapport ! Elle était juste un peu nerveuse, voilà tout.

— Je ne suis pas en ville actuellement. Vous pourriez m'envoyer ces dossiers par mail ?

Il y eut un bref silence.

— Tout va bien ? demanda son interlocuteur.

— Tout à fait, mais c'est un peu mouvementé, ici. Je participe à un congrès médical.

Le médecin émit un petit rire.

— Je comprends. Ça m'est souvent arrivé.

— Vous voyez de quoi je parle, en ce cas. Mais je rentre chez moi dans quelques jours. Je vous dirai alors ce que j'en pense, si vous êtes d'accord.

— Pas de problème. Vous devriez recevoir les données dont vous avez besoin dès aujourd'hui.

— Merci beaucoup.

— Il n'y a pas de quoi. N'hésitez pas à nous rappeler si vous avez des questions.

Elle raccrocha, désorientée.

Où en était-elle ? Ce qui lui paraissait simple auparavant ne l'était plus. Revoir Tucker avait bouleversé ses certitudes... Mais tout rentrerait dans l'ordre dès qu'elle serait de nouveau chez elle.

Le téléphone sonna de nouveau. Dès qu'elle eut appuyé sur

le bouton vert, la voix de Tucker retentit à son oreille. Elle lui avait donné son numéro la veille, pour qu'il puisse la prévenir en cas de changement d'horaire.

— Kady, où es-tu ?

— Pardon ?

— Tu n'as pas eu mon message ?

— Quel message ?

— Je t'ai appelée il y a environ dix minutes. Ta patiente te réclame.

Elle jeta un coup d'œil à sa montre.

8 heures. Elle n'était pas censée aller à l'hôpital avant 9 heures.

— Ma patiente ?

Quel perroquet elle faisait ! Décidément, Tucker lui mettait la tête à l'envers. Il suffisait qu'il lui parle ou qu'il fasse glisser son pantalon le long de ses jambes, et...

Non ! Plus de baisers, plus de sexe ! Rien du tout, en dehors du travail. N'était-ce pas ce qu'elle se répétait quelques minutes auparavant ?

— Celle qui a été évacuée de la maternité à cause de l'incendie, précisa Tucker.

Le prénom lui revint immédiatement en mémoire.

— Samantha ? La jeune femme qui a fait une hémorragie du post-partum ?

— Oui. Elle s'en va aujourd'hui et elle voudrait te voir. Sa colocataire doit venir la chercher.

— Dis-lui que j'arrive dans un quart d'heure.

Tant pis si les étudiants la voyaient non maquillée et les cheveux mouillés. Certaines choses étaient plus importantes que ces futilités.

Comme d'avoir un bébé à soi, peut-être.

Ainsi que Kady l'avait dit, elle se présenta à l'hôpital quinze minutes plus tard. Tucker observa qu'elle venait de prendre une douche. Ses cheveux étaient entortillés sur le haut de son crâne et retenus avec une de ces pinces dentelées qu'elle utilisait tout le temps à la maison.

S'il lui retirait la pince, ses mèches soyeuses tombaient dans le dos de Kady, exhalant un parfum dont il ne se souvenait que trop. Vanille, noix de coco et... Kady.

— Elle est toujours là ?

— Elle t'attend dans sa chambre. La 41.

— Il n'y a pas eu d'autres problèmes ?

Secouant la tête, il contempla le visage de Kady. Sa peau claire, nette de tout maquillage et parsemée de taches de rousseur, ses cils pâles vierges de tout mascara.

Des souvenirs se pressaient dans son esprit, plus troublants les uns que les autres, impossibles à refouler.

— On ne la laisserait pas sortir s'il y en avait.

— Merci de m'avoir appelée.

— Je ne voulais pas te déranger, mais elle a insisté.

— Je comptais passer la voir ce matin, mais je n'imaginais pas qu'elle partirait si vite. D'habitude, c'est moi qui prends ce genre de décision. Mais Samantha n'est pas vraiment ma patiente.

— Bien sûr que si, Kady ! Tu lui as sauvé la vie.

Elle recommença à frotter son annulaire.

— Je suis contente d'avoir été là... Et je suis contente que tu aies été là, ajouta-t-elle en le regardant.

— Ah bon ? s'enquit-il d'une voix étranglée.

Il détestait qu'elle attire ainsi son attention sur ce doigt nu.

— Tu as su l'apaiser.

Ah ! bien entendu, elle n'avait pas voulu dire qu'elle s'était réjouie personnellement de sa présence.

Il décida de changer de sujet.

— Tu n'étais pas obligée de te dépêcher. Elle t'aurait attendue de toute façon.

— C'est moche, hein ?

Il fronça les sourcils.

— De quoi parles-tu ?

— De ma tête ! Je n'ai pas pris le temps de me maquiller.

Ah ! c'était cela.

— Je crois t'avoir souvent répété que tu me plaisais au naturel.

— Les patients me prenaient pour une gamine si je ne le faisais pas.

Cela n'aurait plus été le cas aujourd'hui. Non qu'elle paraisse tellement plus âgée, d'ailleurs. Elle n'avait pas changé, hormis ces petites lignes qui se creusaient aux coins de ses paupières lorsqu'elle souriait. Et ses yeux verts qui semblaient avoir vu des choses qu'ils n'auraient pas dû voir.

Kady tenait Grace dans ses bras quand celle-ci avait rendu son dernier soupir…

Non, elle n'avait nullement vieilli, mais il y avait des moments où on entrevoyait une tristesse fugace dans son regard. Ou de la résignation ?

Ce deuil l'avait accablé, lui aussi, et il l'avait moins bien géré que Kady. La mort de Grace avait fait de lui un infirme affectif. Contrairement à Kady et à sa famille, il n'avait jamais su montrer ses émotions. Leur chagrin était presque palpable, alors qu'il dissimulait le sien derrière une carapace.

Il s'était refermé sur lui-même sous prétexte qu'il devait être fort pour sa femme, alors que c'était elle qui l'était pour lui. Malgré sa douleur, elle avait été capable de fonctionner normalement, tant sur le plan affectif que sur le plan sexuel. Comme il ne pouvait pas en faire autant, il l'avait repoussée, ainsi que quasiment le monde entier. Quand le grand-père de Kady avait tenté de lui parler, il lui avait claqué symboliquement la porte au nez.

— Je peux retourner à l'hôtel pour me sécher les cheveux, ensuite.

Bon sang, elle avait pris son silence pour de la réprobation !

— Laisse tomber, tu es très bien comme ça.

— D'accord.

Elle lui sourit, mais avant d'entrer dans la chambre de Samantha elle se tourna vers lui.

— Tu étais dans la salle de soins, toi aussi.

— Je doute qu'elle se souvienne de moi. C'est toi qu'elle veut voir.

— Je serais très étonnée qu'on puisse t'oublier, Tucker. Où que tu ailles, ton passage fait l'effet d'un ouragan.

Il la fixa avec étonnement.

— C'est un compliment ?

— C'est juste la réalité.

Lui laissant le choix de la suivre, elle entra dans la chambre.

Toujours interloqué par ce qu'elle venait de dire, il lui emboîta le pas.

Une jeune femme inconnue était dans la pièce, le bébé dans les bras.

— Docteur McPherson, je vous remercie d'être venue. Voici ma colocataire, Phoebe.

— Je suis contente de vous voir avant votre départ, répondit Kady en se frottant l'annulaire avec le pouce comme si elle ne savait que faire.

Il comprenait ce qui la tourmentait : en tant que médecin, elle aurait dû examiner sa patiente une dernière fois, entretenir avec elle des relations purement professionnelles. Mais la situation était différente puisqu'elle ne travaillait pas dans cet hôpital.

— Vous voulez la prendre ?

La voix de Samantha l'arracha à ses pensées, et il découvrit qu'elle s'adressait à lui. Pendant qu'il réfléchissait, le bébé était passé des bras de la colocataire à ceux de Kady qui berçait doucement la nouveau-née comme s'il n'y avait rien de plus juste et de plus normal.

Il cessa de respirer un instant, car elle le fixait, les sourcils légèrement froncés.

— Euh... Non, c'est inutile.

— Allez ! insista Samantha. Je suis persuadée que vous savez comment on tient un bébé. Vous en opérez des bien plus petits que la mienne tout le temps, non ? En tout cas, c'est ce que le Dr McPherson m'a dit. Vous n'avez pas envie d'en tenir un en bonne santé ?

En bonne santé.

Kady avait-elle parlé de Grace à Samantha ?

Bien sûr que non ! Il ne s'agissait que de généralités, et s'il persistait dans son refus quelqu'un allait se demander pourquoi.

La gorge serrée dans un étau, il parvint à tendre les bras pour permettre à Kady d'y déposer le minuscule paquet.

Personne n'aurait dû lui faire confiance, concernant les bébés. Pourtant, des patientes le faisaient chaque jour. Mais là, c'était différent. Ce petit corps était solide, bien portant. Grace avait été ainsi, autrefois. Elle n'avait qu'un jour, mais il avait perçu sa solidité. Des yeux gris-bleu avaient croisé les siens, des petites touffes de cheveux blonds s'étaient dressées et de petits poings avaient fendu l'air comme si…

Il ne pouvait pas faire cela.

— Prends-la, s'il te plaît, dit-il en tendant le bébé à Kady.

Il lui semblait que son cœur s'émiettait dans sa poitrine.

Comment Kady pouvait-elle supporter l'idée d'avoir un autre enfant ? De le serrer contre elle ? De l'aimer ? Il pouvait opérer des fœtus parce qu'ils n'étaient pas à lui. Il n'avait pas pu sauver sa fille, mais au moins il était capable de les soigner. Cela n'impliquait aucun investissement affectif, aucun attachement.

Alors, pourquoi leurs prénoms trottaient-ils dans sa tête, pendant l'intervention ? Pourquoi leur parlait-il, tandis que son scalpel faisait son œuvre ?

Il s'efforçait seulement de se rappeler que ce qu'il faisait était important pour quelqu'un.

Samantha, souriante, reprit son bébé des mains de Kady.

— Merci pour tout.

Elle se comportait comme si la façon dont il s'était débarrassé de sa fille n'avait pas paru bizarre. Peut-être était-il moins transparent qu'il ne le craignait, ou alors sa fameuse carapace était très efficace.

Kady et lui accompagnèrent le trio jusqu'à la sortie. Ils attendirent que le bébé soit bien installé dans un siège-auto, adressèrent aux deux jeunes femmes des signes d'adieu puis revinrent sur leurs pas, et l'ambiance feutrée qui régnait à l'intérieur de l'hôpital succéda au brouhaha de la circulation.

Ils ne reverraient jamais Samantha et son enfant.

Il tenta de se rappeler la dernière fois qu'il avait vu le sien bien portant, mais il échoua lamentablement. Ce fut la voix douce de Kady qui l'arracha aux limbes où il errait.

— Tucker, tu vas bien ?

— Je ne m'attendais pas à prendre ce bébé dans mes bras...

Elle glissa son bras sous le sien.

— Je m'en doutais. Tu as été un bon père, ne l'oublie jamais.

Une vague d'émotion le submergea, balayant ses défenses si soigneusement érigées et lui embuant les yeux.

Oh non, pas maintenant !

Craignant que Kady ne s'en aperçoive, il s'écarta d'elle.

— Nous avons fait tout ce que nous pouvions pour elle, ainsi que ses médecins, dit-il brièvement.

Son ton froid devait être blessant pour Kady, après ce qu'elle venait de dire, mais c'était la seule façon de laisser le passé là où il était.

Elle agrippa de nouveau son bras.

— Ne fais pas ça !

— Quoi ?

— Ne fais pas comme si elle n'était rien de plus qu'une de tes patientes. Elle était *notre fille* !

La carapace se fendilla, et il attira Kady contre lui.

— Tu crois que je ne le sais pas ? Que je ne suis pas obligé d'affronter ce qui est arrivé chaque heure de chaque jour ? Je me rappelle la seconde où elle est née, la seconde où elle a souri, la seconde où...

Et puis, sa main fut sur la nuque de Kady, ses lèvres sur les siennes. Le chagrin et le désir se mêlèrent, formant une énorme pelote impossible à démêler.

Kady semblait comprendre exactement ce qu'il éprouvait. Lui nouant les bras autour du cou, elle lui rendit son baiser avec passion. Et c'était bon — trop bon. La chaleur et la pression de sa bouche modifièrent l'atmosphère en une fraction de seconde. Glissant la langue entre les lèvres de Kady, il éprouva l'excitation familière, se rappela qu'il pouvait faire certaines choses... Et qu'il voulait les faire avec Kady.

— Waouh ! Allez-y, docteur Stevenson !

Les acclamations accompagnées de sifflements l'arrachèrent à Kady, si vite qu'elle faillit perdre l'équilibre.

Treize silhouettes se tenaient à quelques mètres d'eux dans le hall, treize paires d'yeux les fixaient. Certains étudiants souriaient, d'autres semblaient choqués.

En tout cas, ils ne l'étaient pas plus que lui-même ! Qu'avait-il fait ? En dehors des étudiants, qui d'autre les avait vus ? C'était sa faute. C'était lui qui avait embrassé Kady. Comment était-il censé expliquer un tel écart de conduite ? Pire, comment était-il censé se l'expliquer à lui-même ? C'était bien pour cette raison qu'il bridait ses émotions ! S'il ne le faisait pas, elles étaient prises de folie et s'en donnaient à cœur joie.

Il inspira profondément.

— Nous avions juste un... C'était...

Kady s'avança d'un pas.

— Vous vous souvenez, quand nous parlions des relations entre collègues ? C'est l'exemple typique de ce qu'il ne faut pas faire. J'espère que vous retiendrez la leçon !

Qu'ils croient ou non les balivernes que Kady leur servait, les étudiants n'insistèrent pas. Pendant qu'il ordonnait à son corps d'éteindre l'incendie qu'elle avait involontairement allumé, elle entreprit de reprendre avec le groupe l'étude d'un cas qu'il ne se rappelait même pas avoir vu avec elle.

En revanche, il n'avait jamais oublié l'odeur de ses cheveux, la douceur de sa peau, le goût de ses lèvres.

C'était toujours là, dans un coin caché de sa mémoire, et il n'y avait sur terre aucune puissance capable de les effacer. Ni dans trois jours, quand elle partirait, ni dans trois mois à partir de cet instant. Ni probablement dans trente ans.

9

Assise au bord de la piscine, Kady s'efforçait de comprendre les mots qui figuraient sur les documents envoyés par la clinique de fécondation. Sur un écran de téléphone, ce n'était pas facile à lire, même si elle grossissait les caractères.

Elle aurait dû attendre d'être chez elle pour parcourir les informations concernant les donneurs de sperme, mais elle aurait fait n'importe quoi pour oublier ce qui s'était passé entre Tucker et elle dans le hall de l'hôpital. Elle avait été bouleversée par l'afflux d'émotion perceptible chez cet homme qui ne lui avait pas permis depuis si longtemps de voir qui il était vraiment.

Mais elle l'avait entrevu lorsqu'il n'avait eu de cesse de lui rendre le bébé de Samantha.

Et ce baiser ! La foudre avait fendu le ciel, les brûlant tous les deux. Quelque chose s'était réveillé en elle. Une part vitale qui s'était frayé un chemin jusqu'à la surface.

Mais, si elle avait espéré que Tucker lui dirait qu'il n'avait jamais cessé de l'aimer ou qu'il avait changé d'avis, elle serait lourdement déçue.

Secouant la tête, elle tenta de se focaliser sur l'écran.

Tout y était : la taille, le poids, l'appartenance ethnique. Elle avait écarté les deux premiers sans bien savoir pourquoi.

Ils semblaient parfaits sur le papier, tous deux grands, bruns et beaux. Que lui fallait-il de plus ?

Elle n'en avait aucune idée.

Elle retira ses lunettes de soleil dans l'idée que celles-ci obscurcissaient peut-être son jugement et elle fit un nouvel essai. Cette fois, elle fut éblouie par le soleil qui se déversait par les fenêtres. Les lettres noires sur fond blanc lui faisaient mal aux yeux. Elle se contraignit quand même à lire, pour comprendre d'où venait le problème.

En vain. Pourquoi avait-elle tant de mal à différencier les candidats ? Était-ce la froideur clinique du style qui la rebutait ? Elle ne recherchait pas le coup de foudre, il ne s'agissait pas non plus d'un site de rencontres. C'étaient juste des données scientifiques, rien de plus et rien de moins.

Mais on aurait dit que les trois donneurs étaient peints avec le même pinceau. Il n'était fait mention ni de fossette, ni de petite cicatrice, ni d'orteil cassé à l'âge de trois ans.

Seigneur, tous ces détails étaient propres à Tucker ! Était-ce pour cette raison qu'aucun de ces hommes ne soutenait la comparaison ? Elle aurait pourtant dû en avoir fini avec lui, maintenant !

Elle avait pensé que c'était fait. Elle avait même cru le prouver en faisant un bébé toute seule. Mais, lorsqu'il l'avait brusquement attirée contre lui à l'hôpital, elle avait retrouvé l'homme dont elle était tombée amoureuse autrefois.

L'aimait-elle encore ?

Non, impossible ! Ils attendaient des choses trop différentes de la vie… À moins qu'il ait changé. Ces derniers jours, il lui avait paru s'éveiller d'un long sommeil.

Se focalisant de nouveau sur le dernier donneur, elle orienta l'écran de son téléphone de façon à mieux voir.

— C'est intéressant, ce que tu lis ?

Poussant un cri, elle lâcha l'appareil, qui tomba sur la serviette.

— Désolé, dit-il en se penchant pour le ramasser.

— Non, ne…

Trop tard. La tête penchée de côté, il fixait l'écran. L'espace d'un instant, ses paupières masquèrent ses yeux, puis il posa sur elle ce regard vide qu'elle ne connaissait que trop bien : le Tucker de la fin de leur mariage.

— Donneurs de sperme ? C'est ce dont tu m'as parlé dans mon bureau ?

Tendant le bras, elle reprit son téléphone.

— Si tu veux le savoir, oui.

Il y eut un long silence.

— Pourquoi emprunter cette voie ? demanda-t-il.

— C'est moins compliqué.

— Moins compliqué que quoi ?

Il plaisantait ?

— Moins compliqué qu'une relation sentimentale. Ça ne semblait pas marcher pour moi, de toute façon.

Tucker serra légèrement les dents.

— Je suis désolé, Kady. Pour tout.

Non, non, non ! Elle ne voulait pas que le passé fasse obstacle à son avenir ! Il fallait qu'ils restent dans des cases bien séparées, parce que dès qu'ils se mélangeaient les choses devenaient embrouillées. Et ces donneurs lui paraissaient encore moins attrayants.

— Ça n'a pas d'importance. Je fais juste ce que je crois être le mieux pour moi.

Il s'assit sur la chaise longue à côté de la sienne.

— Et le faire seule, c'est mieux ?

— Pour le moment, oui.

Il désigna le téléphone du menton.

— Ça t'ennuie si je jette un coup d'œil ?

— Oui, ça m'ennuie. Tu voulais quelque chose ?

Soudain, elle avait une conscience aiguë qu'elle se retrouvait là, près de lui, uniquement vêtue d'un minuscule bikini. Une fois de plus.

— En fait, je voulais m'excuser d'avoir perdu les pédales ce matin.

C'était la cerise sur le gâteau ! C'était parce qu'il avait « perdu les pédales », comme il disait, qu'elle avait tant de mal à parcourir ce dossier de fécondation in vitro.

— Tu n'as pas à t'excuser. Ce n'était qu'un baiser, et ça nous était déjà arrivé auparavant.

S'installant confortablement sur la chaise longue, il noua les mains derrière sa nuque. Son pantalon kaki semblait incongru dans l'atmosphère humide de la piscine.

— C'est vrai, dit-il. Ce que j'essaye de comprendre, c'est pourquoi ça arrive maintenant.

— On est légèrement stressés, en ce moment.

— Tu veux dire que je te sers à soulager ton stress ?

— Tu déformes mes propos.

Mais elle aussi se demandait pour quelle raison ce qui ne s'était pas produit trois ans auparavant survenait maintenant.

De nouveau, Tucker baissa les yeux vers le téléphone.

— Alors ? Combien de clients potentiels as-tu, là-dedans ?

Cela ne le regardait pas mais, si elle en parlait, elle retrouverait peut-être un peu de son enthousiasme. En même temps, cette conversation était parfaitement absurde.

— Trois.

— Je suppose qu'ils sont génétiquement parfaits ?

— Très drôle !

Maintenant, elle était furieuse parce qu'il frappait là où cela faisait mal. Comment aurait-elle pu savoir quel genre d'hommes étaient ces types ? Ils avaient l'air de spécimens irréprochables, mais qui étaient-ils vraiment ?

Elle réfléchissait trop ! Des femmes avaient tout le temps recours à des donneurs de sperme et, d'après la réputation de cette clinique, elles ne le regrettaient pas.

— Je peux les voir ?

Cette fois, le ton n'était pas sardonique.

— Pourquoi ?

Les yeux bleu-gris s'attardèrent sur elle.

— Je suis curieux de voir qui sera le père du demi-frère ou de la demi-sœur de Grace, c'est tout.

Ces mots la poignardèrent.

Tucker avait raison, le bébé qu'elle aurait serait le demi-frère ou la demi-sœur de Grace. D'ailleurs, elle lui parlerait de son aînée. Mais pour l'instant, il s'agissait de mettre les choses au point.

— Il ne sera pas son père, juste son géniteur.

En réalité, son enfant n'aurait pas de père, juste une silhouette sans nom qui aurait mis son sperme dans une tasse de plastique.

Seigneur ! Pourquoi transformait-elle une démarche qui devrait être belle en action répugnante effectuée à la dérobée ?

Comme ce qu'ils avaient fait avec Tucker dans son bureau ?

Non, ça n'avait rien de répugnant non plus. Au contraire, l'expérience avait été excitante et intense. Et elle y pensait bien trop pour sa propre santé mentale.

Elle devrait être reconnaissante qu'il y ait des hommes bons et généreux prêts à rendre ce service à des femmes comme elle.

Tucker tendit la main. Malgré elle, elle lui remit son téléphone.

— Ton mot de passe sur le site ?

— 1608.

Il commença à entrer les chiffres, puis il s'arrêta. Sa pomme d'Adam amorça un brusque mouvement vers le haut avant de reprendre sa place.

— Le 16 août. La date de naissance de Grace, constata-t-il.

— C'est plutôt approprié, non ?

— Pas pour cet emploi.

Elle sentit la moutarde lui monter au nez.

— Je ne suis pas d'accord, Tucker. Grace fait partie de ce que je suis, et tu viens d'admettre toi-même que mon futur enfant sera sa petite sœur ou son petit frère. C'est ma façon de l'associer à ma démarche.

Tucker pianota un instant sur le clavier, puis il regarda l'écran.

— Non, dit-il, pas celui-ci !

Elle tendit le cou pour voir l'écran.

C'était l'un de ceux qu'elle avait rejetés. Les raisons de Tucker seraient peut-être plus objectives.

— Pourquoi ?

— Ce gars pourrait être ton frère.

Elle sursauta. Maintenant qu'il le disait, cet homme ressemblait aux mâles de sa famille.

Tucker passa au candidat suivant.

— Un bodybuildé ? Tu es attirée par ce genre de mecs ?

Non, mais mieux valait ne pas lui dire par qui elle était

attirée. Parce qu'il s'agissait de l'homme à cheval sur la chaise longue qui était penché sur le petit écran.

Il était superbe ! Elle ne voyait que son profil : ce nez fort, avec cette petite bosse datant d'une chute de skateboard quand il était adolescent. Une ride se creusait entre ses sourcils froncés, chassant le jeune homme sans souci qu'elle avait connu.

La mort de Grace en était-elle la cause ? Ou leur divorce ? Ou juste la vie en général ?

Elle ne pouvait pas l'en blâmer. Elle-même ne riait plus autant qu'autrefois. Perdre un enfant était une épreuve que personne ne devrait affronter.

Cela n'arriverait plus jamais à Tucker après sa vasectomie...

— Qu'est-ce que tu penses du troisième ? demanda-t-il.

Elle sursauta, heureuse qu'il ne l'ait pas surprise en train de l'observer.

Elle avait déjà exclu le faux frère et le bodybuildé. Elle n'avait même pas besoin de regarder l'écran pour savoir que le suivant ne lui conviendrait pas non plus. Comment allait-elle annoncer au Dr Torres qu'elle ne parvenait pas à en choisir un ? Elle réfléchissait à la meilleure façon de formuler les choses, quand la ride entre les sourcils de Tucker se creusa davantage : il avait trouvé quelque chose qui ne lui plaisait pas.

— Qu'est-ce qu'il y a ?

— Rien.

— Rends-moi mon téléphone, s'il te plaît. C'est ridicule, tu ne vas tout de même pas m'aider à trouver un donneur !

À sa grande surprise, Tucker obéit.

— Merci, dit-elle.

— Donc, tu acceptes mes excuses ?

— Tes excuses pour quoi ? De t'amuser de quelque chose qui est important pour moi ? Non.

Se penchant en avant, il posa les coudes sur ses cuisses.

— Je ne me moque pas de toi, Kady. Je sais combien tout cela compte pour toi.

Elle sentit sa gorge se serrer.

— Merci.

Il lui paraissait un peu différent, cet après-midi. Plus gentil que lorsqu'elle était arrivée, peut-être. Ou était-ce un vœu pieux ? Un instant auparavant, elle était justement en train de penser au baiser qu'ils avaient échangé à l'hôpital, et elle se demandait s'il avait changé.

Elle frissonna quand les yeux bleu-gris se posèrent sur sa bouche et s'y attardèrent.

Tucker voulait de nouveau l'embrasser !

— Qu'est-ce qui nous arrive, Tucker ? Est-ce que c'est juste de la nostalgie ?

Il secoua la tête.

— Je ne me suis pas très bien conduit après la mort de Grace. Je crois que j'en prends conscience pour la première fois. Certains de mes choix n'ont peut-être pas été suffisamment réfléchis.

Elle battit des paupières.

Faisait-il allusion à son refus d'avoir des enfants ?

— Nous souffrions tous les deux, dit-elle doucement. Nous avons géré notre douleur chacun à notre façon.

Sans doute avaient-ils été un peu impulsifs. Elle, en voulant tout de suite avoir un autre enfant, Tucker en se ruant dans la direction opposée. Avait-elle trop fait pression sur lui ?

Mais, trois ans après le décès de Grace, son désir de maternité était toujours aussi fort.

— C'est ce que nous faisons maintenant ? suggéra-t-il. Nous pansons nos plaies dans les bras l'un de l'autre ?

Elle sourit. Son premier vrai sourire depuis la veille.

— On en avait peut-être besoin tous les deux. Maintenant, la question est de savoir ce qu'on en fait.

— Que je sois pendu si je le sais !

Le ton était espiègle, comme autrefois.

Le sourire de Kady s'accentua.

— Le congrès ne dure plus que quelques jours. Nous pourrons certainement refouler nos bas instincts.

— J'en suis sûr en ce qui me concerne, mais toi ? demanda Tucker avec ce sourire en coin qui lui allait si bien.

— Tu es en train de dire que je suis incapable de me contrôler ?

— J'affirme que tu ne le peux pas.

Elle retint son souffle.

Il avait raison ! À la seconde même où il la touchait, elle était perdue. Elle l'avait toujours été. Ce n'était pas génial, pour une femme qui envisage de faire un enfant avec un parfait inconnu.

Mais, après tout, Tucker ne lui avait pas offert ses services... Ou plutôt, si ! Il ne pouvait pas combler son envie de maternité, mais il avait fait en sorte qu'elle le désire et...

Qu'elle l'aime ? Oh non ! *Non !*

La vérité la submergea à la façon d'un tsunami.

Elle l'aimait ! Voilà pourquoi aucun de ces donneurs de sperme ne lui convenait. Parce qu'elle recherchait Tucker en chacun d'eux et qu'il était absent de ces dossiers.

Mais cet amour ne lui faisait aucun bien, parce qu'il ne l'aimait pas en retour et ne voulait pas d'enfants avec elle. Par sa seule présence, il gâchait ses chances de bonheur. Elle devait lui dire très clairement de se tenir loin d'elle pendant le reste du congrès. Sinon, ils risquaient fort d'être collègues le jour et amants la nuit.

— Je suis tout à fait certaine de pouvoir me maîtriser, merci beaucoup.

— Pour de bon ? Laisse-moi encore voir ce téléphone.

— Quoi ?

Ce qui semblait amusant un instant auparavant lui laissait maintenant un goût amer dans la bouche. Tucker était d'accord pour qu'elle utilise les services d'un donneur de sperme ? Parfait !

Elle lui tendit l'appareil.

Mais au lieu de regarder l'écran, il le posa sur la chaise longue et se leva.

— Qu'est-ce que tu fais ?

— J'ai l'intention d'éclaircir cette question de maîtrise de soi. C'est plutôt difficile de discuter de sperme, alors que tu es là, presque nue.

— Pas du tout ! s'exclama-t-elle. Cela s'appelle un bikini, et je te rappelle qu'on est dans une piscine.

— Je suis au courant. Les mots *bikini* et *eau* vont ensemble, comme…

Un sourire rusé étira les lèvres de Tucker, et elle comprit immédiatement où il voulait en venir.

— Tu n'oseras pas…

Il la souleva dans ses bras.

— Bien sûr que si, je vais oser !

— Tucker, pose-moi tout de suite ! Le règlement de la piscine interdit ce genre de comportement.

— C'est tout à fait contre notre propre règlement, mais ne crois pas que ça va m'arrêter, dit-il en gagnant le bord de la piscine.

— Ne fais pas ça.

Il fit une pause.

— Tu n'es pas venue pour nager ?

— Si, mais j'ai changé d'avis.

— Tant mieux, parce que moi aussi. Un…, commença-t-il à compter en la balançant de droite à gauche.

— Non, Tucker, je déteste…

— Deux…

— Je vais te tuer !

— Trois !

À la dernière seconde, elle noua fermement les bras autour du cou de Tucker.

S'il la lâchait, elle l'entraînerait avec elle, tant pis pour lui !

Ils tombèrent tous les deux dans un entrelacement de bras et de jambes. L'eau parut à Kady particulièrement froide.

En remontant à la surface, elle s'assura que le haut de son bikini avait cette fois tenu. Tucker était déjà au bord, il sortait quelque chose de l'eau. Son téléphone !

Elle nagea vers lui.

— Je suis désolée. Je ne savais pas que tu l'avais sur toi.

De nouveau, ce sourire en coin…

— Au moins, j'ai eu la politesse de poser le tien sur la chaise, dit-il en secouant l'appareil dégoulinant.

Toute la vie de Kady était concentrée dans son téléphone. Il contenait ses notes, ses contacts et ses alertes de rendez-vous.

— Tu avais tout sauvegardé ?

— Pas de problème, je l'ai bien mérité. Et, oui, le contenu est sauvegardé et l'appareil assuré.

— Je payerai la réparation.

— Je crois que tu m'as déjà rendu la monnaie de ma pièce.

— Parce que tu étais censé rester au sec pendant que tu me jetais dans le bassin, c'est ça ? Je crois en effet que tu as récolté ce que tu as semé.

L'eau ne semblait plus si froide, maintenant. Était-ce à cause de la proximité de cet homme avec qui elle avait été incroyablement intime ?

Avec son polo noir collé à son corps, Tucker valait le coup d'œil. Son pantalon kaki était aussi plaqué contre ses jambes et...

— Oh non ! Tes chaussures !

— Au fond de la piscine. Et elles ne sont pas assurées.

Scrutant le bassin, elle aperçut deux formes noires posées l'une près de l'autre, comme si quelqu'un les avait rangées.

Elle éclata d'un rire joyeux, soudain gaie et insouciante comme elle ne l'avait pas été depuis des années.

— Je suis content que quelqu'un trouve drôle mes pertes financières, remarqua Tucker.

— C'est juste...

Elle s'efforça de contenir ses gloussements.

— On dirait que tu savais exactement où elles allaient atterrir, en excellent chirurgien que tu es.

Elle rit de plus belle, sans trop savoir pourquoi. À part elle, personne n'aurait trouvé cela drôle. Mais Tucker était quelqu'un de très précis dans tous les domaines. Il maîtrisait ses faits et gestes, ce qui constituait une grande qualité dans son métier.

— Mieux vaut que je ne t'invite pas très souvent à assister à mes opérations. Je ne crois pas que mes patientes apprécieraient tes ricanements.

— Mes ricanements ! Je te remercie !

Elle fronça le nez, cherchant à maîtriser sa respiration. Ce n'était pas facile quand ces fichues chaussures étaient toujours dans son champ de vision. Elle allait de nouveau exploser...

Tucker nageotait autour d'elle, l'observant d'un air narquois.

— Où en étions-nous, déjà ? demanda-t-il.

— Nous devions décider lequel de nous deux est le plus capable de se contrôler.

— Il te suffit de prononcer le mot magique, et je n'insisterai pas.

Elle sentit un frisson lui parcourir la colonne vertébrale.

Tucker arrêterait si elle le lui demandait. Mais, à l'instant, elle ne voulait pour rien au monde briser l'enchantement.

Prenant une décision, elle se hissa jusqu'à son oreille.

— Certaines limites sont faites pour être franchies, murmura-t-elle. Tu ne crois pas ?

— Absolument. C'est aussi facile que ça.

Tendant la main sous l'eau, il la posa au-dessus du nœud de son bikini.

— On peut dépasser celle-ci ?

Incapable de parler, elle hocha la tête.

Un bras lui entoura la taille, une main lui frôla la hanche.

— Et celle-ci ?

— Oui.

Un doigt se glissa sous l'élastique de son bas de maillot et s'aventura jusqu'à la jonction de ses cuisses.

Sachant avec certitude où tout cela les menait, elle laissa échapper un gémissement.

Tucker lui mordilla le lobe de l'oreille.

— Jusqu'où suis-je autorisé à aller, Kady ?

— Au... Aussi loin que tu voudras.

Il s'empara de ses lèvres.

Le jeu s'évapora, faisant place à quelque chose de plus profond et de bien plus dangereux.

Elle était prête pour cela.

Elle l'était depuis ces deux dernières années.

10

Kady rejoignit la chambre d'hôtel avec Tucker, leurs lèvres toujours scellées. Celui-ci referma la porte d'un coup de pied derrière eux.

C'était comme s'il avait lâché la bête sauvage qui sommeillait en lui et que celle-ci était prête à la dévorer. Et elle était plus que consentante...

Le lit n'était qu'à deux mètres, ils tombèrent dessus. Tucker l'écrasait de tout son poids, ses vêtements mouillés étaient froids contre sa peau brûlante, mais elle aimait cela. Elle était prête à prendre tout ce qui viendrait de lui.

Posant les mains de chaque côté de sa tête, il la regarda dans les yeux.

— Tu es superbe. Tu le sais, non ?

Lorsqu'il le disait, elle le croyait. Mais quand elle voulut l'attirer contre elle, il se leva, retira son téléphone et son portefeuille trempés de ses poches et les jeta de l'autre côté du grand lit.

Impatiente, elle se redressa pour défaire le bouton du pantalon de Tucker et baisser le zip de la fermeture Éclair. Elle eut un peu plus de mal à faire glisser le vêtement le long de ses hanches puis de ses jambes jusqu'à ce qu'il puisse s'en débarrasser.

— Occupe-toi de ta chemise pendant que je...

Elle glissa les pouces dans la ceinture du caleçon, puis le fit passer par-dessus le renflement qui tendait le tissu.

Seigneur !

Le sexe de Tucker était dur, lourd, incroyablement sexy. Elle adorait cette intimité. Elle adorait l'amener au seuil de l'orgasme et le sentir lutter contre la vague montante.

Elle avait presque oublié à quel point cette partie de l'anatomie de Tucker pouvait lui procurer de plaisir. Et combien elle pouvait lui en donner lorsqu'elle…

Tucker cessa de déboutonner sa chemise à l'instant même où elle toucha sa peau de ses lèvres. Laissant échapper un juron, il lui saisit les cheveux. Une légère saccade qui ne changeait rien et la fit sourire intérieurement.

En réalité, il avait beau tenter de l'arrêter, elle avait toujours gagné cette bataille.

— Kady !

Elle leva les yeux, haussant les sourcils par défi tandis que sa langue tourbillonnait autour de lui. Elle le caressait, le goûtait, faisait tout ce qui était en son pouvoir pour le rendre fou.

Au lieu de cela, il se comporta de façon inattendue. Il recula, interrompant la fellation.

— Pas cette fois.

Elle se lécha les lèvres.

— Ça ne t'a pas plu ? Reviens, ce sera encore mieux !

— Petite sorcière.

Il s'approcha d'elle, mais pas pour qu'elle reprenne les choses là où elle les avait laissées. Lui saisissant les poignets, il la poussa sur le lit. Après quoi, il lui immobilisa les mains au-dessus de la tête avec l'une des siennes.

— Maintenant, c'est mon tour.

Il se pencha sur elle, frôlant des lèvres son cou, sa gorge, puis sa poitrine. Il trouva enfin l'un de ses mamelons.

Dur, tendu, douloureux.

Elle cessa de respirer lorsqu'il en aspira un puis l'autre à travers le tissu.

— J'ai tellement envie de toi que j'en ai mal, murmura-t-il.

Elle sentit comme de l'émerveillement dans sa voix.

C'était bizarre, mais peu lui importait, puisqu'elle le désirait tout autant. Elle le voulait entre ses jambes, en elle, autour d'elle. Si elle devait passer le reste de sa vie dans cette pièce, elle en serait ravie.

— Soulève la tête, mon cœur.

Elle obéit, et il défit de la main droite le nœud qui retenait le haut de son bikini. Quelques secondes plus tard, ses seins étaient nus, et cette fois la bouche de Tucker toucha sa peau. Lorsqu'il taquina les pointes de ses seins, allant de l'une à l'autre, elle remua sous lui. En elle, l'urgence grandissait plus vite qu'elle ne l'aurait voulu.

— Tucker, lâche mes mains !

Elle se cambra sous la morsure légère qu'il lui infligeait.

— Pas encore, dit-il. Peut-être jamais.

Elle ne pouvait rien faire, à part gémir et le maudire pendant qu'il poursuivait ses assauts, négligeant cependant une partie importante de son corps. Elle était impuissante, incapable de contenir son désir croissant. Ses hanches se soulevaient, elle tentait de presser ses cuisses l'une contre l'autre pour obtenir la sensation qu'elle recherchait.

Levant la tête, il la regarda.

— Écarte les jambes.

— Non, à moins que tu ne sois d'accord pour mettre quelque chose entre elles.

Elle ne reconnut pas la voix basse et rauque qui lui répondit.

— Fais-moi confiance.

Elle fit ce qu'il demandait, et il se plaça entre ses jambes, lui ôtant tout espoir de parvenir seule à l'orgasme.

— Patience, dit-il en souriant.

Un doigt se posa sur sa gorge, puis il se promena lentement entre ses seins avant d'atteindre son ventre, son nombril et enfin son pubis. Au lieu de poursuivre sa route comme elle l'espérait, il zigzagua lentement, faisant quasiment du surplace, juste au-dessus de l'endroit où elle voulait qu'il aille.

Ses seins étaient tendus, leurs pointes dressées et dures. Ils savaient tous les deux ce qui allait venir, mais Tucker leur offrait ce luxe de l'expectative, juste avant l'explosion.

Son doigt descendit un peu plus bas et entreprit un mouvement de va-et-vient un peu plus appuyé.

Les yeux fermés, elle gémit.

Elle était proche de l'orgasme, si proche...

La voix grave de Tucker résonna à son oreille :

— Je vais te faire venir.

Il n'y avait aucun doute à ce sujet, elle ne voyait pas pourquoi il l'annonçait. Elle n'attendait plus qu'une chose : qu'il la touche *vraiment*.

Mais une minute passa, puis deux. Elle tendit son corps vers ce point de contact, sauf qu'elle ne rencontra rien.

— Tu vas venir, fit la voix.

Le doigt traçait un cercle à quelques millimètres du centre de son plaisir.

— Juste comme ça, précisa-t-il. Parce que j'ai besoin d'être en toi et je ne peux pas tant que tu n'auras pas joui... Et ce sera une véritable déflagration.

Elle le croyait sans peine. Déjà les vibrations familières s'accéléraient. Si elle parvenait à soulever les hanches suffisamment, elle parviendrait à se frotter contre lui. Mais elle voulait le faire... Pour lui ! Elle voulait qu'il l'expédie dans les nues par sa seule présence.

— Kady, murmura-t-il, j'ai besoin que tu viennes pour moi, s'il te plaît.

Il fallut encore deux secondes, puis le corps de Kady se mit à vibrer, une crispation des muscles la projeta plus loin, puis une autre. Les spasmes et le doigt caressant la rendaient impuissante, et la contraction suivante fit le reste.

— Ah ! ah !

Le déferlement de jouissance lui coupa le souffle. Elle eut à peine le temps de comprendre ce qui lui arrivait, car Tucker allait et venait furieusement en elle, tel un fauve décidé à en finir avec sa proie.

— Bon sang, oui !

L'exclamation triomphante vint au moment où il lâchait

ses mains pour lui agripper les hanches et les soulever vers ses coups de boutoir.

— Oui ! cria-t-il encore.

Il ralentit le rythme, prolongeant leur jouissance jusqu'à son terme.

— Oui...

Ce mot final était empreint de satisfaction masculine et de satiété.

Laissant échapper un soupir tremblant et comblé, elle lui déposa un baiser sur la joue.

— Tu es un très vilain garçon.

Tucker émit un petit rire, sans faire le moindre mouvement pour se séparer d'elle.

— Je croyais que les femmes étaient attirées par les mauvais garçons.

— Il y a mauvais et mauvais.

— Je corresponds à quelle catégorie ?

— Je n'ai pas encore décidé.

Il roula sur le côté, l'entraînant avec lui.

— Je peux être aussi mauvais que tu veux que je le sois. Ou bon.

Les mains à plat sur sa poitrine, elle le repoussa pour le regarder.

— Je n'arrive pas à croire que tu aies fait ça.

— Fait quoi ? demanda-t-il sur un ton faussement innocent.

— Tu le sais très bien.

— C'était de bonne guerre, vu ce que tu essayais de *me* faire. En fait, je ne crois pas t'avoir totalement rendu la pareille.

L'enlaçant d'un bras, il la maintint en place et se pencha vers elle.

— Est-ce que tu te représentais un de ces donneurs, quand j'étais en toi ? lui murmura-t-il à l'oreille.

Y avait-il une pointe de jalousie dans sa voix ?

— Est-ce que ce serait plus excitant pour toi ?

— Non ! gronda-t-il.

Elle se mit à rire.

— On peut jouer à qui se trouve derrière le premier rideau.

Il lui déposa un baiser au coin de la bouche.

— Je suis derrière *tous* les rideaux.

— Vraiment ? Tu voudrais être l'un d'eux ? À moins que tu ne convoites la première place.

Il lui mordilla le lobe de l'oreille.

— Et qu'est-ce que tu ferais avec moi, si tu me choisissais ?

— Je te cajolerais jusqu'à ce que j'obtienne ce que je veux... Sauf que c'est impossible, maintenant, conclut-elle en fronçant les sourcils.

— Imaginons que les choses soient inversées magiquement grâce aux merveilleuses avancées de la technologie moderne, chuchota-t-il d'un ton aguicheur en posant les lèvres sur son cou, comment me cajolerais-tu ?

Elle avait un peu de mal à se concentrer dans ces conditions.

— J'utiliserais tous les moyens en ma possession. Mes mains, ma bouche...

Il lui mordilla la base du cou, avant de la lécher, suscitant en elle une chaleur langoureuse qui se répandit en elle telle une drogue.

— Et ensuite ? demanda-t-il.

— Je m'assurerais que j'ai obtenu l'effet escompté, puis nous ferions de multiples tentatives.

— Des tentatives multiples... Oui, je crois bien que ce serait possible. Et une fois que tu aurais obtenu ce que tu cherchais, tu me rejetterais ?

— Jamais.

Les doigts de Tucker trouvèrent un mamelon, et elle se mit à gémir.

— Donc, je suis à ta disposition, maintenant, reprit Tucker. Tu m'as cajolé et encore cajolé. Que se passe-t-il après ?

— Nous... Nous serions très occupés à trouver des prénoms, répondit-elle d'une voix haletante.

Il pinça la pointe de son sein, la faisant se tortiller contre lui.

— Qu'est-ce que tu dirais de Picasso ?

— Non.

Il caressa son clitoris du pouce, et elle bloqua sa respiration.

— Tu en es certaine ?

— Oui.

— Grégorien, alors.

La caresse se faisait plus pressante.

— Ce n'est pas une sorte de... De chant ?

Il y avait en elle quelque chose qui chantait, et ça n'avait rien à voir avec des prénoms de bébé. Submergée par une sorte d'euphorie, elle avait du mal à réfléchir. Cette conversation n'aurait jamais pu avoir lieu trois ans auparavant. Et maintenant, Tucker souriait, il l'embrassait, il proposait des prénoms ridicules tout en la rendant folle de désir. Étaient-ce les bases d'une nouvelle relation ? Elle l'espérait de tout son cœur.

— Pourquoi uniquement des noms de garçons ? parvint-elle à demander.

— C'est parce que..., commença-t-il.

La prenant par les hanches, il la déplaça légèrement sur la gauche. Comme par magie, quelque chose se mit à remuer un peu plus bas.

— Tout arrive à point nommé, dit-il. On hisse la grand-voile et finalement on n'a pas besoin de cajoleries.

Elle soupira ostensiblement.

— Tu gâches tout le plaisir !

Mais c'était exactement le contraire. Il ramenait le plaisir dans sa vie... Ce plaisir qu'elle avait presque cru disparu à jamais.

— Tu veux parier ?

Il la mit sur le dos et s'enfonça en elle. Elle lâcha alors un cri.

— Tu ne vas pas juste...

Elle s'interrompit quand les mains de Tucker lui empoignèrent les hanches.

— Tu ne comptes tout de même pas...

Il lui sourit.

— C'est bien mon intention. Peut-être est-il temps que je me cajole moi-même.

Les cajoleries… Cela avait marché, et peut-être un peu trop bien, songea Tucker. Au lieu de se rendre au centre de conférences, ils avaient passé l'après-midi à faire l'amour encore et encore. Il était épuisé… Mais c'était de la bonne fatigue ! Il aurait souhaité s'attarder dans ce lit toute la nuit, mais son estomac commençait à crier famine. Il devait réveiller Kady, même s'il n'en avait pas la moindre envie.

Se penchant sur la belle endormie, il déposa une pluie de baisers légers derrière son oreille.

Kady murmura quelques mots inintelligibles avant de s'étirer langoureusement.

Dieu ! Qu'il aimait cette femme !

Il n'avait jamais cessé de l'aimer. Il avait juste enfoui ses sentiments sous un amas de peur quand elle avait parlé de leurs futurs enfants.

Mais justement… Elle en voulait toujours !

Pourrait-elle changer d'avis après ce qui venait de se passer ? Était-ce ce qu'il voulait : lui faire changer ses projets pour qu'ils puissent rester ensemble ?

— Tucker, marmonna-t-elle.

Il sentit son désir renaître. Il adorait l'entendre prononcer son prénom.

— Il est temps de te réveiller, dit-il en l'embrassant de nouveau. Nous devons aller quelque part.

— Quelque part ? répéta-t-elle en ouvrant les yeux.

— Dîner dehors.

— Quelle heure est-il ?

— 19 h 30.

Elle fronça les sourcils comme si l'idée faisait son chemin dans son esprit, puis se redressa brusquement.

— Oh non ! On a raté le dernier séminaire. Pourquoi ne m'as-tu pas réveillée ?

— C'est justement ce que j'étais en train de faire. Je suis vexé que mes baisers ne te fassent pas plus d'effet.

Elle marmonna quelques mots.

— Quoi ?

— Rien.

Au réveil, Kady était souvent de mauvaise humeur, et même ce ton maussade adorable lui avait manqué.

— Est-ce qu'on doit vraiment manger ? demanda-t-elle. Sinon, tu pourrais encore développer ta technique des baisers. Ou bien, je pourrais exercer mes talents sur une certaine partie de ton anatomie.

Cette fois, ce fut au tour de Tucker de grogner.

— Ne va pas sur ce terrain, Kady.

— Tu es tellement transparent ! dit-elle en riant.

Lisait-elle en lui ? Devinait-elle qu'il l'aimait ? Était-ce réciproque ?

Le cœur serré, il hésita à lui avouer ses sentiments. S'il ne se dépêchait pas, elle repartirait pour Atlanta, et il aurait laissé passer sa chance.

Il avait déjà laissé passer sa chance…

Ignorant ce constat pessimiste, il jeta un coup d'œil au réveil posé sur la table de chevet.

— Je voudrais qu'on aille dans un endroit spécial, mais il faudrait qu'on y soit pour 20 h 30. Tu as apporté une robe, dans ta valise ?

La grande confession pourrait attendre qu'ils aient mangé. Ou alors, il lui parlerait pendant le repas. Il avait encore le temps de réfléchir à ce qui serait le mieux.

Mais il pouvait déjà lui fournir quelques indices, non ?

Glissant les doigts dans la chevelure de Kady, il s'empara de sa bouche.

Cette fois, ce fut elle qui rompit le baiser.

— Il ne nous reste que cinquante-neuf minutes, alors… Oui, j'ai apporté une robe. Elle est rouge, et très ajustée, si tu veux le savoir.

Avait-elle projeté de se rendre en boîte pour faire des rencontres ?

Un frisson de jalousie le parcourut, qu'il dissipa en secouant la tête. Peu importait, aussi longtemps qu'elle usait de ses charmes sur lui.

— Tu prends ta douche la première ?

— Non. Vas-y, pendant que je sors quelques vêtements de ma valise.

— Je n'aime pas que tu sois habillée.

Elle se mit à rire.

— J'imagine la tête des conducteurs, s'ils s'arrêtaient à un feu rouge et me voyaient toute nue, assise sur la banquette avant.

La jalousie pointa de nouveau sa vilaine tête.

— Tu me donnes des idées, répliqua-t-il en la regardant fixement.

Elle jaillit hors du lit.

— Plus tard. Pour l'instant, va te doucher, que nous puissions dîner dans ce restaurant dont tu as parlé.

Il ramassa ses vêtements humides éparpillés sur le sol.

Il n'en avait pas de rechange dans cette chambre d'hôtel, mais qu'importe. Ils devraient passer chez lui, de toute façon, car le code vestimentaire était assez strict, chez Danali. Il y mangeait environ une fois par semaine, la plupart du temps pour des réunions de travail. Mais cette fois, il avait envie de montrer cet établissement à Kady... À moins que ce ne soit elle qu'il ait envie de montrer ?

Il s'engouffra dans la salle de bains, heureux pour la première fois depuis trois années.

Kady ne s'était pas comportée bizarrement en se réveillant. Ils avaient plaisanté et ri comme ils le faisaient autrefois. Est-ce qu'ils pourraient faire en sorte que ça marche pour de bon, cette fois ?

Vêtu d'un costume noir, rasé de près, ses cheveux sombres rejetés en arrière, Tucker était magnifique. Il n'avait mis que dix minutes pour se préparer, et ils étaient arrivés à l'heure au restaurant. Si ça n'avait pas été le cas, cela n'aurait d'ailleurs eu aucune importance, car le personnel connaissait Tucker, et on leur donna immédiatement une table.

Venait-il souvent ? Et avec qui ?

Refoulant d'éventuelles pensées négatives, Kady prit le menu que le serveur lui tendait.

— Merci.

Elle tenta de déchiffrer les lignes qui se brouillaient sous ses yeux.

Combien de temps Tucker et elle allaient-ils pouvoir maintenir cette harmonie ? Elle était censée repartir pour Atlanta le lendemain après-midi...

Elle ne voulait pas partir. C'était un revirement complet, dans la mesure où, le premier jour, elle ne voulait pas rester.

— Tu vois quelque chose qui t'intéresse ? demanda-t-il.

Elle leva les yeux.

Oui. Ce qui l'intéressait était assis en face d'elle, de l'autre côté de la table. Mais il n'était pas question qu'elle le lui dise, évidemment.

— Tu n'as pas de suggestions ? Apparemment, tu fréquentes assidûment cet endroit.

— Exact, mais uniquement pour des raisons professionnelles. Je suis content de ne pas être le seul à me poser des questions... Je me demandais pourquoi tu avais apporté cette robe dans tes bagages.

Elle baissa les yeux.

Cette création de soie rouge, avec ses minces bretelles et son tissu moulant, avait été l'addition de dernière minute.

— J'espérais voir un spectacle musical à Broadway.

— Seule ?

Elle battit des paupières.

— Évidemment ! Avec qui y serais-je allée ?

— Moi, si j'avais été au courant.

— Vraiment ?

À cette idée, elle sentit son cœur battre plus vite.

— La prochaine fois, peut-être ? suggéra-t-elle.

Il l'observa un instant.

— Pourquoi cette visite devrait-elle se terminer ?

— Tu sais bien que je reprends l'avion après notre dernière rencontre avec les étudiants.

Il n'eut pas le temps de répondre, car le serveur approchait pour savoir s'ils avaient fait leur choix. Kady adressa un bref hochement de tête à Tucker, pour qu'il commande à sa place.

Il savait ce qu'elle aimait, et sur bien des plans.

Peut-être était-il temps pour eux d'avoir une conversation à cœur ouvert et de voir ce qui se passerait.

Et si Tucker l'aimait ?

Pendant les dernières heures, il lui avait fait comprendre qu'il souhaitait un futur avec elle. Et ce n'était pas le plus surprenant. Son allusion à une réversibilité possible de la vasectomie l'avait bouleversée. Elle avait d'abord cru qu'il plaisantait, jusqu'à ce qu'il nomme les enfants qu'il pourrait concevoir. Bien sûr, les prénoms étaient ridicules, mais une telle conversation aurait été simplement impossible autrefois.

Dès que le serveur eut servi le vin, ils trinquèrent.

— Je crois que nous devrions discuter, dit-elle en accrochant son regard.

— Tout à fait d'accord.

— Commence, alors.

Tucker posa ses couverts sur la table. Elle comprenait qu'il cherche soigneusement ses mots. Ce n'était facile ni pour lui ni pour elle.

La tête légèrement penchée de côté, il la contempla.

— J'aimerais que tu reconsidères ton projet de fécondation in vitro, ainsi que ton retour à Atlanta, dit-il finalement.

— Tu veux que je reste ici ? Avec toi ?

— Oui.

Elle cessa de respirer une fraction de seconde.

Ça ne pouvait pas être aussi facile... Seigneur ! Et si c'était le cas ?

En revêtant cette robe du soir, puis en prenant le taxi avec Tucker, elle avait cru vivre un conte de fées. Les lumières scintillantes sur la façade du restaurant, le personnel stylé et l'atmosphère feutrée de la salle avaient renforcé cette impression. Si Tucker avait décidé de repartir de zéro, il n'aurait pas pu choisir un meilleur endroit.

C'était le moment de vérité. Il ne restait plus qu'à mettre son âme à nu et à voir ce qui se passerait.

Elle avala une autre gorgée de vin pour se donner du courage.

— Donc, tu parlais sérieusement, cet après-midi ?

— Je n'ai jamais été aussi sérieux de ma vie.

Elle posa son verre sur la table.

— Tu es prêt à inverser la procédure ?

L'expression chaleureuse et sexy de Tucker se mua en une neutralité prudente.

— Inverser ?

— Ta vasectomie.

Cette fois, une lueur plus sombre traversa son regard.

— Je n'ai jamais dit que je voulais faire ça.

— Si ! Je t'ai entendu.

— Tu veux dire, quand nous étions au lit ? C'était une situation hypothétique, Kady. Nous faisions semblant à propos de pas mal de choses, souviens-toi.

Ils faisaient semblant ? Oui. Mais elle s'était imaginé qu'il y avait un fond de vérité enfoui sous le jeu. Par exemple, lorsqu'il avait prétendu être un des donneurs. Celui qu'elle choisirait. Elle avait cru qu'ils étaient à l'aube d'une nouvelle vie… Qu'en était-il ? S'était-elle méprise aussi au sujet de leurs futurs enfants ?

— À propos de quoi d'autre faisais-tu semblant, Tucker ? s'enquit-elle en redressant le menton. Ce qui s'est passé entre nous n'était-il que sexuel ?

— Tu sais très bien que c'est faux. Je t'ai demandé de rester à New York il y a à peine cinq minutes, répliqua-t-il avec un brin d'impatience.

— Tu m'as aussi demandé de reconsidérer mon projet de fécondation in vitro. Pourquoi, si tu n'avais nullement l'intention de revenir sur ta vasectomie ?

Cette fois, Tucker se tut un long moment. Si longtemps qu'elle pouvait entendre les battements de son cœur dans ses oreilles.

— Je voulais savoir où on en était.

Le martèlement dans la poitrine de Kady devint un faible grondement.

Peut-être s'inquiétait-il seulement des risques liés à cette intervention ? Mais elle n'y croyait pas trop.

— Ce serait un problème, si je te disais que j'ai bien l'intention d'aller jusqu'au bout ?

Il tendit la main pour toucher sa joue.

— Est-ce que tu peux vivre sans ça, Kady ?

Tous ses espoirs s'évaporèrent en une fraction de seconde.

— Tu me le demandes ?

— J'ai envisagé cette possibilité.

— Envisagé ?

La dernière fois qu'ils avaient eu cette discussion, elle l'avait supplié de changer d'avis, mais ça ne les avait menés nulle part. Et maintenant, il « envisageait » encore d'exiger d'elle ce sacrifice ? Alors, toutes les belles paroles qu'il avait prononcées les heures précédentes, ce n'étaient que des mots pour l'exciter, pour « faire semblant », comme il disait ?

C'était le cas ! C'était sûrement le cas !

Les larmes aux yeux, elle froissa la serviette posée sur ses genoux.

Elle ne pleurerait plus jamais pour cet homme et n'engagerait pas une seconde fois un combat avec lui. Elle avait du mal à parler tant la rage l'étouffait, mais il le fallait.

— Je suis désolée, Tucker, mais je vais devoir t'expliquer la situation le plus clairement possible pour qu'il n'y ait pas de malentendu : je mènerai mon projet jusqu'au bout, avec ou sans ta bénédiction.

S'il était surpris, il ne le montra pas, se contentant de hocher la tête.

— Je comprends. J'en suis très heureux pour toi, évidemment.

Il s'exprimait comme si elle était une connaissance qui venait de partager une bonne nouvelle avec lui ! Comment avait-elle pu être aussi stupide ?

— Si je comprends bien, tu te refuses toujours à avoir des enfants ?

Il soutint fermement son regard. Trop fermement ! Le robot Tucker était de nouveau dans la place.

— Je crois l'avoir clairement exprimé il y a trois ans.

Effectivement. Dire qu'elle avait été assez folle pour penser qu'il avait pu changer d'avis en l'espace d'une semaine ! Pourtant, elle avait beau constater qu'ils empruntaient des chemins différents, elle cherchait encore un point de rencontre possible. Mais tout ce qu'elle voyait, c'étaient des routes divergentes. Il n'y avait pas de passerelle, pas de carrefour. L'abîme qui les séparait était infranchissable.

Comment allait-elle supporter de rencontrer ces étudiants le lendemain matin, alors qu'elle ne souhaitait qu'une chose : prendre l'avion et se réfugier chez elle ?

— C'est vrai, dit-elle, c'était clair comme du cristal...

Elle en avait terminé, et dans tous les sens du terme : avec ce séjour, avec ce dîner, avec cet homme.

Elle se leva et posa la serviette sur la table.

— Tucker, je crois que nos chemins se séparent ici. Je repars pour Atlanta comme prévu.

Elle était consciente d'attirer l'attention des autres clients, mais elle s'en moquait.

— Et puisque tu aimes tant faire semblant, je vais te confier un petit secret : quand je serai rentrée, je ferai semblant que rien de tout ça n'est arrivé. Je parie que je suis capable de m'en convaincre. Après tout, j'ai eu le meilleur professeur dans ce domaine.

Sur ces mots, elle tourna les talons et s'éloigna, adressant au passage un sourire tremblant au serveur. Comme il ouvrait la bouche pour dire quelque chose, elle l'arrêta d'un geste.

— Malheureusement, le Dr Stevenson et moi-même avons décidé de modifier cette réservation à la dernière minute. Il dîne officiellement seul.

11

Tucker était assis dans sa voiture. Seul. Le regard dans le vide, il jouait avec son nouveau téléphone.

Kady était partie.

Il n'arrivait pas à croire qu'elle soit rentrée à Atlanta sans un au revoir. Mais, à la façon dont elle était sortie en trombe du restaurant, il aurait dû s'en douter.

Totalement abasourdi, il ne s'était pas lancé à sa poursuite.

Avait-elle vraiment cru qu'il était sérieux lorsqu'il avait remis en question sa vasectomie ? Ce n'était qu'un jeu entre fantasme et réalité !

Il ne pouvait pas la blâmer de s'y être trompée. De là à s'enfuir comme elle l'avait fait… Elle aurait pu au moins faire la dernière tournée des patientes avec les étudiants ! Ils l'avaient attendue une bonne vingtaine de minutes, jusqu'à ce qu'il finisse par appeler l'hôtel. On lui avait passé la chambre de Kady, mais la sonnerie avait retenti en vain.

Ce soir-là, elle avait réglé sa note et quitté l'hôtel.

À cause de lui.

L'eau de la piscine avait effacé toutes ses données dans son portable, y compris le numéro de Kady. Heureusement, ses contacts avaient été sauvés grâce au cloud. Il pouvait de nouveau l'appeler, à moins qu'elle n'ait changé de numéro entre-temps.

Alors, pourquoi n'essayait-il pas de la joindre ?

Parce que, au fond de son cœur, il savait qu'il ne pouvait rien changer. Kady voulait des enfants, alors que cette perspective l'emplissait d'effroi. Et il la connaissait suffisamment pour savoir qu'elle ne changerait pas d'avis.

Bien entendu, avant l'implantation, elle s'assurerait que les embryons soient sains. Il était clair que son futur enfant ne présenterait aucune anomalie génétique.

Alors, où était le problème ? Refusait-il la seule idée d'avoir des enfants ou bien n'avait-il tout simplement jamais fait son deuil après la mort de Grace ?

Jetant un coup d'œil à l'église, de l'autre côté de la rue, il prit une profonde inspiration.

Il connaissait déjà la réponse. La décision qu'il allait prendre modifierait profondément le cours de sa vie. Pourrait-il le supporter ?

Le moment était sans doute venu de le découvrir.

Lorsqu'il avait consulté la liste des groupes de soutien, il avait été surpris d'en trouver un à quelques kilomètres de chez lui.

Il ne lui restait plus qu'à rester ou à partir.

Kady était partie. Mais s'il en faisait autant, ce serait par lâcheté, alors qu'elle avait fui parce qu'elle n'avait plus aucun espoir en leur avenir commun.

Bien sûr, il pouvait continuer de faire déposer des fleurs sur la tombe de Grace en évitant soigneusement d'affronter la douleur causée par son décès.

Depuis sa mort, son existence était misérable. Jusqu'à ce que Kady débarque avec son optimisme et son sourire qui le bouleversait. Elle était arrivée à accepter ce drame, à tourner la page, du moins il le pensait. Alors, pourquoi n'y parvenait-il pas ?

Quelqu'un se gara à côté de lui, et un couple sortit de la voiture. La jeune femme portait un livre qui ressemblait à... À un album photos.

Il baissa les yeux sur ses propres mains vides.

Il n'en avait pas. Tout ce qu'il possédait, c'était le souvenir en partie effacé de ce que son enfant avait été autrefois. En partant pour New York, il avait tout laissé derrière lui dans l'intention de commencer une nouvelle vie, mais il n'avait pas pu. Pas vraiment. Il s'était contenté de survivre, passant de patient en patient jusqu'à ce que le passé se fonde dans une sorte de brouillard.

Tandis que le couple gravissait les marches de l'église, le vent plaqua la chemise de la femme contre son ventre arrondi.

Tucker fronça les sourcils.

Elle était enceinte ! Venaient-ils pour la même réunion que lui ? Jetant un coup d'œil à sa montre, il vit que celle-ci allait commencer dans cinq minutes. Pas d'erreur.

Que faire ? Rester, partir ?

Il sortit de sa voiture une minute et demie avant le début de la réunion. Le cœur serré, au bord de la nausée, il traversa la rue, gravit les marches et ouvrit la porte de l'église.

Huit personnes étaient assises en cercle. Trois couples et deux personnes seules. Une femme vêtue d'une jupe sombre et d'une blouse blanche, sans doute l'organisatrice de la réunion, disposait des dépliants sur une longue table. Dès qu'elle le vit, elle vint vers lui, la main tendue.

— Bonjour, je suis Nadya Rosenberg. Vous venez pour la réunion au sujet de la maladie de Tay-Sachs ?

— Tucker Stevenson. Oui, je suis là pour cela.

— Asseyez-vous. Nous commençons dans une minute.

Il s'assit le plus loin possible du couple à l'album.

Nadya ouvrit la séance en annonçant quelques événements à venir et des réunions d'information.

Des réunions d'information ? Il avait pensé que toutes les personnes présentes avaient perdu un enfant atteint de cette maladie.

— La semaine dernière, commença Nadya, nous avons un peu parlé des conseillers en génétique. Quelqu'un en a-t-il rencontré un et veut-il nous faire partager son expérience ?

Un couple annonça qu'il envisageait de le faire. Tucker jeta un coup d'œil à la jeune femme enceinte. Son mari et elle avaient-ils perdu un neveu ou une nièce ?

La discussion se poursuivit, et au moment où il se disait qu'il n'avait rien à faire dans cet endroit, Nadya se tourna vers le jeune couple à l'album.

— Heidi, pourquoi ne pas partager avec nous ce que vous nous avez dit après la séance de la semaine dernière ?

Les doigts de la jeune femme étaient crispés sur l'album. Son mari lui passa un bras autour des épaules et l'encouragea d'un signe de tête.

— Eh bien, la plupart d'entre vous ont deviné que nous allons avoir un enfant. En tout cas, c'est plutôt évident.

Il y eut quelques rires.

— Je voulais vous dire que perdre un enfant atteint de la maladie de Tay-Sachs n'implique pas que vous n'en ayez pas d'autres, reprit-elle. Je n'essaye pas de vous dire comment...

Sa voix se brisa.

— C'est votre histoire, Heidi. La vôtre. Personne ne vous juge, ici.

— Nous avons perdu Logan, notre premier enfant, il y a dix ans. Nous étions anéantis, et il nous manque encore. Cela ne changera jamais.

Plusieurs personnes hochèrent la tête.

— Nous ne regrettons pas de l'avoir eu. En quatre ans, il nous a apporté énormément de bonheur, continua la jeune femme en ouvrant son album. J'ai fait de nombreux enregistrements, pris de nombreuses photos, surtout après que le diagnostic est tombé. Je suis là pour dire qu'on a le droit d'être triste, en colère, ou de mettre sa vie entre parenthèses pendant un certain temps...

Elle reprit son souffle avant de poursuivre :

— Mais ça ne peut pas durer toujours. Je l'ai fait pendant dix ans, jusqu'à ce que je comprenne que Logan serait horrifié par la façon dont j'avais organisé mon existence tout entière autour de lui, longtemps après son départ. Nous sommes allés voir un conseiller. C'est la démarche la plus difficile mais aussi la meilleure que j'aie faite de ma vie. Le bébé que j'attends est une fille. Elle n'aura pas la maladie de Tay-Sachs parce que l'embryon a été testé avant l'implantation. En revanche, elle peut très bien avoir une autre maladie tout aussi dévastatrice, déclarer un cancer ou mourir dans un accident de voiture, comme n'importe qui.

L'espace d'un instant, la jeune femme posa les yeux sur Tucker.

— La vie doit être vécue avec tout ce qu'elle comporte de bonheur et d'incertitude terrifiante, conclut-elle.

Elle aurait aussi bien pu s'adresser directement à lui, mais il devinait qu'elle n'essayait de convaincre personne en particulier.

Le menton de la jeune femme trembla légèrement, et son mari se pencha pour lui murmurer quelque chose à l'oreille.

— Si quelqu'un veut voir des photos de Logan, je vous en prie. Sachez seulement que vous ne devez pas cesser de vivre. Continuez de célébrer la vie, celle de votre enfant disparu et la vôtre.

L'album passa de mains en mains.

En voyant les gens sourire en ouvrant certaines pages, Tucker cherchait frénétiquement un prétexte pour s'en aller avant que ce soit son tour.

Nadya se tourna vers lui.

— Je sais que vous êtes nouveau. Si vous ne souhaitez rien dire, il n'y a pas de problème. Mais si vous parlez, sachez que nous sommes là pour écouter et nous entraider. La maladie de Tay-Sachs a influencé notre vie à tous d'une façon ou d'une autre. Voulez-vous nous dire comment elle a affecté la vôtre ?

Il secoua la tête mais, lorsqu'il balaya des yeux les visages qui l'entouraient, il ne vit que de la compréhension.

Brusquement, il accepta tout : il voulait affronter le quotidien au côté de Kady avec ses peines, ses joies et ses rires. Lorsqu'il avait joué à faire semblant avec elle, son subconscient l'avait peut-être averti qu'il était prêt à laisser le passé derrière lui pour entamer une nouvelle vie avec la femme qu'il aimait. Soudain, la perspective d'avoir des enfants ne signifiait plus qu'il aimerait moins Grace.

L'album arriva sur ses genoux.

Le portrait d'un petit garçon aux cheveux blonds ornait la couverture. Vêtu d'un costume de marin, il devait avoir un an et était encore capable de sourire.

Il fixa la photographie sans pouvoir s'en détourner pendant un long moment.

Cette jeune femme avait parlé de célébrer la vie de son enfant. Peut-être pouvait-il en faire autant pour Grace.

Et au-delà ?

Ses doigts se crispèrent sur l'album.

Au-delà, il pourrait s'autoriser à être heureux et peut-être à connaître le bonheur avec un autre enfant… À condition qu'il n'ait pas tout détruit avec Kady.

Inspirant profondément, il passa l'album à son voisin et se pencha en avant.

— J'avais une fille, dit-il. Elle s'appelait Grace, elle avait des cheveux blonds, des yeux bleus et le plus beau des sourires.

Kady s'assit lourdement à son bureau.

Elle venait de terminer un service de douze heures, et tout ce qu'elle voulait, c'était rentrer chez elle et dormir.

Elle ne se sentait pas très différente de la semaine précédente, quand elle était dans le bureau du médecin, sauf qu'elle avait deux minuscules embryons en elle. Elle était aussi en proie à une sorte d'engourdissement qui n'avait aucun rapport avec la procédure et tout à voir avec son ex-mari. Chaque jour, elle se posait la même question : avait-elle eu raison de partir comme elle l'avait fait ?

Mais comment aurait-elle pu rester ? Tucker lui avait fait nettement comprendre qu'il n'avait pas changé d'avis. Sa vasectomie n'était-elle pas la preuve évidente de sa détermination ? Elle ne voulait plus souffrir, même pas pour l'homme qu'elle aimait.

Pourtant, elle s'était laissée aller à espérer. Elle avait pris au sérieux des paroles prononcées dans un moment d'excitation sexuelle. Résultat, Tucker s'était de nouveau fermé à toute discussion…

Son téléphone vibra, et un SMS s'afficha sur l'écran :

On vous demande à la nursery.

Elle laissa échapper un gémissement.

Pourvu qu'il n'y ait pas une nouvelle urgence !

Il n'y avait pas de nom, juste un numéro de téléphone. Bizarre... C'était peut-être le parent d'un nouveau-né. Elle donnait souvent aux parents son numéro personnel, au cas où ils auraient des questions. Ils étaient soulagés de savoir qu'elle était accessible.

Elle se redressa en soupirant.

Si son dos était douloureux maintenant, que serait-ce dans quelques mois, quand les bébés commenceraient à grandir ?

Un instant plus tard, elle sortit de l'ascenseur, tourna à gauche et s'arrêta net.

Était-elle épuisée au point d'avoir des hallucinations ?

Tucker était là, immobile devant elle, tenant à la main ce qui ressemblait à un ballon rose en forme de cœur.

Elle pencha la tête de côté, espérant qu'il allait s'évaporer avant qu'elle fasse quelque chose de stupide comme de se jeter dans ses bras ou d'éclater en sanglots.

Il ne disparut pas, mais il ne sourit pas non plus.

Pourquoi était-il là ?

— Est-ce que j'ai oublié quelque chose à New York ? s'enquit-elle.

C'était stupide ! Si ça avait été le cas, l'hôtel l'aurait appelée, on ne lui aurait pas envoyé Tucker. Elle n'allait pas non plus lui demander pourquoi il tenait ce ballon.

Seigneur ! Avait-il conçu un bébé avec une autre ?

Idiote qu'elle était ! Il lui avait nettement fait comprendre qu'il ne reviendrait pas sur sa vasectomie.

— Tu as juste oublié de me laisser une petite marge de manœuvre ou une chance de faire ce qu'il fallait.

Il n'avait pas fait un pas dans sa direction, et elle s'aperçut qu'on les regardait avec curiosité, comme au restaurant.

— Allons dans mon bureau, suggéra-t-elle.

— Je préférerais qu'on se rapproche des fenêtres.

— D'accord.

Il la devança, son ridicule ballon dansant à chaque pas.

Elle s'arrêta près de lui et fixa le parc.

S'il était venu pour la convaincre de renoncer à l'implantation, c'était trop tard.

— Avant que tu dises quoi que ce soit, je dois te prévenir que c'est fait, annonça-t-elle en se tournant vers lui.

— Quoi donc ?

Elle noua les mains devant elle, non par gêne mais pour s'empêcher de le toucher.

— On m'a implanté deux embryons la semaine dernière.

— Très bien.

Elle tenta de déchiffrer un sentiment quelconque, dans sa voix : de la panique, de la colère, de la résignation. Mais il n'y avait rien. Rien qu'elle puisse deviner, en tout cas.

— C'est tout ce que tu as à me dire ?

— Non, j'ai plein d'autres choses à te dire.

Elle haussa les épaules.

— À ce stade, je ne vois pas ce qui pourrait faire la différence.

— Peut-être pas, mais j'ai quand même besoin de préciser une chose. Je ne pensais pas ce que je t'ai dit, au restaurant. Je me suis comporté comme un imbécile. J'étais fatigué et… terrifié.

— Tu m'as repoussée dès l'instant où je t'ai parlé de ça, tout comme tu l'avais fait quand nous avons perdu Grace. Je suis désolée de m'être trompée au sujet de la vasectomie, mais tu peux au moins comprendre comment j'ai pu faire cette erreur.

— Je comprends.

D'accord, c'était un début.

— Je ne sais pas s'ils vont tenir tous les deux, mais je veux ces bébés, Tucker. Pas pour remplacer Grace, ce serait impossible, mais je ne veux pas vivre ma vie à l'ombre de son souvenir. Et tu ne le devrais pas non plus.

— Je le sais, maintenant. Et je crois avoir compris, finalement.

Elle en doutait mais, si Tucker voulait s'en persuader, tant mieux pour lui.

— Tu as fait tout ce chemin pour me dire ça ?

— Non. Je suis venu te donner ça, dit-il en lui plaçant dans la main le fil qui retenait le ballon.

Avait-il appris sa grossesse avant de venir ? Probablement pas, puisqu'il n'avait qu'un ballon.

— Pourquoi ?

— Tu m'as dit que tu le ferais avec ou sans ma bénédiction. Je sais que tu n'en as pas besoin, mais sache que tu l'as...

Il se tut un instant avant de reprendre :

— Je me suis inscrit à un groupe de soutien réservé aux parents d'enfants atteints de la maladie de Tay-Sachs.

Elle le fixa avec étonnement.

— Tu as fait ça ?

— Oui. Je leur ai parlé de Grace et de nous. De tout, en fait.

— Tu... Tu...

Éprouvant le besoin urgent de s'asseoir, elle se laissa tomber sur la chaise la plus proche et lutta contre l'envie de poser la tête sur ses genoux.

Non, elle n'allait pas s'évanouir. Pas maintenant.

Tucker avait parlé de leur fille à des inconnus ? C'était incroyable ! Il avait dit qu'elle avait sa bénédiction. Et il parlait d'enfants !

Elle s'agrippa à la ficelle du ballon.

— Qu'est-ce qui t'a incité à venir ?

— Il était grand temps que je le fasse, répliqua-t-il en lui prenant la main. Je t'ai perdue une fois, je ne voulais pas te perdre encore. J'espère que je n'ai pas tout gâché.

Cela n'avait aucun sens.

— Tu ne veux pas d'enfants, Tucker.

— Je n'en voulais pas. Cette simple idée me terrifiait au point que, lorsque tu m'en as parlé il y a deux ans, j'étais incapable de te toucher tant je craignais que tu ne sois enceinte. J'en étais arrivé au point que je ne pouvais plus faire l'amour avec toi, même si j'en avais envie.

— Il était clair que tu ne me désirais plus, dit-elle tristement.

— Bien sûr que si ! Mais mon corps refusait de coopérer. J'étais tout simplement impuissant. En réalité, je ne parvenais pas à gérer le décès de Grace. Je repoussais cette idée, j'essayais d'oublier que c'était arrivé. Et, du même coup, je te repoussais

— Pourquoi cette vasectomie ?

— Je me suis dit que si je ne craignais plus une grossesse accidentelle tout redeviendrait normal. Mais tu étais tellement opposée à mon projet que nos propos ont dépassé notre pensée. À la fin, la situation était tellement nouée qu'aucun de nous deux ne pouvait probablement revenir sur ce qu'il avait dit.

— Je croyais que tu ne me désirais plus ! Ça m'a presque tuée.

— Je n'ai jamais cessé de te désirer. Je regrette de n'avoir pas pu t'expliquer ce qui m'arrivait. J'étais gêné et furieux. J'en voulais au monde entier et à moi-même.

Tucker porta sa main à ses lèvres.

— Est-ce que j'arrive trop tard ?

— Oui, puisque je suis enceinte.

Ces mots contenaient tout ce qu'il avait besoin de savoir : elle ne reviendrait pas en arrière, même si elle le pouvait.

Il lui sourit.

— Et si je te disais que ça ne me pose pas de problème ?

Elle le contempla, sidérée.

La dernière fois qu'ils s'étaient vus, rien n'avait changé. Il ne voulait pas d'enfants. Il avait seulement *fait semblant* d'en vouloir. Jouait-il encore la comédie ?

— Je t'ai demandé une fois si tu pouvais vivre sans cela, Kady. J'aurais mieux fait de me demander si je ne pourrais pas vivre avec cela. En participant à cette réunion de soutien, j'ai découvert que j'en étais capable. J'imagine que mon cœur le savait déjà, mais j'avais la tête trop dure pour l'admettre.

— Quoi ?

— Je suis toujours terrorisé, Kady, mais je suis là pour te promettre que je suis à ton côté à cent pour cent. Je veux ce bébé... Ces bébés que tu portes.

— Tu... Tu es d'accord pour être de nouveau père ?

— Le groupe de soutien a été la première étape vers la guérison, mais oui, je suis d'accord. Tu en attends vraiment deux ? demanda Tucker avec un large sourire. J'aurais dû apporter davantage de ballons !

Elle se sentit obligée de le mettre en garde.

— Ce n'est pas sûr qu'ils tiennent.

— Je le sais et je suis prêt à prendre ce risque. Que tu sois enceinte ou non, je te veux dans ma vie, Kady. Et si ces deux bébés s'accrochent, je les veux dans ma vie aussi.

Lorsqu'un rayon de soleil filtra par la fenêtre et dessina un cercle sur le sol, juste devant elle, elle s'autorisa à espérer.

— Tu en es sûr ?

— Sûr et certain.

Fermant les yeux, elle remercia les divinités bienveillantes qui veillaient sur eux. Lorsqu'elle les rouvrit, Tucker était toujours là, fort et solide. L'homme dont elle était tombée amoureuse.

— Où me veux-tu ? demanda-t-elle.

— Pardon ?

Elle éclata de rire.

— Je veux dire, où veux-tu que nous vivions ? Ici, à Atlanta ? Ou est-ce que tu préfères retourner à New York ? Mes grands-parents accepteront peut-être de nous suivre, puisqu'ils souhaitent habiter dans un logement plus petit.

— Tu m'accordes une nouvelle chance ?

Lâchant le ballon, elle le regarda monter vers le plafond.

— C'est ce que je veux depuis très longtemps.

— Tu n'aurais pas dû faire ça, remarqua-t-il. Maintenant, il va falloir le récupérer.

— Il finira bien par redescendre, de toute façon.

— Sans doute, mais comme ta bague de fiançailles et ton alliance sont dedans, j'aimerais être là quand ça arrivera.

— Toutes les deux ?

— Oui. Mais si tu préfères tirer un trait sur le passé, on peut en acheter d'autres...

— J'adore mes bagues !

— Et je t'adore, Kady. On récupérera le ballon dès que j'aurai fait ça...

Baissant la tête, il s'empara de ses lèvres.

Leur baiser fut empreint de douceur, de tendresse et d'une nostalgie qu'elle ne comprenait que trop bien.

Si elle avait pu parler, elle aurait dit à Tucker combien elle l'aimait. Mais ils avaient toute la vie devant eux pour échanger des mots d'amour, décider où ils allaient habiter… Et attraper le ballon fugitif.

Et s'ils avaient vraiment beaucoup de chance, ils auraient toute la vie pour se consacrer à leurs deux bébés.

Épilogue

Dès l'instant où Tucker prit Bethany dans ses bras, il sut que tout irait bien.

Elle *était* sa fille, quoi qu'en dise n'importe quel test de paternité. L'amour qu'il avait tant craint de ne pas ressentir le submergeait.

— Elle est magnifique, dit-il en pressant le petit corps contre sa poitrine nue.

Il en avait fait autant avec Grace et il se réjouissait que Kady ait insisté pour qu'il déboutonne sa chemise avant de prendre le bébé dans ses bras. Il se réjouissait aussi qu'elle ait affirmé avec force qu'elle serait mère, avec ou sans lui.

Il avait choisi la première solution. C'était le bon choix, et il le savait.

Finalement, Kady avait décidé que le sperme et les ovules viendraient de donneurs, si bien que tout risque de la maladie de Tay-Sachs était écarté.

Il ne put s'empêcher de sourire.

Les deux embryons avaient tenu, et il câlinait Bethany pendant que Kady berçait Nathaniel. C'étaient leurs enfants, ils les élèveraient et les chériraient comme ils avaient chéri Grace.

Il espérait que la vie de Bethany et de Nathaniel serait longue et heureuse. Un jour, Kady et lui leur parleraient de leur grande sœur. Ils leur montreraient des photos, et ils fleuriraient sa tombe ensemble. Elle occuperait toujours une place particulière dans leur cœur à tous.

Grace lui avait appris qu'une chose importante peut ne pas durer aussi longtemps qu'on le souhaiterait. Elle peut vous être retirée à chaque instant, car la vie n'offre aucune garantie. Il lui avait fallu longtemps pour le comprendre. S'il avait été capable d'accepter cette vérité plus tôt, Kady et lui se seraient épargné bien des souffrances.

Serrant délicatement sa fille contre son cœur, il se pencha pour embrasser Kady.

— L'infirmière m'a prévenu que tes grands-parents sont là. Ils veulent voir les bébés.

— Ils vont les gâter excessivement, soupira-t-elle, mais je ne voudrais pas que ce soit différent.

— Moi non plus. Tu penses que ton grand-père a fini par me pardonner ?

Tucker avait été accueilli au sein de la famille comme si rien ne s'était passé. Comme s'il n'avait pas été un parfait crétin durant les trois dernières années.

— Il t'adore. Toute ma famille t'adore. Je suis sûre qu'ils t'aiment plus que moi.

— C'est faux, mais c'est gentil de le dire. C'est moi qui t'adore. Merci de m'avoir fait entrer un peu de bon sens dans la caboche.

— Tu y es parvenu tout seul. C'est moi qui ai dû être convaincue, finalement. Plus de secrets entre nous, d'accord ?

Ils avaient récupéré le ballon, à l'hôpital. Désormais les bagues étaient de nouveau au doigt de Kady. Lorsqu'il la voyait caresser son annulaire, il sentait son cœur s'emplir de joie.

— Plus de secrets, répéta-t-il.

Il avait craint que cette grossesse gémellaire n'affecte Kady physiquement. Lorsqu'il lui en avait parlé, elle avait juré que, même s'ils ne devaient plus jamais faire l'amour, elle l'aimerait toujours.

Ils avaient fait l'amour souvent. Et il avait insisté pour retourner chez le conseiller en génétique avec elle, même si ce n'était plus nécessaire.

Il lui avait même proposé de revenir sur sa vasectomie. À l'avenir, ils pourraient utiliser son sperme et ses ovules, puis faire analyser les embryons avant de les implanter.

Elle lui avait répondu que leurs deux enfants lui suffisaient et elle avait raison.

Désormais, ils vivaient à Atlanta, dans la maison qu'ils occupaient déjà du temps de Grace. Il avait fallu négocier avec l'hôpital de New York, qui refusait de le laisser partir, mais un compromis avait finalement été trouvé : il avait accepté de revenir un mois par an pour assurer la formation des étudiants en médecine. Dès que les bébés seraient un peu plus grands, Kady viendrait avec lui.

Bethany poussa un petit cri.

Il se tendit immédiatement, mais Kady posa une main apaisante sur son bras.

— Eh, tout va bien ! Elle se porte comme un charme.

Il laissa échapper un soupir.

— Il faudra sans doute que tu me calmes de temps à autre.

— Il m'arrivera aussi de m'inquiéter, répliqua-t-elle. On se tiendra la main et on affrontera la tempête ensemble.

— Ensemble. C'est un de mes mots préférés, dit-il en s'asseyant près du lit. Et si tu dormais un peu ? Je peux prendre les deux bébés ou demander à une infirmière de les emmener.

— Tu es prêt à les perdre de vue ?

— Quoi ? Non, j'irai avec eux et j'attendrai que tu te réveilles.

Kady lui sourit tendrement.

— Je préfère qu'ils restent ici. J'aurai tout le temps de dormir plus tard. D'ailleurs, j'ai peur de me réveiller et de m'apercevoir que tout cela n'est qu'un rêve.

— C'est un rêve, mais il est réel, ma chérie. Je serai là quand tu ouvriras les yeux, tout comme Bethany et Nathaniel.

— J'aime te regarder quand tu la tiens dans tes bras.

— Et j'aime te regarder quand tu le tiens dans tes bras.

S'installant plus confortablement dans son fauteuil, il tâcha d'imprimer cet instant dans son esprit pour s'en souvenir dans les moments difficiles.

Il était certain d'une chose : il ne s'éloignerait plus jamais de cette femme et de leurs enfants. Il se trouvait exactement là où il devait être et il y resterait jusqu'à la fin.